Maryssa Rachel

OUTRAGE

La déchirure

Hugo Roman

Il s'agit d'une histoire, juste une histoire…

Cette histoire n'a pas existé et, pourtant, elle pourrait être l'histoire de n'importe qui…

Les personnages sont fictifs, mais tous, nous pourrions nous y reconnaître.

Nous nous pensons uniques, mais tous nos parcours se ressemblent, tout est vécu différemment en fonction de notre sensibilité.

Je n'écris pas avec la tête, mais avec mon ventre et mes viscères.

Je ne suis pas les codes stricts de la « police » imposée ;

Écriture instinctive, déconstruite, décousue.

Erreurs assumées transformées en expérience de vie littéralement retranscrite ;

J'écris l'erreur formidable,

J'écris l'incorrect,

Le non hygiénique.

J'écris le « Moi » dans sa vérité nue.

Je hurle l'amour.

Je ne juge pas.

Je rétablis la vérité.

Je décris l'injustice des sentiments.

Je décris l'injustice de l'amour qui fout le camp.

J’ai démembré la poupée, je l’ai déconstruite, violée, vidée, carambolée, martyrisée, secouée, puis je l’ai réparée et humanisée.

Je ne suis plus un pantin manipulé, j’ai apprivoisé la poupée despotique et tyrannique.

Dualité permanente, versatilité perpétuelle, conflit de personnalité, je jongle de la poupée déchirée au pantin désarticulé.

La carapace capitonnée, l’armure qui protège sont indispensables à la survie.

Mon cœur est encorné comme la main des branleurs.

À quoi bon espérer vivre la nouveauté si on n’a de cesse de toujours tout recommencer ?

Et il y a eu les Iles, il y a eu les ailes, Icare ne vole plus.

Je ne tais rien, je martèle, je déconstruis, je détruis ;

Je laisse mourir ce qui doit mourir,

Je gratte la terre toutes griffes dehors,

Je hurle à la mort…

J’écoute, j’observe, je dénonce ;

Sans faux-semblant, dans la plus grande vérité.

L’histoire ne s’arrêtera pas…

La suite de l’histoire est là…

Rose

PARTIE 1

DÉGRINGOLADE

ÉPILOGUE

Je suis une infidèle ; infidèle envers les autres et envers moi-même.

J'efface les traces des messages envoyés à l'amant, pour ne pas blesser ma partenaire de vie. J'ai fait rentrer l'Intrus dans mon couple.

Je ne sais pas où je vais, ce que je fais, je suis complètement paumée.

J'erre sur un chemin inconnu avec l'Intrus et tout est merveilleux…

Au début, l'Intrus apparaît comme un mirage en plein désert ; j'espère trouver l'eau vitale pour ma survie, mais il ne s'agit que d'un mirage.

Je connais les cachotteries, la tromperie ; je joue sur deux tableaux, je jongle sur deux corps, deux cœurs, deux Âmes ; je jongle entre l'Intrus et S, la femme qui vit à mes côtés depuis quelques années, celle que je garde comme on garde la roue de secours crevée dans son coffre, en se disant, « demain, je la remplacerai ».

Cinq ans de débauche et de liberté totale avec S. Je l'avais rencontrée dans un bar un soir où je n'attendais plus rien de l'amour ; plus rien de ces autres qui me lassaient à trop m'oppresser. S m'est tombée dessus alors que je n'attendais plus rien de la vie.

S a ouvert les portes de ma perversité. Elle m'a offert les joies du couple libre. Elle m'a appris le lâcher-prise, la gestion de la frustration ; elle m'a aidée à apprivoiser l'ego. Pas de jalousie, pas d'états d'âme, pas de colère, pas de haine, pas de dispute, juste de la liberté d'être et d'exister.

Les sentiments parasites n'existaient pas. Dès que je me laissais transporter dans une colère ou tout autre sentiment destructeur qui ne permet pas l'élévation de l'âme, S me rassurait, me réconfortait, me déculpabilisait.

Avec S, j'étais au calme dans une vie qui, je le pensais, me correspondait. Mais je me plantais complètement. Cette vie-là faisait bander la poupée, mais moi je me perdais dans cette relation artificielle ponctuée de soirées mondaines, d'apéros avec les copains, de parties de baise à répétition, de jeux du corps et de l'esprit ; ainsi se résumait ma vie. Nous étions célibataires à deux.

J'avais décidé de ne plus jamais tomber dans une relation d'amour fusion. L'amour fusion, je l'avais connu et vécu avec Daniel. Avec S, c'était une relation particulière, un amour différent…

Un jour, ma vie a basculé. Je me suis perdue, j'ai rampé, j'ai gémi, hurlé en silence.

J'ai eu besoin d'une tempête pour me « réveiller ». Besoin de connaître la dégringolade pour apprécier l'élévation.

J'ai menti à S. Je me cachais dans les toilettes pour répondre aux SMS de mon amant ; S aurait souffert et n'aurait pas compris l'amour que je portais à l'Intrus.

Avec S, je collectionnais les corps, les sexes, mais je ne partageais jamais mon cœur. Tout était purement sexuel. Ces autres que je collectionnais n'étaient que nourriture pour mon sexe goulu. Lorsque l'Intrus, l'amant, le loup affamé est entré dans ma vie, mon existence a basculé.

J'ai décroché la ceinture de sécurité. J'ai regardé plus bas. J'ai perdu l'équilibre. J'ai chuté.

ANIMUS

Elle, c'est l'autre, c'est la poupée, celle que j'ai créée pour être plus forte ; celle que j'ai inventée pour me permettre de tout faire. Elle ne portait pas de nom, elle en avait plusieurs. Elle, c'est la surpuissante, c'est mon plus parfait paradoxe, ma dualité permanente. Elle aime découvrir, avaler, explorer, elle aime se gaver, se charger.

À l'intérieur d'Elle, une bête, une intrusion, une intuition. Une bête avide en besoin constant de nourriture charnelle, en besoin constant de remplissage. La bête avide d'émotions, de sensations, devenait la prédatrice. Elle était la bête assoiffée, j'étais la bête assoiffée, elle se fondait en moi, je l'écoutais et à mon tour je devenais prédatrice.

L'Intrus est celui qui a tué la bête, qui l'a rendue muette, celui qui m'a aidée à démembrer la poupée. Il ne lui a laissé aucun choix. La bête hurlait de me réveiller, elle disait que le « Il » m'endormait par les mots. Que le « Il » me racontait tout et n'importe quoi pour m'emprisonner. La bête me disait que le « Il » était trop fort, trop puissant, incontrôlable. Que le « Il » était l'étalon sauvage indomptable.

La bête disait qu'« Il » était un menteur. La bête disait qu'« Il » était un prédateur encore plus dangereux qu'Elle, qu'il ne fallait pas lui faire confiance.

À côté de lui, la bête a perdu de son pouvoir car je l'ai moins écoutée. Comme si je n'avais plus besoin d'elle, alors qu'elle me protégeait depuis de si nombreuses années. Pourtant, je savais que je ne devais faire confiance à personne et surtout pas à l'homme, et surtout pas au loup affamé. Je pensais avoir le contrôle sur les sentiments, belle connerie, personne ne peut contrôler les sentiments.

Je bouchais mes deux oreilles très fort lorsque la bête hurlait à l'intérieur de moi. Malgré les disputes et les ouragans, malgré les conseils de la bête qui gueule à chaque fois un peu plus fort, j'ai sombré.

Dans les moments de faiblesse, il m'arrivait de me dire que la bête avait raison ; c'était quand le « Il » hurlait, quand « Il » me donnait la souffrance de l'âme ; quand « Il » ne me croyait pas ; quand « Il » me blessait volontairement ; quand « Il » me matraquait verbalement. Au sol, les genoux écorchés, je le suppliais d'arrêter.

La bête se réveillait un peu, elle bâillait, s'étirait, prête à bondir toutes griffes dehors sur le prédateur meurtrier d'âme. Puis « Il » posait sur moi un autre regard. « Il » me tendait la main pour m'aider à me relever ; « Il » pansait les plaies qu'il avait ouvertes volontairement, et la bête de nouveau se terrait…

Épuisée de lutter, je laissais parfois la bête prendre le contrôle sur moi. Je redevenais forte, insensible, insatiable, instable. Je remaquillais mes yeux, détachais mes cheveux, mettais le vernis rouge sur mes ongles, les talons trop hauts à mes pieds.

« Il » avait peur de la bête. « Il » disait « je vais tuer le monstre qui vit en toi ». « Il » disait « je te sens, je te vois, je t'observe, avec moi la bête sera martyrisée, je la ferai taire à coups de fouet, à coups de bâton ou de martinet ».

« Il » a fait taire la bête, « Il » a cassé la poupée…

GENÈSE

Il y a des printemps où rien ne fleurit…

Retour dans l'enfer des humains après m'être baladée dans le jardin d'Éden, nue, comme Lilith. La vie ce n'est pas le paradis. Je suis revenue sur terre.

J'ai rencontré l'Intrus dans un bar. Toutes mes rencontres se font dans les bars. C'était un soir où j'avais un coup de cafard. S était partie en mission pendant quelques mois, je me sentais vide. Pas trop envie de voir les copains qui rappliquaient avec une bouteille dans chaque main. J'avais envie de plus, envie de remplir le vide par le sexe, souvent avec des inconnus.

Ce soir-là, la bête affamée m'a demandé de la nourrir. Ce soir-là, j'ai senti qu'il fallait que je bouge pour ne pas me planter. S m'a téléphoné. Elle m'a dit « sors, bouge, rencontre… ». Vide sentimental. Cyclothymie… j'ai l'habitude.

Ce soir-là, mon regard a croisé celui d'un loup.

J'étais perchée sur mes quinze centimètres de talons aiguilles à la recherche d'une proie facile. Et il était là. Il était avachi sur un tabouret de bar, un verre de vin devant lui. Sa tête posée sur sa main, ses doigts dans ses cheveux, son coude sur le comptoir, il fixait son téléphone portable. Parfois il souriait, parfois il hochait la tête de gauche à droite.

Il portait un vieux jean, de vieilles pompes, un pull marin à capuche. Tout ce que je trouve repoussant, il le portait sur lui ; une barbe pas taillée, un regard sombre de détraqué, il était maigre. Je me suis avancée vers lui, attirée par cet individu qui me repoussait autant qu'il m'attirait. Son regard, son sourire, son air je-m'en-foutiste, sa dégaine de plouc, ses cheveux trop gras, ses cernes sous les yeux, ses ongles dégueus, mon antipode, mon pôle Nord… mon champ magnétique.

Je me suis assise près de lui. Je suis restée silencieuse. J'essayais de capter son attention par des regards et des gestes ; il me regardait, puis il baissait de nouveau les yeux sur son verre.

Je lui ai dit quelques banalités. J'essayais d'être agréable, moi qui d'ordinaire me fous de tout. Il avait un truc, ce mec. Un truc particulier. Quoi ? Je n'en sais foutre rien.

Je ne sais pas pourquoi ce soir-là ; je ne sais pas pourquoi cet endroit-là ; je ne sais pas pourquoi lui.

Le Loup m'intriguait ; il avait de grandes mains, de grands doigts, une grande gueule, de grandes oreilles, avec un peu de chance il aurait aussi une grande queue.

J'ai commandé un verre de rouge ce soir-là, un verre de rouge dans cet endroit-là, un verre de rouge, rouge, comme ma capeline, rouge…

Le Loup m'a souri, un de ces sourires qui font froid dans le dos, qui vous foutent la pétoche, et pourtant je suis restée.

Ce soir-là, avec l'Intrus, le Loup aux poils trop gras…

Il me dit « tu me paies un verre, la blonde ? ». Je n'aime pas sa façon de me parler et pourtant je sens l'excitation monter. J'ai envie de lui dire d'aller se faire foutre, que c'est à lui de me payer un verre. Je reste silencieuse, je soupire et son regard plonge dans le mien.

J'ai tout vu dans ses yeux ce soir-là. J'ai tout lu dans ses yeux à cet endroit-là. J'ai vu la méchanceté, la détresse, l'amour qu'il était prêt à prendre et à ne pas donner ; j'ai vu la colère, j'ai vu les déceptions passées, j'ai vu les larmes, j'ai entendu les hurlements ; j'ai vu la bête immonde aux dents acérées. J'ai rencontré le vrai, le véritable « Loup ».

J'ai payé un verre à l'homme qui ne ressemblait à rien et qui m'attirait tant.

Il m'a regardée, il a trinqué avec moi. Je lui ai dit « Vous attendez quelqu'un ? ».

– Pourquoi ? Toi t'attends quelqu'un ? J'en doute sinon tu n'serais pas là à trinquer avec moi. J'peux pas avoir envie juste d'me poser ? Puis, qu'est-ce que ça peut te foutre en fait ?

– C'est juste pour faire la conversation.

– Et toi ? Qu'est-ce que tu fous là ?

– Moi ? Euh, c'est un bar où je viens souvent quand je me sens un peu seule et que…

– … et que t'as envie de te faire sauter, c'est ça ?

Quel con ! Et moi qui restais là, à sourire bêtement. Je lui ai dit « c'est moi qui baise, pas le contraire ». Je ne parvenais pas à le tutoyer. Je le vouvoyais comme on vouvoie les aînés, comme on vouvoie par respect celui qu'on adule. Lui m'a dit « j'vois le genre… ». Puis il a penché sa tête vers mon cou, il a soufflé l'haleine imbibée d'alcool. Il a soufflé l'haleine des souvenirs, lorsque mon père rentrait tard le soir… mon père penchait sa tête et me soufflait son haleine dans le cou.

Cet homme repoussant, mal fagoté, certainement déconstruit et aussi barré que moi me rappelait le Père. Le Père que j'aimais et qui m'aimait trop.

boule avant de la coller sur son nez en chuchotant « petite salope à son papa ». Je restais immobile, allongée sur le dos, les jambes écartées, à observer le Père se faire plaisir. J'attendais patiemment qu'il veuille bien s'occuper de moi. Après avoir senti la culotte, il plantait ses doigts dans mon petit trou serré de gamine. Ma chatte me démangeait souvent et ma mère disait « il ne faut pas toucher ta zézette avec tes mains sales ». Je ne disais pas que c'était papa qui avait les mains sales. Alors, les gens disaient que ce n'était pas normal qu'à sept ans je me chope déjà des mycoses à répétition.

Le Père riait fort, il riait saccadé. L'homme au bar rit comme mon père…

Le Loup s'est repenché sur moi et m'a susurré « toi, t'as juste envie de te faire défoncer, et je t'excite, n'est-ce pas ? ».

Ma tête tournait, je restais droite comme un i sans point ; d'ordinaire, je maîtrise toutes les situations, ce soir-là j'ai perdu le contrôle, j'ai commencé à sombrer.

Le Loup ressemble à mon père, à mon père qui me donnait la jouissance ;

Le Loup ressemble à mon père que les autres ne comprenaient pas, que les autres avaient enfermé dans l'hôpital ;

Le Loup ressemble à mon père retrouvé pendu dans sa chambre, la bite raide comme un bâton ;

Le Loup ressemble à mon père, et comme lui, il prend peu à peu possession de moi.

Troublée, je me suis levée, je lui ai dit « oui, vous m'excitez » et je lui ai tendu ma carte de visite avant de commander mon troisième verre de vin et d'aller m'asseoir à quelques mètres du bar, devant une petite table. Je voulais lui laisser le temps de réfléchir. Je voulais ne rien précipiter. Je pensais que ça me permettrait de remettre mes idées en place.

Je suis pleinement consciente de mon potentiel de séduction, mais avec lui tout est différent. Avec lui je me sens laide, avec lui je me sens petite.

De loin, je l'ai observé. Je ressemblais à une pute qui attend son client. Un homme charmant, avec qui, si je n'avais pas rencontré le Loup, j'aurais pu aller dans la chambre d'hôtel en face du bar, s'est approché de moi... Je ne ramène pas les amants chez moi. Je lui dis que j'attends quelqu'un, il s'éloigne.

J'ai regardé l'Intrus, le Loup aux chaussures avachies, au regard profond dont je ne connaissais pas le nom.

J'ai regardé le sac à dos au sol. J'ai vu les billets froissés sur le comptoir. J'ai regardé le paquet de trente cigarettes écrasées à côté de son verre. J'ai regardé son blouson de cuir abîmé comme le col de son vieux pull marin. J'ai regardé ses cheveux fins et gras. Les mêmes cheveux que mon père, la même odeur de corps que mon père.

Il était sale, l'homme accoudé au comptoir ; il était sale comme mon père était sale. Il avait l'odeur brutale. L'odeur forte des bois. L'odeur forte du pelage humide des animaux sauvages.

Le Loup s'est levé, il a pris son sac à dos et a fait un signe au serveur de la tête. Il s'est tourné vers moi. Il a pris la carte, l'a fait tourner dans ses doigts, il m'a regardée et lentement il l'a reposée sur le comptoir en levant les yeux au ciel avec un sourire sournois. Il se passait des trucs à l'intérieur de moi ; de la honte, de l'excitation, de la colère, et une chaleur intense qui commençait par l'arrière de ma tête et qui descendait jusqu'à mon entrejambe.

Au bout de quinze minutes, le Loup est retourné au comptoir et a commandé un verre de jus de fruits frais qu'il a bu d'un coup sec. J'ai entendu qu'il reniflait. J'ai vu la poudre blanche sur son nez. J'ai vu qu'il a laissé son verre de rouge que je lui avais offert. J'ai vu sa jambe droite bouger, nerveusement.

Il y avait ses billets froissés sur le comptoir, son téléphone portable, un petit carnet. Il a tendu un billet au barman. Il a glissé sa monnaie dans la poche de son fute. Il a ramassé le reste de ses billets qu'il a aussi glissés dans la poche de son pantalon. Il a pris son téléphone portable qu'il a gardé dans sa main droite. Il a poussé la carte de visite que je lui avais laissée.

Il s'est approché de moi. Il avait une démarche d'homme qui se fout de tout ; ses mains dans les poches, il ondulait un peu du bassin lorsqu'il avançait. Il avait la démarche d'un danseur contemporain.

Je n'attendais que ça, qu'il se décide enfin à me rejoindre. Je l'ai regardé avancer vers moi, hypnotisée par son regard sournois.

Je m'en foutais, qu'il soit beau ou qu'il soit laid. Il était laid dans sa beauté, beau dans sa laideur. Il m'avait dit « j'peux m'asseoir avec toi, poupée ? ». Il avait de la poudre blanche sur le bout du nez. Il reniflait.

– Oui, vous pouvez vous asseoir près de moi…

– Tu me paies un verre ?

– Encore ? Vous n'êtes pas chié quand même. J'ai vu que vous n'avez même pas terminé celui que je vous ai offert. C'est gonflé. Putain, les gentlemen sont en voie de disparition…

– … gentlemen que tu dis ? Qu'est-ce que tu racontes, connasse ? Toutes les mêmes à demander l'égalité et à hurler en brandissant le soutif, encore faudrait-il que t'en portes un…

– Mais je…

– Ta gueule. Je suis certain que tes guiboles sont toujours écartées, ta bouche toujours ouverte. Toutes les mêmes à gueuler à l'égalité de mon cul et là, tu viens me faire chier pour des conneries de galanterie ? Elle est où, ton égalité ?

– Je dois partir.

– Assieds-toi.

Je me suis levée, prête à partir et à laisser l'homme-loup à ses hurlements. Et en fin de compte, pauvre conne, je me suis rassise. Il a de nouveau souri. Il s'appelle Alex…

Tout commence toujours lorsqu'on s'y attend le moins. On a discuté de choses et d'autres, j'ai même rigolé. Il a de l'humour, le Loup, et il est cultivé, intelligent, c'est un artiste… il m'a dit « t'as pas l'air conne et sous tes airs de pute j'suis sûr qu'en grattant un peu j'peux trouver quelqu'un d'intéressant »… L'homme-loup a pris la deuxième carte que je lui ai tendue. J'ai pris la carte qu'il m'a tendue. Je ne sais plus qui a commencé à « bien » parler à l'autre, certainement moi. Tout est allé très vite. On s'est attachés sans vouloir l'attachement… Il m'a dit « je ne crois pas en l'amour… je n'ai besoin de personne dans ma vie… ».

S est rentrée plus tôt que prévu. Je suis avachie sur le canapé, mon portable à la main. Je ne l'ai pas accueillie comme j'aurais dû l'accueillir. Je porte un vieux jean destroy, j'suis pas maquillée, même pas lavée. Elle ne m'avait pas prévenue qu'elle rentrait.

Depuis quelques jours, Alex et moi échangeons des SMS ou nous nous appelons. Avec S dans les parages, ça va être plus compliqué.

Il parle beaucoup, Alex. J'apprends à écouter, j'apprends à ne rien dire. J'apprends de lui. Mais il habite loin, Alex, à plus de mille bornes de moi. Mille Bornes, un jeu de cartes… la partie commence.

Abus, dilatation des vaisseaux…

Je dors moins, je bois et je fume beaucoup trop.

Lorsqu'Alex m'écrit, je me démerde toujours pour lui répondre dans la seconde qui suit. Lorsque je lui écris, je dois patienter avant d'avoir une réponse. Il me laisse dans l'attente constante de ses mots, et moi, je deviens de plus en plus dépendante de lui. Il me dit « je vais t'apprendre la frustration, p'tite pute ». Il est le parfait contraire de S. Il n'a rien d'un gentleman.

Je regarde S. Elle est belle dans son costar. Elle fume un cigare, elle est contre le chambranle de la porte. Elle me dit « Rose… j'suis là… ». Je n'ai pas envie de lui parler, j'ai envie de parler à Alex. J'ai envie de voir Alex. Je ne lève pas les yeux vers elle, je les laisse à terre. Je ne regarde pas celle qui m'a aidée à construire la carapace de survie.

– Rose, qu'est-ce qui se passe ?

– …

– Ne me prends pas pour une conne… dis-moi.

– J't'ai parlé d'Alex, tu sais…

– Ouais, le clodo de la semaine dernière ?

– Ouais…

– Et ?

– Non rien… Laisse tomber…

– Eh ben quoi, ce mec ?

– Rien j'te dis, laisse tomber…

– Putain… y a pas que du cul, c'est ça ? Tu l'as revu ?

– … Pfff.

– ROSE…

– … si, que du cul… non, pas que du cul. J'sais pas… c'est intellectuel, tu vois ?

– Quoi, intellectuel ?

– Ben ouais, j'aime bien sa façon de penser et tout et tout…

– T'es amoureuse ?

S s'approche de moi, elle me toise… J'éclate de rire…

– Amoureuse ? Moi ? T'as craqué ou quoi ?

– Évite de tomber amoureuse de ce mec…

– Mais j'suis pas amoureuse, t'es barge…

– Je me renseigne toujours sur les personnes que tu rencontres ou tu fréquentes, pour ta sécurité, pour éviter que tu tombes dans un traquenard… Ce mec, ton Alex…

– Quoi ? Tu t'es renseignée sur Alex ?

– Rose, c'est pour éviter qu'il t'arrive un pépin…

– Genre… ouais c'est ça… c'est juste pour savoir si t'as un risque de me perdre ou non, en fait.

– Sois pas méchante, et arrête de suite de prendre tes grands airs, sinon je t'en colle une.

– Non mais t'es pas nette, toi…

– T'aimes ça, pourtant, quand je te claque…

– Pas dans cette situation-là, mélange pas tout, je t'pensais un peu plus intelligente que ça.

– … bref, change pas de sujet… James le connaît, il le connaît même super-bien. J'espère que tu te protèges… c'est un coup à ce que tu te chopes une merde.

– Je n'ai pas baisé avec…

– Quoi, t'as pas baisé avec ? Non, mais j'comprends plus rien, moi…

– Puis tu sais, les gens qui disent qu'ils connaissent Pierre, Paul ou Jacques, ça me fait mourir de rire. Les gens passent leur temps à critiquer et juger. Ça me fatigue. Qu'est-ce qu'il t'a dit, ton James ? Qu'il se droguait ? Je le sais.

– J'croyais que ça t'angoissait et que jamais tu tomberais là-dedans…

– Je t'ai dit que j'allais en prendre ? Non. C'est sa vie, pas la mienne.

– C'est un putain de manipulateur, il a brisé mille cœurs.

– …T'as peur pour moi ? Depuis quand j'ai un cœur, moi ?

– Joue pas à la maligne…

– T'inquiète pas pour moi, j'suis une grande fille. Allez, viens là que je t'embrasse, t'es excitante quand t'es jalouse.

– Putain, tu m'emmerdes, Rose.

Quelques jours sans baiser, et moi ça me rend dingue. Faut que je me vidange. S a l'art et la manière de me faire jouir en cinq minutes chrono.

Après la baise, on se boit un verre et elle me raconte son stage. Mon téléphone vibre dans la poche de mon jean.

Détruire la sécurité, détruire la sérénité, détruire la bête, détruire la vie conjugale. Transformer, déconstruire, brave bordel dans ma vie, pire encore depuis quelques jours.

Alex s'emballe super-vite, il s'emporte à la moindre interprétation de mes mots, comme si ça l'excitait de passer son temps à m'avilir. Il est excessif, sanguin, provocant, parfois méchant. Lorsqu'il me dit quelque chose et que je ne suis pas d'accord, il me dit « apprends à écouter, à réfléchir et pas seulement à ouvrir ta gueule ».

Je suis assise sur le canapé confortable qu'on a acheté avec S il y a six mois. J'étais bien avec elle avant de rencontrer l'Intrus. S me tempère, me modère, et moi j'suis en train de tout foutre en l'air.

Il me manque un peu de tempête dans ma vie. Un peu de « mouvement », un peu d'intempéries. Elle me sert un autre verre de champagne, la bouteille est presque vide, j'ai la tête qui tourne. Je pense à Alex, Alex qui est en train de péter toutes les portes de mon subconscient. Habile manipulateur de l'âme. Les jours passent et se ressemblent presque tous…

Nous ne nous sommes pas encore revus avec Alex. Je passe mon temps au téléphone avec lui ; cachotteries… J'efface tous les messages que je reçois de lui, je flippe que S me chope, j'ai le ventre qui gargouille, je suis lâche, incapable d'envoyer chier S pour avoir la paix.

S s'est cassée bosser. J'appelle Alex, il doit être seize heures. J'étouffe dans l'appartement, il commence à faire chaud. J'ai fermé les volets, je me suis avachie sur mon lit défait et on s'est mis à parler d'amour… Je n'aurais pas pensé qu'un homme tel qu'Alex puisse parler d'amour. Je le pensais hermétiquement fermé à tout sentiment. Et moi je me découvre « romantique ». Quelle merde ! Alex me parle d'amour comme on caresse. Et quand il me parle d'amour, je flotte dans les airs. Il me dit « on est faits pour être ensemble ». Il me dit « on est deux passionnés. Je t'appartiens. Et toi ? Tu m'appartiens ? ». Alors je dis « oui je t'appartiens, et je n'appartiendrai jamais à personne d'autre, je t'en fais la promesse ». On se fait des promesses. On fait des projets de vie. Il est doux et si attachant… et pourtant, il arrive souvent qu'après quelques minutes passées à me parler tendrement, il entre dans une colère infondée sous prétexte que je donne mon point de vue qui ne correspond pas au sien.

Nous ne nous sommes même pas revus et nous nous disputons déjà. On se dispute pour des conneries, tout est prétexte à gueuler. Il ne supporte pas que je ne lui dise pas quand je vais voir mes amis, il ne supporte pas que je sorte sans lui, il ne supporte pas de savoir que je baise avec S, il ne supporte pas, il ne supporte pas, il ne supporte pas. Il dit que je ne suis pas à la hauteur de ses sentiments. Il me dit « qu'es-tu prête à offrir à l'autre par amour ? Jusqu'où es-tu prête à aller ? ». Il me dit qu'il faut que je me remette en question, que j'apprenne à voir et à comprendre l'essentiel.

Un jour, il me parle d'amour et le lendemain il ne veut plus me voir.

Les conversations durent des heures… Quand S est là, je cours dans les chiottes pour répondre à ses SMS.

Il fait nuit, la vie reprend son cours. Je ne sais pas, je ne sais plus, peut-être oui, je veux, non je ne veux pas.

Alex dit n'importe quoi parfois, ces phrases sont longues et il jongle d'un sujet à l'autre. Il me noie dans ses mots et moi je suis perdue. C'est flippant. Je devrais apprendre à ne pas réfléchir. Tout est si simple lorsque je ne réfléchis pas. Il me dit « tu manques d'originalité, tu ne me surprends pas ». Originalité, quelle originalité ? Je ne comprends plus rien. J'ai envie de lui hurler « je t'emmerde » et de reprendre ma vie où elle s'était arrêtée avant lui. Mais je ne peux pas lâcher sa main. Quand j'essaie de lui dire que je ne suis pas d'accord, Alex dit « arrête de toujours parler de toi ».

Je parle avec Alex, je parle de S, je lui dis que je sens qu'elle est malheureuse. Alex me dit « tes histoires de gouines, je m'en balance, va falloir que tu fasses un choix… puis tous tes strass à deux balles, tu vas pouvoir les foutre en l'air, je ne sors pas avec une gogo danseuse, c'est ton cerveau qui me fait bander, connasse, pas ton cul ».

Je regarde S et je repense à ma vie où tout allait bien, ma vie avant les gros nuages gris dans le ciel.

S hoche la tête en passant devant moi. « Tu te détruis, Rose, et tu ne vois pas qu't'es en train de tout foutre en l'air. Le jour où tu comprendras que le bonheur n'est pas si inaccessible que ça, le jour où tu comprendras que toi aussi t'as droit à l'amour, putain, ce jour-là t'auras fait un grand pas. »

Je ne savais pas ce qu'est l'amour. J'apprends qu'aimer c'est souffrir. Il faut que j'apprenne à désaimer. Quand je suis bien, j'ai tendance à tout foutre en l'air et à sombrer dans les méandres de ma douleur. J'essaie de me comprendre. Il faut que j'aille au fond des choses. Et si Alex représentait une partie de moi longtemps cachée ? Peut-être moi-même suis-je sale, désordonnée, je-m'en-foutiste ! Peut-être qu'Alex est la face cachée de mon âme blessée ? Ou peut-être Alex est-il mon père aimé, quitté trop tôt ? J'ai envie de protéger Alex, de lui prouver que je peux l'aider à être enfin heureux. De lui montrer que je serai à la hauteur de l'amour qu'il réclame. De lui prouver que je saurai être celle qu'il attend et qu'il idéalise.

S est partie en mission. Voilà plus de quinze jours que je suis seule. Ça m'arrange, en fait, au moins je peux passer des heures, pendue au téléphone avec Alex. Il me dit qu'il ne peut pas me rejoindre.

Je regarde les factures jetées en vrac sur la table ; la corbeille à linge qui dégueule ; la vaisselle qui s'empile.

Je regarde le ciel mourir, avachie sur mon canapé. Je me sens vide, ni triste ni gaie ; juste un peu lessivée.

Je pense à des trucs de merde qui me font voyager.

J'ai envie de rien. Moins j'en fais, moins j'ai envie d'en faire. Et moins j'en fais, plus je deviens molle. Je deviens un légume, un fruit, un kiwi trop mûr.

« Donne-moi la jouissance, donne-moi la jouissance qui fait pleurer ; donne-moi l'abandon, la perte de contrôle… apprends-moi l'amour "particulier". »

Poupée de porcelaine. Poupée écrasée. Talons aiguilles. Préservatifs. Maquillage. Rouge à lèvres. Poupée de porcelaine cassée.

Licence universitaire de philo. Il est d'origine russe. Il aime la viande rouge et saignante. Il est né le 10 juillet… Il me dit « regarde *Lost Highway* de David Lynch ». Il ordonne, et moi, pauvre conne, j'obéis.

Je vais faire deux trois courses. Quinze heures, rue parisienne. Chaleur. Alex m'écrit « j'ai hâte de te voir, connasse ». Je fais deux trois courses. Je suis sur le trottoir. Je me fais bousculer par les passants car je ne vois personne, alors je bouscule moi aussi.

Je parle avec Alex dans la rue, sa voix dans mon oreille droite car l'écouteur gauche ne fonctionne plus. « Parler avec Alex ». Je ne parle jamais avec Alex, j'écoute Alex. Il me dit « Arrête-toi, où que tu sois, arrête-toi et prends deux minutes de toi à toi ». Il est doux, calme, c'est la période qui me fait oublier ses colères et ses jugements. Je suis au milieu d'un trottoir ; je m'arrête. Je laisse les passants me frôler, je laisse les gens passer devant, derrière ou sur les côtés. Je laisse la vie défiler, je laisse Alex me guider. Il me dit « tu dois apprendre à respirer parfois, à te poser, je veux que chaque jour tu t'arrêtes et que tu prennes deux minutes pour respirer ».

Puis Alex me dit « il y a du monde autour de toi ? ». Je réponds « oui, bien entendu, je suis en pleine rue ». Il me dit « ok. Montre-moi ta chatte ».

– Quoi ?

– Montre-moi ta chatte. Prends une photo, démerde-toi, je veux la voir, ici et maintenant.

Je regarde autour de moi. Il y a les femmes avec leurs sacs de fringues ; les mecs avec leurs sacoches ; puis il y a les gosses qui braillent, pendus au bras de maman.

Je dis « je ne peux pas, Alex ». Il me répond « tu te démerdes, si tu ne le fais pas, ne compte pas sur moi pour te rappeler avant la semaine prochaine ».

Je n'ai pas envie de lui obéir, mais si je ne le fais pas, il va se mettre en colère, et je n'ai pas envie qu'il se mette en colère. Alors, je repère une petite ruelle en contrebas ; je regarde en l'air, je vois les fenêtres ouvertes. Il n'y a personne aux fenêtres ouvertes. Il fait chaud ; je me mets au fond de la ruelle. Je déboutonne mon pantalon. Je fais une photo de ma chatte, je lui envoie.

Il me dit « alors tu vois, ce n'était pas compliqué, et j'suis certain qu'en plus ça t'a excitée ». Je ne lui dirai pas la peur, je ne lui dirai pas la honte, je ne lui dirai pas les doutes…

C'est tout à l'intérieur de moi que ça se passe. Rien ne sort par les mots, je suis muette. Et pourtant ça bouillonne, ça tourbillonne, ça grouille ; insectes de vie, particules de sentiments ; ça ronge, ça bouffe, ça hurle. C'est vivant à l'intérieur de moi. C'est vivant comme si je sentais un millier de cœurs battre à l'unisson. C'est étourdissant, le bruit de tous ces cœurs qui battent. Tout se passe dans le ventre. Tout commence dans le ventre. Ça me tord les boyaux, me donne la nausée, besoin de me vider, j'ai les intestins qui se contorsionnent. C'est étourdissant, assourdissant.

Après le ventre, ça remonte, ça remonte dans la gorge, une grosse boule de quelque chose. Quelque chose d'impalpable, d'invisible. Une grosse boule de quelque chose remonte jusque dans la tête, dans le globe oculaire. Elle fond, la grosse boule de quelque chose ; elle coule, la grosse boule de quelque chose. Elle coule par les yeux, ça me soulage et ça me fait mal. Elle coule par les oreilles, ça cuit, ça démange…

Ça me fait peur, tout ce débordement de quelque chose. Ça me fait peur car je sais que je vais sombrer.

Je suis faible et fragile lorsque je me laisse aller à voguer sur les flots de ma sensibilité. Si j'expose ma sensibilité, ça va me crever, me briser.

J'ai besoin de dormir. Dormir pour m'échapper de la réalité. Mélancolie passagère. Il paraît que ça passe. Moi, ça m'épuise déjà. Il ne faut pas que je montre mes faiblesses, si je montre mes faiblesses, l'autre en abusera. Rester forte, ne pas tuer la bête. Il faut que j'apprenne à être silencieuse, à ne pas tout dire, sinon l'autre, il va s'enfuir.

Je suis dans la grande salle à manger aseptisée de notre cabane de vie. Tout est aseptisé ici, même moi, je suis aseptisée.

Il doit être vingt-deux heures trente. S est rentrée. Elle me dit « tu veux boire un apéritif ? ». Je bois trop, je fume trop. Je dis « oui je veux boire un apéritif ». Elle chantonne dans la cuisine en ouvrant la bouteille de bon vin rouge. Elle a dû apprendre une bonne nouvelle. Elle ne me parle plus d'Alex, elle ne me dit plus « on va se quitter ».

Elle ouvre la bouteille de vin, certainement un Chapoutier.

Je n'ai rien à lui reprocher, à part que le voyage dans lequel on s'est lancées est trop platonique. Elle ne connaît que la bête, elle ne connaît pas la femme que je suis. Je n'ai pas le droit de lui reprocher quoi que ce soit ; je me trouve des excuses pour déculpabiliser ; des excuses car je l'aime bien et que j'ai peur de la quitter et que j'ai peur de rester avec et que j'ai peur de lui faire du mal.

Elle apporte les deux verres de vin. Elle apporte les petites cochonneries à grignoter. Elle s'approche de moi, elle me prend dans ses bras, soupire. Elle me caresse les cheveux, soupire de nouveau. Elle prend mon visage dans ses mains. Elle me regarde fixement et me dit « ça va aller, c'est une sale période à passer, nous allons la surmonter comme on en a surmonté déjà plusieurs ». Je cache mon visage dans le creux de son cou. Je cache la larme qui coule.

Potes, champagne, petits légumes, histoire de mettre un peu de fraîcheur. Sorties restau. Tout est prétexte pour ne pas rester seule avec S. Puis il y a Alex qui m'écrit « ça me fait chier que tu baises avec ta femme ». Et je dis « non, je ne baise plus avec ma femme ».

Assise sur le canapé de la salle à manger aseptisée, je regarde la partenaire de vie, je ne la reconnais pas, elle devient l'étrangère.

Je m'en fous de ce qu'elle me dit, je l'écoute, mais je ne l'entends pas.

Il faut que je me pose, que je mette de l'ordre dans mes idées. Il doit être deux heures du matin ou peut-être trois. Le temps s'est arrêté. Je dis à Alex que j'aimerais entendre sa voix. Je sais pourtant qu'on ne peut pas s'appeler car S est en haut dans la chambre aseptisée. Comme Alex ne peut pas m'appeler, il enregistre sa voix, il me conte la météo, c'est cliché, c'est froid, et pourtant ça me réchauffe malgré moi. J'écoute et réécoute le conte de la météo. Il me raconte le soleil, les nuages et la pluie comme on raconte une histoire. Étude atmosphérique.

On connaîtra les tempêtes, les pluies diluviennes, les ouragans, la chaleur caniculaire, la douceur du printemps, la rosée du matin avant de connaître le tremblement de terre magnitude neuf. Destruction totale.

Je discute avec Alex toutes les nuits. J'ai l'impression de le connaître depuis toujours. Belle illusion éphémère. Et les jours s'enchaînent et se ressemblent. Je passe plus de temps sur mon portable à échanger avec Alex qu'à essayer de rechercher l'inspiration. Au fond de moi, la bête me dit « fais pas ta conne, t'es libre avec S, Alex t'enferme déjà... ».

Avec toutes les souffrances que j'ai endurées petite, j'ai décidé de m'armer pour ne plus subir l'adulte-mauvais. J'avalais et digérais mes douleurs. Au début, je ne savais pas que j'étais victime. Je jouais à la baise lorsque les autres jouaient à la poupée. On m'a dit que c'n'était pas bien. On m'a dit que c'était mal. Alors j'ai été une victime. Ensuite j'ai refusé de me victimiser. C'n'était pas d'ma faute après tout. J'ai cherché comment aimer. J'n'ai jamais su aimer. J'ai peur de souffrir. Je n'me vois pas comme quelqu'un de bien.

On se raconte la vie. On se raconte le passé. On se raconte l'enfance. On se raconte les amours passées. On se raconte le Père. On se raconte la mère. Je ne lui dis pas tout. Il ne me dit pas tout. On se raconte les blessures. On se raconte « nous ». Puis, après certains silences, on joue. On joue à la baise virtuelle, car nous ne sommes pas face à face pour pouvoir le jouer en vrai. Il m'a dit « le jeu est important dans notre couple, si nous ne jouons pas, notre couple ne survivra pas ». Il me demande des choses et j'obéis. Il devient le maître de l'animal indomptable.

Il me demande de me branler dans les chiottes, de montrer ma chatte alors que je suis en pleine rue. Il me demande de jouer avec les légumes. Il me demande de me remplir, de dire ou de faire ; il me demande d'écrire sur mon corps que je lui appartiens, et j'obéis. J'obtempère. Je ne baise plus avec S.

Ce soir-là, on se raconte la collaboration artistique à venir. Alex voudrait qu'on fasse une sorte d'expo à deux. On s'emballe, on s'excite comme deux gamins à qui on promet un week-end chez Disney… sauf qu'on a pas de plan, sauf qu'on a pas de parents pour nous cadrer, sauf qu'on part dans tous les sens.

S rentre du travail. Je lui raconte Alex, je lui dis que j'adore parler avec lui, qu'on a pensé faire un projet artistique. Je m'emballe, je parle vite, je sautille par moments. Je dis « c'est un artiste un vrai, un écorché vif ». Je dis à S que ceux qui disent qu'Alex est un tordu, c'est parce qu'ils sont jaloux, parce qu'ils ne le connaissent pas. Elle me dit « tu te fais manipuler. Tu en es où dans tes sentiments ? ».

– Je ne me fais pas manipuler, je le connais tu sais, c'est comme un frère d'art pour moi…

– Tu sais très bien ce qui va t'arriver à force de jouer avec le feu…

– Appelle-moi Icare, je le ressens vibrer en moi, le danger.

– T'es barge, Rose. Vraiment, ce n'est pas parce que je suis jalouse ou quoi que ce soit, mais méfie-toi, ma chérie. Parfois les gens sont très forts en ce qui concerne la manipulation des sens, et tu n'es pas si forte que tu le prétends. Je t'ai dit que je connais des gens qui m'ont renseignée sur ton lascar et j'ai mes sources, tu le sais bien.

– Les gens se sont trompés ; je le connais aujourd'hui, il est sensible, il est écorché.

– Écorché ? C'est le mot. Il est comme toi, tout aussi taré que toi, en fait, vous vous êtes bien trouvés. Vous ne vous rendez même pas compte que vous attendez trop l'un de l'autre. Vous attendez la délivrance de vos douleurs. Mais toi, tu ne pourras pas combler son vide, et lui, il ne pourra combler le tien. Tu veux faire une collaboration artistique avec lui, c'est qu'un prétexte, ça… moi je sais déjà que t'as envie de plus avec ce tordu. D'façon, t'es comme ça, Rose, tu veux toujours plus plus plus, et quand t'es bien avec quelqu'un, tu te barres en courant. Putain, fous pas tout en l'air, bordel, réveille-toi. J'te demande juste une chose, c'est de me dire si tu baises avec, que t'me parles comme tu m'as toujours parlé. Que tu ne me mettes pas de côté, que tu me respectes.

– Arrête…

– Tu ne pourras pas le sauver. Et essayer de le sauver ne te sauvera pas.

PETITE PUTE

Je me penche et regarde le vide

Il m'écrit « donne-moi la liste de tes tabous ». Relation dominant/dominée virtuelle. Je trahis S. Je n'ai pas mille tabous, j'en ai même très peu. Je me suis toujours tout autorisé à partir du moment où j'en avais envie. J'ai fait mille expériences, et toutes mes expériences m'ont permis d'évoluer et d'apprendre ce que j'aimais ou pas. Je sais que je n'aime pas être attachée, la contrainte m'étouffe. Je ne vois pas non plus l'intérêt de dormir au pied d'un lit, pire encore sans couverture. Je suis claustrophobe, agoraphobe, hypocondriaque. Je suis une névrosée en somme…

L'abandon m'effraie énormément et ne fait pas partie de ces peurs qui pourraient exciter mes sens.

L'humiliation ne doit pas être blessante. L'exploration du corps ou les insultes dans le « jeu » peuvent cependant m'exciter. J'ai un ego surdimensionné et en ai pleinement conscience. Je suis capricieuse, manipulatrice, joueuse. Les marques sur mon corps ne m'effraient pas. La douleur endort mes maux et j'ai besoin de basculer dans l'univers parallèle au moins une fois par mois, pour me sentir bien, sereine et équilibrée.

Un pas, puis deux. Talons qui claquent sur le plancher. Tango argentin. « Roxane ».

ÉGOÏSTE

S… S devient invisible. Mais quand elle quitte la cape de l'invisibilité, je la vois au loin porter le fardeau de sa douleur avec un regard protecteur. Je pense qu'elle ne sait pas, mais elle sait tout. Je ne me préoccupe pas de son mal-être. Je me laisse aveugler par l'attention particulière que m'apporte Alex. Alex, la tempête, la tornade ; Alex le Loup, l'animal, le dieu…

Je ne vois pas que S est malheureuse. Je vis dans une bulle, une bulle seule avec Alex. Alex l'égoïste, le manipulateur, l'enfant roi. La bulle devient opaque, tout ce qui se passe autour de moi n'existe plus.

Je n'arrive pas à ressentir la peine de S. Je suis égoïste, manipulatrice, enfant roi.

J'imagine que S est forte. Je voudrais pourtant que S pète la bulle dans laquelle je suis avec Alex.

J'expose mon bonheur, mon sourire et ma joie de vivre au visage de S. Je crache tout à la gueule de S, S à la figure creusée par les larmes que je ne vois pas couler le soir lorsque nous allons nous coucher.

Ce soir-là, Alex est à Paris… Il m'a dit « c'est important que nous ayons une vie à côté, important que je voie mes amis ». Lorsque je vois mes amis, il m'envoie mille messages et si je ne réponds pas à ses appels, il s'emporte, il devient hargneux, colérique et jaloux…

Durant la soirée, il m'envoie des photos. Je lui envoie des photos. Il est si laid parfois, marqué par les drogues et l'alcool… Nous aurions pu nous voir, mais il ne me l'a pas proposé et je ne voulais pas m'imposer. Il m'a dit « je dois rester avec mes amis, je dors chez mon ex ce soir, mais je t'écrirai… tu dois me faire confiance ».

Il m'a écrit jusqu'à une heure du matin ; et ensuite plus rien. J'ai écrit « que fais-tu ? Es-tu vraiment avec tes amis ? Ce n'est pas grave si tu n'es pas avec tes amis ». Je me suis inquiétée. J'ai commencé à ressentir les premières pointes de la jalousie. Jalousie qui détruit. J'ai pleuré en pensant qu'il ne voudrait plus me voir.

Je lui écris « je m'inquiète même si je devrais pas, j'espère que tout va bien… ». Je ne parviens pas à dormir. Je garde les yeux ouverts rivés sur le plafond de la salle à manger. Je fume encore. J'attends, je patiente, je regarde les heures tourner. Je me dis qu'il a trouvé plus belle, plus intelligente, plus attrayante que moi.

À quatre heures du matin, il m'écrit « désolé. Je me suis endormi, je suis rentré complètement bourré, je me suis allongé sur le canapé et j'ai roupillé »… Je ne pense pas qu'il se soit endormi… Puis je me raisonne. Puis je me dis que tant qu'il revient à moi à chaque fois, j'accepterai la tromperie ; j'accepterai qu'il couche avec les hommes ou les femmes. Je dompte ma jalousie. Je veux qu'il se sente heureux et libre. Je ne lui interdirai pas les autres corps. Je ne lui imposerai pas la fidélité. Je ne désire pas d'autres corps que le sien, mais je n'imposerai pas l'exclusivité.

Il vit sa vie et contrôle la mienne. Je cherche toujours à être à mon avantage, à lui plaire. Il ne correspond pas à ce que j'attends d'un homme, il est le parfait contraire de S ; il est tout ce que j'exècre.

ÉCORCHE-MOI

Alex m'ordonne de me mettre à quatre pattes dans les toilettes et de jouer avec la brosse à chiotte. Je refuse… Il devient arrogant, méchant et ne répond plus à mes messages et appels… Je refuse d'obéir, même si j'ai peur de le perdre. J'angoisse. J'ai peur qu'il ne veuille plus me revoir juste parce que je refuse de me foutre une brosse dans l'oignon.

J'ai envie de hurler, de pleurer, lorsqu'il me dit « nous ne nous reverrons pas puisque tu n'obéis pas ». Je pleure encore. S vient vers moi, elle me dit « qu'est-ce qui se passe, Rose ? ». Je ne lui réponds pas. Je reste avec ma trahison, ma peur, mes doutes. Et pourtant elle me prend dans ses bras et me dit « mon Dieu, Rose, je suis en train de te perdre et je ne peux rien faire… j'ai peur pour toi… ». S est le bonheur, Alex est sombre comme les ténèbres dévorantes. Je voudrais me confier à S, lui dire que j'aime Alex, mais qu'Alex me torture l'âme. Je voudrais pouvoir parler à S comme je parle à une amie. Je sais qu'elle m'aurait donné de bons conseils si je n'étais pas la femme qui vit à ses côtés. J'affiche un sourire de façade pour ne pas avoir à montrer mes larmes, mes peines et mes déceptions. Je suis égoïste. Je ne pense qu'à mon propre bonheur, qu'à mon propre malheur.

J'écris à Alex « pardon, pardon de ne pas avoir obéi, je t'en prie réponds-moi ». Il ne me répond pas. Plusieurs heures s'écoulent, et c'est le silence permanent. J'avais pris l'habitude de nos échanges réguliers. Je passe ma vie sur mon portable. J'ai perdu la connexion avec la réalité. Je me coupe de tout depuis Alex. Il ne décroche pas son téléphone. Il m'écrit sèchement qu'il est déçu, qu'il est en colère. Il m'écrit que le jeu était un moyen pour nous de rester proches malgré la distance. Il me dit qu'il voudrait qu'on reste juste amis, qu'il ne veut plus de moi en tant qu'amoureuse, puisque je ne lui obéis pas.

Je n'arrive pas à comprendre comment mon refus peut remettre en question notre relation à venir. Accusation, reproche, culpabilité naissante, il me donne et me fait le mal et je me laisse faire, et je commence à ramper, alors qu'hier encore je surplombais le monde.

Il me dit « le jeu », j'entends « la vie ».

Il me dit « tu n'es pas capable », j'entends « je ne t'aime pas ».

Je ne comprends pas cet attachement, je ne comprends pas le pouvoir qu'il a sur moi. Je ne me reconnais pas. Je me tais, je ne hurle plus, mes genoux s'écorchent peu à peu, je m'éteins.

Je me trimballe constamment à poil depuis lui. Je devrais faire gaffe si je ne veux pas finir avec les pieds en sang, c'est un coup à ce que je me chope une merde avec toutes les saloperies qui traînent sur le sol.

Je voudrais m'allonger près de lui, le sentir, faire bouillir son sang.

Je voudrais pouvoir me promener main dans la main dans ce monde si spécial, à deux c'est tellement mieux.

Je pourrais passer des heures à l'écouter parler ou le lire.

Je me justifie tous les jours sur les accusations injustifiées qu'il me porte. Alex ne veut jamais rien entendre. Il critique et juge. Je ne comprends pas. Je ne comprends plus. Je me hais de commencer à trop l'aimer. Mon univers s'écroule chaque jour un peu plus.

Je devais aller le voir. J'avais pris un billet d'avion. J'avais réussi à expliquer à S que cette rencontre était importante. Je n'avais pas menti à S. Elle m'avait dit « va si tel est ton souhait, de toute façon tu n'en as toujours fait qu'à ta tête ». J'écris à Alex « je vais demander le remboursement de mon billet d'avion, c'est con, on n'aura même pas eu l'occasion de se revoir, ne serait-ce que pour nous dire adieu ».

Et c'est à ce moment-là, au moment où je lui dis que j'accepte sa décision qu'il revient vers moi en me culpabilisant. Il m'appelle, il crie, il insulte, il se met en colère. Et moi, comme une gosse à qui on enlève son jouet, je pleure. Je ne vois plus S, je ne vois plus mes amis, je ne vois plus rien, je ne veux voir que lui.

Moment de tempête. Je suis trempée jusqu'aux os.

Puis, au bout de quelques heures, l'éclaircie. C'est un « pardon » qu'Alex écrit en lettres blanches sur son front ; un « pardon » qui me fait basculer de nouveau vers lui et qui me redonne espoir, alors que j'aurais dû arrêter toute relation à ce moment-là. Mais j'avance encore. J'avance dans la forêt avec mon panier rempli de doutes, de peurs et de tellement d'amour, de rêves…

CICATRISE-MOI

Je regarde son visage avec les lettres blanches sur son front. Je suis soulagée car il reconnaît ses torts et qu'il ne m'en veut plus.

Oui, je lui pardonne de m'avoir, durant quelques jours, fait tant de mal. Je lui pardonne tout, car j'oublie ma douleur lorsque sa voix se radoucit.

Nous voilà, Alex et moi, repartis à parler du Nous. J'oublie les pleurs, les craintes et les douleurs engendrées par ses sautes d'humeur constantes.

Je lui dis que je ne reprendrai pas de billet pour le rejoindre, que s'il veut me voir, il faut qu'il trouve une solution. Nous trouvons un compromis. Nous nous rejoindrons à Lyon. S travaille beaucoup, lorsque nous nous croisons, elle me regarde tristement. Je ne prends pas soin d'elle, alors qu'elle a passé son temps à prendre soin de moi. Je suis complètement sous l'emprise d'Alex, et la seule responsable de cette emprise, c'est moi.

S baisse les bras. Elle me dit « tu n'as rien à me dire ? ». Je lui réponds « non ». Elle repart en hochant la tête. Je ne veux pas voir sa douleur. Je ne veux pas voir que peu à peu elle s'éloigne de moi, comme mon bonheur, comme ma liberté, comme mon sourire, comme ma joie de vivre.

Alex est l'asphyxie qui étouffe le cœur ; S est la bouteille d'oxygène qui se vide peu à peu. Bientôt, inconsciemment je sais que je ne pourrai plus respirer. Plus que quelques jours à tenir et je vais enfin pouvoir mourir. Je vais revoir Alex.

J'ai un peu peur qu'il se désiste au dernier moment. Peut-être qu'il ne me plaira plus, alors je pourrai reprendre ma vie où elle s'est arrêtée.

« Je languis de pouvoir glisser ma bouche le long de ton cou, de sentir ton odeur animale ; je languis de pouvoir goûter à ta peau, caresser tes cuisses, lécher de ma langue tes couilles bien remplies, les aspirer doucement avant de remonter lentement pour prendre ta queue et la laisser danser contre mon palais. Je languis de pouvoir te sucer et t'avaler goulûment, j'ai hâte de me rassasier de toi. J'imagine ton regard, j'imagine tes insultes, tes claques, chaque mot que tu diras… Rose »

Retenir la respiration, une minute, deux minutes… après trois minutes je serai morte.

« Connasse, je tiens à toi ma petite pute ». Et dans ses mots, et dans sa vulgarité, je ressens l'amour mortifère. Il tient à moi, ça me rend heureuse. Je suis heureuse lorsqu'il m'écrit l'amour et les sentiments ; heureuse lorsque je l'entends, heureuse lorsqu'il est satisfait. Heureuse, je le suis, je le suis car il est heureux.

S me donnait tout, elle me gâtait, elle m'écoutait, elle ne m'interdisait rien, elle cédait à tous mes caprices tel un Daddy protecteur.

Alex dit qu'il veut tout déconstruire, il dit qu'on m'a trop gâtée, que je ne suis pas une princesse fragile. Il veut travailler ma chair, me posséder, me modeler, me vider pour pouvoir me remplir ; posséder mon corps, mes viscères et mon âme. Je sens le feu dévorant de la passion consumer mon être alors que la bête se réveille une fois de plus pour dire « attention… tu es en danger, tout au bord de tomber ».

Ses mots sont une caresse délicate posée sur mon corps et mon âme, il réveille mes sens, je suis amoureuse. J'ai mal. Mais je me dis qu'on peut être heureux ensemble.

J'ai envie de le sucer à l'arrière des taxis en écoutant « Tostaky » ; qu'il me prenne comme une pute de luxe dans les chiottes d'un restaurant gastronomique ; envie d'acheter ensemble des petites culottes en coton blanc, les essayer dans la cabine et pisser dedans ; laisser couler l'urine le long de mes cuisses et le foutre à genoux devant moi pour qu'il me nettoie ; qu'il me baise dans un ciné quasi bondé ; moi, assise sur sa queue, et le faire gicler sur mon cul.

MARYSSA RACHEL

J'ai envie de garder en bouche son sperme lors de soirées entre amis, avec l'ordre ultime de ne pas l'avaler et de rester silencieuse ; envie de baiser sur une plage déserte à m'en gratter la chatte à cause des petits grains de sable ; envie de ramper à quatre pattes à ses pieds et le vénérer à outrance ; le pilonner des heures entières à lui en faire saigner le cul, la main enfermée dans ses intestins. J'ai envie de l'offrir en pâture aux plus vicieux et pervers des hommes et le regarder se faire bourrer le cul, le visage déformé par l'orgasme et dégoulinant de sperme visqueux ; lire dans ses yeux la honte et la décadence.

Je garderai pour moi la plus déliquescente de mes envies.

EAT ME – DRINK ME

Eté… chaleur, corps moites, tout va au ralenti.

Dans la chambre aseptisée, je prépare ma valise. Je prends l'essentiel. S est partie travailler, je suis seule dans la grande maison. Lorsque je pose mes vêtements dans la valise, la bête hurle de nouveau « reste là, tu vas te perdre et t'épuiser ». Je ne l'écoute pas, je n'écoute pas l'instinct animal. Dans quelques heures je pars pour Lyon, dans quelques heures je serai près d'Alex.

J'ai loué une chambre dans un hôtel, je ne sais pas à quoi elle ressemble. Je m'en branle de savoir si la chambre est belle ou laide, tant qu'il y a un lit, des chiottes et une salle de bains, c'est l'essentiel.

Dans le train, je pense à S… Je suis partagée, entre l'envie de la retrouver en m'excusant de l'avoir trahie et trompée et celle de me perdre dans le désir et la passion dévorante qui grandit chaque jour avec Alex.

Je sens que je fais fausse route et pourtant une petite voix me dit de poursuivre le chemin, tant que mes pieds touchent terre, je ne risque rien…

Depuis tant d'années, je me déguise pour attirer les regards, pour attirer l'attention ; tantôt en combinaison de chair tantôt de vêtements trop courts qui dévoilent mon corps. Je porte la provocation sur ma peau, la provocation faite de tissus, de soie, de dentelles. Ainsi parée, ainsi masquée, je me sens forte, forte pour tout affronter. Amazone. Déesse hypocrite. Je suis invincible, inattaquable, cruelle. Avec Alex, je porte uniquement un simple voile de pudeur et de fragilité. Avec S, je suis dans la prison de la liberté, dans le cachot de la lubricité. Elle me laisse libre d'agir et de faire. Libre de baiser. Libre de me perdre, elle est mon « île » protectrice.

Aujourd'hui, il me manque l'ivresse des sens, il me manque l'appartenance, la non-liberté, l'amour romantique et tragique, l'exclusivité. Putain de dualité, putain de versatilité.

Lyon. Je traîne ma petite valise sur roulettes. Je porte une jupe. Sous la jupe, je porte le porte-jarretelles noir et les bas résille. Je porte les talons qui me poussent à cambrer mon dos et avoir une démarche légère et sensuelle. Mes cheveux sont attachés par une tresse, signe d'appartenance, car Alex me l'a demandé.

Je dépose ma valise à l'hôtel. La chambre est petite, elle n'est pas très belle. Je regarde le lit, et je nous imagine déjà couchés, à baiser comme des animaux en rut.

Je ne pense pas à S à cet instant précis, je ne pense qu'à Alex. Je suis une adolescente égoïste prête à tout pour satisfaire ses propres envies et besoins, sans se soucier de son daddy.

Je ne sais pas que S pleure tout le temps. Je ne sais pas qu'elle fait des crises de colère ; je ne sais pas qu'elle va voir ses amis et qu'elle déballe sa haine ; je ne sais pas qu'elle va voir mes amis et qu'elle déballe son incompréhension. Je ne sais pas qu'elle est triste. Je ne sais pas qu'elle commence à me haïr. J'aurais dû faire demi-tour ce jour-là. Je n'aurais jamais dû rejoindre Alex.

J'étais libertine, je deviens femme qui appartient à l'homme. Et à l'intérieur hurle la bête libre d'agir et de faire. J'ai confiance en moi malgré mes mille peurs du monde.

Je traverse le grand couloir de la gare, j'entends des hommes siffler lorsque je passe. J'entends « elle est belle ».

« Je t'attends vers la FNAC. A. »

Je le vois. Je ralentis pour l'observer de loin. Il regarde son téléphone portable, le mien vibre « je t'attends, tu es en retard ». Je ralentis encore un peu. Les gens passent à côté, derrière et devant moi… et moi, je l'observe, je ne vois personne, je ne vois que des ombres, je ne vois que des fantômes. Je n'entends plus rien, je suis dans un monde parallèle. Où sont les Langoliers ?

Le Loup est devant la FNAC. Il est grand, mince, il n'est pas coiffé, il porte toujours son vieux jean et ses vieilles chaussures. Mon cœur s'emballe. Il ressemble à un homme de la rue. Il ressemble à un poète maudit ; Bukoswki, Gainsbourg, Miller…

écorché vif. Il porte la saleté, les ténèbres sur lui. Il n'est pas rasé. Il n'a pas pris soin de lui. L'homme-loup a pris le train, une fois pour me rejoindre, une fois pour me posséder, une fois pour m'éteindre, une fois pour m'anéantir.

J'entends la voix de l'animal « fuis, fuis, pendant qu'il est encore temps ». Je suis attirée par le danger, le danger de me perdre, de me faire mal.

Je m'approche d'Alex… danger.

Il me regarde, je baisse les yeux, il me dit « regarde-moi, je t'interdis de baisser les yeux, c'est important que je lise ton âme ». Il m'agrippe par les cheveux. En pleine gare, il empoigne ma tresse, il serre fort. Doucement je me baisse pour me mettre à genoux, à ses pieds. Et je le regarde. Je suis en pleine gare, je ne vois personne, je n'entends personne. Et si les gens me voient ainsi, devant l'homme-loup, je serai fière de leur montrer que j'appartiens au dieu de la lubricité.

Je suis seule, le regard plongé dans les grands yeux du Loup. Ses yeux sont tristes, cernés de noirs, doux et pervers à la fois. L'animal s'agite à l'intérieur de moi « va-t'en, il est dangereux ». Je frissonne, je tremble. Il me dit « relève-toi, petite pute ». Il sourit. Il est fier.

Il prend le sac de son appareil photo ; il tire sa valise rouge derrière lui. Il marche d'une façon nonchalante. La bête hurle « tu vas morfler, t'es prisonnière, Barbe Bleue va te tuer ».

Nous marchons le long du grand couloir de la gare. Il y a les gens qui regardent, il y a les bruits de vie. Personne ne siffle lorsque je passe. Mon aura brille un peu moins fort. Je deviens invisible.

Dans la rue, le bruit des roulettes de sa valise résonne, il reste silencieux et ne prend même pas deux minutes pour me regarder.

Nous arrivons enfin dans la chambre d'hôtel. Il pose sa valise dans l'entrée. Il ferme la porte. Il me plaque contre le mur, il m'embrasse, avec fougue, appartenance et déraison. Mon corps réagit. Je me donne, je m'abandonne. Je suis une marionnette, il tient les ficelles, il fait ce qu'il veut de moi. Je suis une poupée, une parfaite poupée.

Folie amoureuse, folie de la passion destructrice. Amour qui me détruit lentement.

Mon animal se débat, encore et encore, et je ne l'écoute pas, et je le bâillonne encore un peu plus fort, et je l'étouffe l'animal, je le tue l'animal.

Il pose sa main sur ma nuque, il m'agrippe fermement, ses doigts dans ma chair, ses ongles qui me blessent et déchirent ma peau. Il me guide, il me traîne jusqu'aux toilettes. Je me laisse traîner comme un animal docile, la bête tapie à l'intérieur de moi se recroqueville, apeurée.

Il me guide vers le sol, il ne parle pas. Au sol, il y a le carrelage froid. Au sol, il y a mon corps plaqué par sa main puissante. Au-dessus de moi, il y a lui. Il ne dit toujours rien. Il défait sa ceinture, il ouvre son pantalon, il sort sa queue. Je suis toujours au sol, immobile, lui au-dessus de moi. Il me pisse dessus, avec insolence et désinvolture en éclatant de rire. Il me dit « tu es à moi, connasse, tu m'entends ? Tu m'appartiens, corps et âme. Ta vie prend un autre virage ». Je suis un animal docile et la bête, l'instinctive bête, elle, reste muette.

Il me relève. Je fais attention de ne pas glisser sur le sol. Il prend mon visage entre ses mains qu'il dirige vers sa queue puant le poisson crevé. Odeur forte de thon en boîte avarié.

Je suce et je nettoie son sexe puant et poisseux. Je ne suis pas dégoûtée de l'odeur forte de son sexe. Il a le sexe de la bête qui dévore, il est la bête monstrueuse. Il me fera du mal sans même en avoir conscience. Et moi je chuchote « Alex tu ne me fais pas peur » en tremblant.

Je le suce, je l'aspire, je l'avale, je le déguste. Il me stoppe, il relève ma tête. Il m'embrasse avant d'abattre sur mon visage une gifle qui étourdit mes sens. Il me dit « nettoie maintenant, et va prendre une douche, tu pues la pisse ».

En sortant de la douche, je m'installe près de lui. Il sort son appareil photo, il me dit « va te mettre près de la fenêtre ». Me voilà le cœur pris au piège. Me voilà prise dans ses filets alors que je sais pertinemment que je suis en danger.

Il me photographie nue. Il photographie mon sexe, mes seins en gros plan, il photographie mon intimité.

Il me dit « écarte tes jambes, écarte ta chatte avec les deux mains ». Je m'expose à son objectif. Il me dit « tourne-toi et cambre-toi, je veux voir ton cul. Offre-toi, excite-moi, donne-moi envie de te défoncer». J'obéis sans broncher.

Je mouille, je dégouline de désir pour le monstre à l'appareil photo. Je m'exhibe, j'attends qu'il me fouille. Il me dit «viens ici, ma petite pute». Il est assis sur le canapé. Je commence à m'agenouiller devant lui, mais il se lève et me rattrape au vol. Il me traîne jusqu'au mur. Il me laisse debout contre le mur. Il claque l'intérieur de mes cuisses, ma peau brûle... «Écarte» m'ordonne-t-il. Il passe ses doigts entre mes jambes. Il me dit «t'es trempée, salope». Et je dégouline encore plus. Il plante ses doigts dans mon ventre. Sans ménagement, sans douceur, sans tact, sans délicatesse, il bourrine l'intérieur de mon ventre, il bouscule mes viscères, et moi je pisse d'excitation. Je dégouline sur le sol de la chambre d'hôtel. Il me dit «t'es une salope, une pute... tu dégoulines, connasse, je vais te déshydrater». Je pleure, les larmes coulent sur mon visage comme la cyprine sur la moquette. Il me tire une claque. Je le regarde, surprise. Je regarde ses yeux à la fois excités et curieux. Il me dit «t'as les yeux qui brillent, connasse». Il sourit encore une fois, puis il éclate de rire. Il me tire une autre claque. Je me mets à terre. J'explose en larmes de délivrance. Il me prend dans ses bras. Il me dit «tu sais, je n'ai jamais foutu de claque à personne, tu es la première, et j'aime ton regard, tes yeux qui basculent quand ma main claque ta joue... bordel je t'aime, Rose, je t'aime».

CHOIX DE VIE

Intérieur de la chambre d'hôtel, deux corps nus, collés. Mon corps commence à souffrir. Je suis nue, nue contre le corps à l'odeur forte du Loup qui dort. S m'appelle. Je ressens la culpabilité et la honte. Je me lève doucement. Il est deux heures du matin. J'enfile un t-shirt et un caleçon. Je dis à S « attends deux secondes ». Je chuchote pour ne pas réveiller le Loup.

Je sors dans le couloir de la chambre d'hôtel. S dans les oreilles. Sa voix qui me rassurait tant hier me donne envie de pleurer. Je me sens mal, j'angoisse, je lui mens. S me dit « pourquoi chuchotes-tu ? Tu étais en train de baiser ? Tu dors avec lui ? ». J'entends sa colère, alors je lui mens et lui dis « non je n'ai pas baisé avec Alex, je te l'aurais dit sinon ». Elle me dit « Rose, ne me mens pas, tu sais que je te sens, tu sais que je t'connais, tu sais que je ne t'ai jamais rien interdit et que je te veux libre de faire et d'agir. Ce que je ne veux pas, c'est que tu sombres, que tu déprimes et que tu partes dans une direction qui n'est pas la tienne. Et surtout, ne me prends pas pour une conne, je ne le supporterai pas ».

Je suis en larmes au téléphone, larmes de culpabilité. Elle me dit « quand tu rentres à la maison, nous allons discuter ». Sa voix tremble. J'entends la déception, la colère naissante, j'entends la haine qui s'installe, j'entends le désamour. La bête, elle, voudrait hurler « viens vite me sauver… Je suis dans la tanière du Loup, il dort, tu pourras le tuer ». Mais je n'appellerai pas au secours. Je laisse S prendre de la distance. Le Loup qui m'attend de l'autre côté de la porte va me dévorer.

Alex est allongé sur le lit. Il ronfle. Les volets sont ouverts. Il va faire beau demain, le ciel est dégagé. La lumière de la pleine lune éclaire la chambre mortuaire où le corps d'Alex repose, presque en paix.

Je respire l'odeur de mon démon, de mon Loup dévastateur. Odeur de transpiration, odeur âcre du sperme, odeur de sa queue, odeur de sa peau. Je m'allonge à côté d'Alex, je me colle contre son corps ; je me sens petite, fragile, à sa plus complète merci. Il me dit « c'était qui ? ». Je lui dis « c'était S ». Il se tourne. Il soupire. Il me répond « elle sait pour nous, elle n'est pas conne ». Puis il se remet dans la même position. J'ai son cul face à moi. Je me blottis contre son dos. Je lui dis « j'ai besoin que tu me prennes dans tes bras ». Il pivote de nouveau. Il me dit « ça y est, la Rose devient romantique et avoue qu'elle a besoin de douceur, un peu ? ». Je ne réponds pas, j'ai la tête remplie de trop de choses. Je colle mon nez sous son aisselle, je le respire, je respire le changement de vie, je respire l'odeur des ennuis, et de la déchirure, de la destruction, de la douleur. Je lape les poils de ses bras, poils collés par la transpiration. Je remplis ma bouche de son odeur, de son goût, de son « lui » tout entier.

J'ai besoin de découvrir des choses nouvelles, j'ai besoin de marcher pieds nus dans la tempête à m'en écorcher la chair.

Je veux évoluer. Avant de rencontrer Alex, j'étais continuellement dans l'excès, dans l'excès de tout. L'excès du sexe, de la perversité, de la décadence, de la non-exclusivité. Abus d'alcool, abus de sexe, abus du vice. Avant Alex, je marchais *perchée* sur dix centimètres de talons aiguilles. Aujourd'hui, je porte les chaussures plates, les jeans usés, les pulls déformés. Si la femme fragile refait surface, je deviens la proie, je souffrirai.

Avant Alex, je peignais les ombres, j'exorcisais mes peurs, je photographiais le sombre, je photographiais les situations dérangeantes, je provoquais. Souvent critiquée et jugée, je luttais, j'étais une amazone, une femme forte ; je peignais la souffrance, la colère, la haine, je photographiais le sang, les luttes et les combats ; j'immortalisais la luxure, les orgies, les corps suants de désirs.

Avec Alex, j'immortalise la souffrance, l'amour qui déchire… Les images en noir et blanc défilent derrière le rideau de mes paupières closes.

Hier, je refusais l'amour, car l'amour c'est l'enfermement, l'amour c'est l'art d'être seuls à deux. L'amour, c'est la sentence, le coup de foudre qui brise le célibat, qui brise la liberté, qui brise l'indépendance. Vivre à deux, c'est difficile, c'est apprendre à vivre avec une personne qui parfois nous sort par les yeux. C'est supporter les portes ouvertes des toilettes, le nez qui coule, c'est la mort de la séduction. L'amour, c'est prendre le risque de se perdre pour que l'autre puisse se retrouver. J'ai peur de ça, j'ai peur de ce que je ressens là, à cet instant, à côté de cet homme qui hier encore était inexistant.

Le jour se lève, Alex et moi sortons prendre notre petit déjeuner à la terrasse d'un café. Alex porte le pull marin à capuche ; le pull marin du jour où je l'ai rencontré. Il n'a pas coiffé ses cheveux, il n'a pas pris de douche ce matin. Je n'ai pas envie de rentrer chez moi, je voudrais rester près de lui. J'ai passé la porte, la porte du danger.

Il me dit « c'est quoi ton vœu l'plus cher, Rose ? ». Il pose sa main sur la mienne.

– Être heureuse…

– C'est vaste ça, « être heureuse »… Dis-moi, raconte-moi tes rêves.

Je pose ma tête dans mes mains comme une petite fille rêveuse. Une boule au fond de ma gorge. Les yeux prêts à déborder. Toute petite, je faisais déjà le vœu d'être juste heureuse. Toute petite, je ne me demandais pas comment faire pour être heureuse, je voulais juste être heureuse.

Alex est calme, toujours immobile, toujours là, face à moi. Après un long silence, il me dit « alors ? Tes rêves ? Faut pas réfléchir, lance-toi ».

– Non j'sais pas…

– T'as donc pas de rêves ? Tu veux être heureuse et tu n'sais même pas ce qui pourrait t'apporter le bonheur ?

– Non… j'sais pas.

– Il était temps qu'je rentre dans ta vie, petite fille. Je vais t'aider à rêver en vrai, à oser…

Il caresse ma main du bout de ses doigts. Une larme coule sur ma joue. Je l'essuie d'un revers de main. Un tas de bordels tourmentent mes pensées les plus intimes. J'ai du mal à me concentrer, j'ai du mal à penser, j'ai du mal à retenir les petites choses qu'il faudrait retenir. Mon cerveau déborde.

PROMETS-MOI

Dernière nuit à l'hôtel… Dernière nuit dans ses bras.

J'entends les bruits, j'écoute les bruits ; les bruits du train, les bruits de vie. J'entends les voix robotisées qui annoncent l'arrivée et les départs du train. Alex me dit « écoute, imprègne-toi des bruits environnants et n'oublie jamais. Lorsque tu partiras en voyage, tu penseras à nous. Lyon, à partir de ce moment, devient notre ville ». J'écoute avec encore plus d'attention les bruits du dehors et je m'imprègne des bruits de vie.

Je m'allonge sur le lit aux draps trop blancs. Alex me bande les yeux avec un foulard noir. Il me dit « fais-moi confiance ».

Alex me fait voyager par les sensations qu'il procure à mon corps, à mon cœur. Il me fait voyager par la voix, il me fait voyager avec les sentiments. S me faisait voyager par les histoires qu'elle me racontait, par les mises en situation, par les scénarios qu'elle créait.

J'entends le bruit des trains. Puis Alex prend l'appareil qui envoie de l'électricité et le pose sur mon intimité. Je me souviens de H. H m'avait donné les coups de fouet et il m'avait donné l'électricité sur les parties intimes. J'avais confiance en H, comme j'avais confiance en S, j'apprends la confiance avec Alex. S'il n'y a pas de confiance, il n'y a pas de jeu, il n'y a pas de bascule, il n'y a pas de perte de contrôle, il n'y aura jamais d'abandon total.

Les yeux fermés sous le foulard noir, j'écoute et je ressens. J'écoute la vie du dehors, et je ressens la vie du dedans.

Je perçois les picotements, les pulsations électriques. Il me dit « laisse-toi aller, ne contrôle rien, tu ne risques rien… ». Électricité une fois de plus. Picotements. Je cambre mon corps. Je dégouline sur les draps trop blancs. Il me dit « tu aimes avoir mal, le mal te donne la jouissance, l'orgasme libérateur ». Alex continue les jeux avec l'électricité. Puis il me dit « tourne-toi... ». La voix d'Alex devient chaque jour un peu plus douce, un peu moins farouche. Il se dés-endurcit, il s'adoucit.

Je me mets à quatre pattes sur le lit. Il me dit « cambre-toi ». J'entends le bruit des lanières de cuir qui scindent l'air. Je frissonne... j'attendais, j'attendais ce moment avec impatience.

Alex pose les lanières de cuir sur mon dos et lentement les fait glisser sur ma peau. Je sens l'odeur des lanières de cuir. Alex passe sa main sur ma nuque, mon dos, mon cul, entre mes jambes écartées avant de faire mouliner les lanières du martinet. Douce chaleur. Il me dit « n'oublie pas d'écouter, tu te souviendras toute ta vie de ce moment-là. Chaque fois que tu voyageras, tu prendras cinq minutes dans chaque gare pour respirer et te souvenir de ce que tu vis là, en ce moment, avec moi ».

Je me concentre sur les bruits de vie en laissant mon corps s'abandonner sous la douleur extatique des coups de martinet.

Alex donne des coups de plus en plus forts, sur mon dos, mes reins. Des coups de lanière comme on donne des coups de poing. Dix, vingt, trente minutes de martellement. Mes larmes commencent à couler sous le foulard noir. Alex caresse mon dos. Il prend mon visage entre ses mains. Il enlève le bandeau. Il me dit « ça vient... Enfin... ne retiens rien, offre-moi ta libération. Ne garde rien. Laisse couler ». Je laisse couler les larmes comme je laisse couler mon intimité. Il me prend dans ses bras. Il s'assoit sur le fauteuil. Je rampe jusqu'à lui et me positionne à genoux à ses pieds. Les larmes qui libèrent les maux ne cessent de couler sans un bruit, sans un gémissement, sans un couinement. Jamais je n'ai autant pleuré, de jeu ou de douleur. Tout se mélange dans ma tête. Puis Alex me dit « ce n'est pas fini. Regarde-moi ».

Je lève les yeux vers lui. Son regard est froid, autoritaire. Je suis toute petite, je suis toute fragile, je suis sa proie, la proie que le Loup prend le temps de déchiqueter. Il déchiquette mon âme, il meurtrit mon corps ; lente agonie, terrible supplice. Il me déconstruit, il me démantèle, me démembre.

Il penche la tête sur le côté. Il passe la cravache sur mes cuisses nues « écarte, relève-toi, ton cul ne doit pas toucher tes chevilles ».

Mes jambes tremblent. Il reste muet. Il me laisse frémissante dans le silence imposé. Mes muscles se tendent, s'engourdissent durant quelques minutes qui me paraissent être une éternité. Il me dit « tu me fais bander, connasse. Ça te plaît de savoir que tu me fais bander ? ».

– Oui...

– Oui ? Oui qui ?

– Oui... Monsieur...

– Je vais déchirer tes chairs et ton âme, te meurtrir chaque jour un peu plus et te libérer peu à peu de toutes ces merdes superficielles que tu as cumulées. Écarte encore.

Alex donne de petits coups de badine entre mes cuisses. « Tu m'as écrit que tu détestais qu'on meurtrisse ta chatte. Moi ce qui m'excite, c'est la transgression... » Il donne encore de petits coups de badine sur mon sexe gonflé. Il me dit « t'as envie que j'te baise... t'as envie que j'remplisse ton sexe... regarde ça comme tu mouilles... regarde... ».

Je baisse la tête, des filets de cyprine coulent lentement, filets transparents et gluants qui me relient au sol. Il me dit « t'as pas honte ? T'as pas honte d'te présenter ainsi à moi ? Et regarde c'que tu m'fais... regarde ma queue sous mon fute comme elle est tendue ».

Alex est installé au fond du fauteuil. Il est diaboliquement beau avec ses cheveux emmêlés, sa barbe de plusieurs jours, son regard froid. Alex touche la bosse sous la toile de son pantalon.

Il me dit « t'es à moi p'tite pute. Je vais faire c'que j'veux de toi. Tu jouiras de mes vices. J'vais te faire connaître la libération, l'abandon total ». Il sort sa bite odorante. Instinctivement, je me dirige vers son membre tendu, tel un animal sur un morceau de viande. Il me gifle. Il me gifle et me dit « t'as cru qu'tu pouvais v'nir m'sucer comme ça ? Sans que j'te donne l'autorisation ? ». Je baisse les yeux. Cette claque retourne mes sens. Il me dit « Tiens-toi droite... rends-moi fier de toi, regarde-moi ça, on dirait une martyre ».

Il approche de nouveau sa main vers ma joue. Je ferme les yeux. Il éclate de rire « tu croyais que j'allais t'en claquer une autre, n'est-ce pas ? ». Je ne parle pas. « Tu crois vraiment que tu vas les sentir arriver, mes claques, petite conne ? ». Il n'a pas le temps de terminer sa phrase que sa main claque de nouveau sur mon visage. Joue en feu. Mes yeux se remplissent de larmes. « Tiens-toi droite ! » Nouvelle claque. Ma tête bascule de droite à gauche. À chaque contact, je pisse sur la moquette. « Regarde ça, salope, tu souilles la moquette… je vais finir par te foutre des couches, t'es incapable de te retenir… » Il re-claque sa main. Encore une fois. Tête qui bascule, yeux qui se remplissent. À la septième claque, je reste au sol, j'éclate en sanglots, de vrais sanglots, des sanglots bruyants, des sanglots de soulagement. Tout sort. Alex dit « viens ici… viens me voir ».

Sa voix est redevenue douce. Je m'approche de lui. Il prend mon visage entre ses mains « ça fait du bien, n'est-ce pas ? ». Il caresse mon visage. Il me dit « j'aime voir tes yeux briller quand ma main percute ta joue ».

Je pleure encore plus. Je pose ma tête sur ses genoux. Il me dit « tu entends toujours les bruits, dehors ? »… Je murmure un oui entre deux sanglots. Il me dit « tu me promets que tu te souviendras toujours de ce moment-là, et que tu prendras cinq minutes de ton temps lorsque tu voyageras ? Tu me promets de toujours penser à moi ? ». Je ne pourrai jamais oublier ces instants-là… derniers soupirs de vie… intérieurement, je suis tiraillée par l'enfant qui pleure, la bête qui hurle et l'adulte qui raisonne.

Je ne prends plus soin de moi, je ronge de nouveau mes ongles, comme lorsque j'étais petite fille.

Je rongeais mes ongles et découpais de petites peaux qui entouraient l'ongle. Ciment de chair. J'aimais sentir les petits morceaux de moi craquer entre mes dents. Je me balançais, assise sur le lit, le canapé ou au sol devant la grande baie vitrée ouverte et je regardais les rideaux blancs danser avec le vent.

J'étais la « petite fille à papa ». La petite fille entendait les adultes dire « ce sont les fous qui se balancent, ce n'est pas normal qu'elle se balance comme ça, elle doit avoir un problème ». Elle entendait les chuchotements que personne n'entendait ;

elle voyait les ombres que personne ne voyait ; elle sentait les odeurs que personne ne sentait.

Elle avait peur que les hommes ou les femmes en chemise blanche viennent la chercher pour l'emmener dans le long couloir jaune.

La petite fille rongeait et mangeait la peau « poison » de ses doigts en se balançant comme une folle.

Je ronge mes ongles et je me balance de nouveau. Je redeviens la petite fille aux ongles rongés, aux doigts ensanglantés, aux infections intimes… et je me souviens, je me souviens de quand j'étais petite ; de l'attention particulière que certains adultes, dont mon père, me donnaient… Il était une fois une petite fille, dans la pension des enfants perdus…

Le soir, lorsque tout le monde était couché, la petite fille sentait l'odeur des gaufres, et la surveillante, une grosse femme aux cheveux rouges, venait la chercher. Le surveillante disait « tu es ma chouchou… viens avec moi, ne fais pas de bruit, il ne faudra le dire à personne, sinon tes camarades seront jaloux et deviendront méchants avec toi ». Et dans le petit studio, la surveillante offrait des gaufres à la petite fille. Elle s'en mettait partout. Alors la surveillante disait « oh tu es une cochonne, tu t'en es mis de partout… c'est l'heure de ta douche ». Alors, la petite fille se laissait déshabiller par la surveillante, la bouche pleine de gras, pleine de sucre. La surveillante disait « tu sais que c'est toi que je préfère, je viendrai te chercher la nuit, et je te ferai manger des gaufres et je te donnerai une douche ».

La surveillante mettait la petite fille dans la douche. Elle insistait sur les parties intimes, elle frottait les parties intimes de la petite fille. Elle disait « tu aimes bien quand je te donne la douche ? ». La petite fille avait l'habitude de se faire toucher les parties intimes par les adultes ; son père lui disait aussi « il ne faut le dire à personne ». La petite fille aimait lorsque les adultes s'occupaient d'elle ; elle ne savait pas que c'était mal, elle aimait sentir la chaleur dans son ventre. Alors elle écartait les jambes, et la surveillante disait « je savais que tu étais une petite vicieuse, ton petit minou coule tout seul »… et la petite fille fermait les yeux pendant que la surveillante faisait de doux petits cercles sur son tout petit bourgeon ». La surveillante après la douche disait « tu veux voir mon petit bourgeon à moi ? ». La petite fille rigolait pendant que la surveillante quittait sa culotte et se mettait sur son lit. La surveillante disait « approche-toi plus près encore, ma chouchoute »… et la petite fille se trouvait la bouche collée sur la grosse fleur ouverte de la surveillante, à laper le jus qui sortait en jet… le matin elle se réveillait dans son lit, sans savoir comment elle y était retournée.

J'ai connu la jouissance, petite fille, par la main des adultes…

Je viens d'arracher la petite peau à côté de l'ongle de mon pouce. Je saigne. Alex me dit « arrête de ronger tes ongles, c'est moche ».

HYSTÉRIE PASSAGÈRE

S me fatigue, elle joue à la personne aimante, attentive et affectueuse alors qu'elle enrage intérieurement. Elle n'a de cesse de me faire la morale et me mitraille de « tu es égoïste », « si je dis ça, c'est pour toi » et bla-bla-bla. Elle passe son temps à me coller comme une sangsue. Toujours entre mes jambes, comme une paire de couilles ballantes. J'ai juste besoin de silence. Juste besoin qu'elle me foute la paix et qu'elle me laisse respirer. Mais elle continue de parler avec sa petite voix mielleuse.

J'ai senti la grosse chaleur derrière la tête, mon cœur s'est mis à battre très fort dans ma poitrine, ma respiration s'est accélérée. Ô colère, ô rage, ô désespoir. J'ai pété un câble en un dixième de seconde, ça s'est passé vite, très vite. Je lui ai demandé de se taire, elle n'a pas voulu la boucler… alors j'ai hurlé.

Je me suis mise dans le couloir, et j'ai hurlé ma rage, ma rage du « non-choix ». Je suis complètement paumée. J'ai meurtri mes cuisses avec le peu d'ongles qui me restait. J'ai meurtri ma chair, je me suis fait saigner. S m'a foutu une claque. Elle pensait me faire réagir, je l'ai encore plus détestée.

Et j'ai continué à crier en meurtrissant mes cuisses. Je ne parvenais plus à me contrôler. Je criais, j'arrachais les morceaux de peau, je voyais le sang perler et je hurlais encore, comme je hurlais, petite, après les adultes en me tapant la tête sur le sol.

S m'a dit « tu as besoin d'aide », j'ai continué à hurler. Puis S m'a secouée et m'a dit « on va voir le médecin ». Je ne veux pas voir le médecin, ni les hommes, ni les femmes en blouse blanche qui enferment dans le long couloir jaune. Puis je me suis calmée en me balançant, en pleurant encore et encore comme Marie-Madeleine.

S me parle calmement, la bête se calme peu à peu. Putain de bestiole. Je suis tiraillée par deux amours comme je l'ai été pendant mon enfance, lorsque ma mère et ma grand-mère se sont battues l'une contre l'autre pour pouvoir me garder.

Je suis assise dans le couloir, les jambes griffées, les jambes ensanglantées, je dois faire le choix. Le choix entre Alex ou S. Entre la descente dans les bas-fonds de l'enfer ou la croisière calme et paisible au soleil…

S me dit « je serai toujours là pour toi, tu vois bien que ton clodo, lui, n'est pas là ».

Je suis dans la salle d'attente, les yeux gonflés de larmes. Je ne vois pas les gens qui sont assis. Je me moque de savoir s'ils me regardent, s'ils m'observent ou pas. La main de S est dans la mienne. Elle me dit « tout va bien se passer, je suis là ».

Deux heures trente d'attente. URGENCES. J'n'ai pas que ça à foutre d'attendre un psy qui fera semblant de vouloir me guérir. Quand j'avais quinze ans, j'ai été suivie. Les adultes disaient que j'étais aussi tarée et vicieuse que papa. Je me balançais, je tournais une mèche de mes cheveux entre mon pouce et mon index ; je faisais des crises en hurlant, et j'entendais le brouhaha incessant de tous ces bourdonnements effrayants. J'avais beau boucher mes oreilles, je les entendais tout le temps, du matin au réveil jusqu'au soir. Les bourdonnements font mal à la tête. Il ne faut pas toucher la tête. C'est douloureux ce qui se passe à l'intérieur du cerveau.

Face au vieux médecin en blouse blanche, je dis « je suis fatiguée, fatiguée, j'ai peur d'être folle ». Et je lui explique S et ma rencontre avec Alex. Il me sourit et me dit que je vais bien, que j'ai juste besoin de dormir un peu.

– Expliquez-moi pourquoi, lorsque je suis heureuse, je fous tout en l'air ? Pourquoi j'suis tombée amoureuse de ce gars qui est tout ce que je déteste ? Pourquoi je ne parviens pas à me fixer ?

– Est-ce vraiment ce que vous désirez, Rose, vous fixer ?

– Je n'en sais foutre rien.

– Que voulez-vous faire, Rose ?

– Rejoindre Alex.

– Alors, rejoignez Alex. Vos relations sentimentales ne sont que des casse-croûte dans votre vie. Revenez vers moi lorsque vous ne saurez plus vous taire.

– Merci Docteur…

– Prenez soin de vous, Rose. Et n'écoutez pas la femme qui vous a accompagnée.

– Pourquoi ?

– Elle voulait vous faire interner.

S voulait me faire interner pour avoir plein pouvoir sur moi et que je ne parte pas rejoindre Alex. C'est lâche, méchant et tellement décevant.

LA CHAROGNE

Tu vois que tu es bien, que tu vas bien, lorsque tu dors bien la nuit, même si tu fais des rêves étranges ; quand la bouteille de vin n'est pas vide au bout de deux heures ; quand tu ris aux éclats au moins une fois par jour ; quand tu jouis dix fois par nuit ; quand tu parviens à ne pas penser au pire ; quand tu parviens à mettre les idées négatives de côté ; quand tu parviens à tout prendre avec légèreté ; quand tu te sens bien tout simplement.

Je ne dors plus, je fais des cauchemars toutes les nuits. Je bois trop. Je pleure trop. Alex me dit que je ne serai jamais capable de l'aimer à la hauteur de ce qu'il attend de l'amour. Il m'aspire, il pompe mon énergie puis me regonfle par des mots gentils et de délicates attentions. Je reprends espoir et je sombre le lendemain. Je veux croire que je pourrai lui donner tout l'amour qu'il espère que je lui donne. C'est quand on est loin l'un de l'autre qu'Alex devient méchant, lorsqu'il est tout près de moi, il est doux et attentionné.

J'ouvre une autre bouteille de vin. Je bois seule, je fume encore. Je suis devant l'écran de mon ordinateur. S s'approche de moi. Elle me dit « il faut vraiment qu'on parle, Rose ». Elle a les yeux gonflés de larmes. C'est la première fois que je la vois depuis quelques jours. Je vois les marques de la douleur sur son visage. Je l'ai connue débordante de joie, je l'ai connue souriante, pleine d'humour, de contrôle et de force. Nous étions encore il y a quelque temps, toutes deux remplies de vie, de vice et d'envie. Depuis Alex, le ciel s'est assombri. Elle vit sous le même ciel que moi.

J'ai peur, je suis angoissée. La bête hurle « regarde ce que tu fais… »

S me dit « nous allons nous séparer… Je ne peux continuer à vivre comme ça. Tu deviens un fantôme errant, toujours pendue à ton téléphone, à courir dès qu'il appelle. Je ne peux plus, j'ai trop mal. Si seulement tu pouvais te réveiller, Rose. Tu ne m'entraîneras pas dans ta chute ».

Alex m'appelle dans les profondeurs des enfers, et moi pauvre conne, je saute pour le rejoindre. C'est le moment de fermer les volets et les fenêtres et d'enclencher le ventilateur. Putain de chaleur. Je vais chercher « Joe » et danser sur le feu avec « Maria ».

Je sais qu'il faut que je vive certaines choses qui font mal pour me rendre compte à quel point le bonheur est doux. Personne ne pourra me sauver à part moi-même.

« Je serai toujours là pour toi » me dit S. Je sais qu'elle ne sera pas toujours là pour moi. Je sais que le jour où je lui dirai « je t'aime », elle ne me regardera pas, elle ne me répondra pas, car elle est comme tout le monde.

À LA FENÊTRE

Je quitte mon appartement aseptisé pour rejoindre Alex. Je passe prendre la clef de chez lui chez l'épicier. Alex bosse, il rentre dans deux heures.

J'essaie de sourire sans trop penser à demain ou après-demain qui n'existe pas, je commence par ne plus exister, par ne plus vivre, ma flamme s'éteint.

Je regarde par la fenêtre. Il y a les gens dans la rue, les gens et les voisins qui font résonner les petits bruits de vie. J'entends la voisine fredonner une chanson, l'épicier mettre en place son étal, deux vieux discuter sur la chaleur insupportable de l'été. Et il y a moi, à la fenêtre de l'appartement d'Alex, voyeuse, voleuse d'instants de vie, qui observe et écoute pour essayer de s'oublier.

L'appartement d'Alex est en travaux depuis deux ans. Je me sens seule, je me sens de plus en plus diminuée, de plus en plus transparente ; fantôme errant.

Il y a des trous dans les murs, il y a des trous dans le plancher. Squat de vie. Il manque les tags sur les murs. Il ne manque pas la petite coupelle avec un reste de poudre blanche et la carte de visite sur le rebord de l'étagère.

Je reste là, plantée devant la fenêtre, en culotte et débardeur, à penser à ma vie d'avant. Je ne suis ni heureuse ni malheureuse. Je sens que peu à peu je m'engouffre dans les profondeurs d'une mélancolie sans fin. J'attends que mon destin s'ouvre devant moi. Je ne lutte pas. Je ne lutte plus.

Mon corps est douloureux depuis que je suis avec Alex. J'ai mal à la chatte et au ventre constamment. Comme si la bête avait le pouvoir de diriger mon corps, comme si mon corps savait ce qui est bon pour moi. J'ai peur qu'Alex ne me croie pas quand je lui dis que mon corps est malade. Alors, je le laisse me baiser, me baiser dans la douleur de mon corps.

Le chat miaule. La voisine secoue une couverture par la fenêtre. Je regarde. Le ciel se couvre. Il y a de gros nuages au loin. Que fait S ? Dans la rue, les enfants. Où suis-je ?

Nous ne sortons, Alex et moi, que pour nous promener dans la rue, main dans la main, bras dessus, bras dessous. Sans distraction, sans but précis, sans aller voir des amis. Mes amis me manquent.

Nous regardons, des documentaires ou des films. Lorsqu'il est loin de moi, par écrit il me raconte les choses qu'il ne me fera pas. Il me raconte comment il jouera avec moi ; il me raconte la gamelle qu'il posera au sol, le fouet sur mon corps, les coups de martinet, les insultes, des choses qui excitent la bête. Les jeux me manquent.

Il me baise, il me baise sans jouer. Il meurtrit l'intérieur de mon ventre avec sa queue. Je lui dis « va doucement, tu me fais mal ». Il me dit « parfois ça arrive avec certaines femmes, il faut que ton corps s'habitue à ma bite ». Alors je laisse mon corps s'adapter à son sexe. J'ai des douleurs quand je vais pisser, des crampes au ventre qui n'en finissent pas de me tirailler.

Au bout de deux semaines je rentre chez moi, dans ma garçonnière. Il faut que je récupère des affaires chez S. Il faut que je prenne rendez-vous chez le médecin pour qu'il ausculte mon corps.

Une fois que je reviens dans ma garçonnière, les douleurs de mon corps se calment. Je n'ai plus d'infection. Je n'ai plus mal… Mon corps cicatrise lorsque je suis loin d'Alex, alors que mon cœur hurle « j'ai mal ».

PHYSICAL PSYCHIC

J'ai des envies de défonces intensives, les jambes écartées comme une chienne lubrique... pouvoir à volonté remplir ma bouche de foutre. Le garder jusqu'à ce qu'Alex m'ordonne d'avaler en me tenant fermement par le cou. Le sentir contre moi, transpirant comme un étalon fiévreux, lui chuchoter qu'il m'appartient...

Envie et besoin d'égarement psychique et de perte de contrôle. D'effusion de plaisir, de fusion orgasmique.

Je pourrais faire le choix de rester avec S et de vivre une sorte de triangle amoureux, mais je ne peux pas manquer de respect à S. Donc je n'ai pas le choix, il faut que je parte. Il faut que je vive l'expérience de la dégradation de mon âme. Je prends le risque de tout perdre pour ne pas blesser celle qui m'a tant apporté. Je veux voir jusqu'où je suis prête à aller avec Alex. Je veux voir si je suis assez forte pour le guérir de ses maux.

Hier, j'étais le corbeau qui raffolait des diamants, des strass, des perles d'argent, des siestes confortables. Hier, j'étais une créature d'appétit faite de désirs insatiables et d'envies intarissables. Hier, je cherchais le remplissage du vide, du néant sentimental, je cherchais la satisfaction mécanique et immédiate.

J'ai mis de la crème cicatrisante sur mes plaies ouvertes et béantes.

J'ai changé ma façon d'être et de penser. Je me suis fixé des buts, je veux apprivoiser mes peurs, mes angoisses et mes démons affamés.

Celui qui oublie son âme, son âme perd son pouvoir.

Je retrouve chaque jour un peu plus de ma véritable personnalité. En me perdant, j'apprends à me connaître.

Je n'attends rien d'Alex. Je n'attends pas qu'il comble un manque en moi. Le seul manque qu'il comblera, c'est celui de mon ventre en plantant sa queue au plus profond de mon être, à m'en déchirer les entrailles, à m'en procurer la douloureuse brûlure.

Cyclothymie…

Je ne suis qu'imperfection et versatilité ; que de bascules dans le noir ou le blanc. Manichéisme sentimental. Les gens parfaits existent-ils ? J'en doute, et si c'est le cas, je les plains. Ils doivent se faire chier.

Apprendre à se connaître, c'est difficile, se perdre dans un rôle qui ne nous correspond pas sous prétexte qu'on a été déçue par un ou deux pélos, c'est complètement con.

Avoir des amants, il n'y a rien de plus facile. Savoir les garder, c'est difficile. La remise en question est essentielle et nécessaire pour se rendre compte que ce n'est pas toujours la faute de l'autre si le couple fout le camp.

SCARIFIE-MOI

L'été se termine…

Dans quelques heures, je rejoins une modèle photo pour une expo, en Italie. Je me suis couchée la rage au cœur. Alex m'a refait une crise. Je ne sais pas s'il est jaloux, s'il manque de confiance en moi ou en lui. Il s'amuse à me faire souffrir, car il veut se venger de la douleur qu'il ressent, en parfait sadique des sentiments. Alex ne supporte pas la frustration. Alex voudrait que je le rejoigne de suite. Il s'imagine que je baise avec le premier ou la première venue. Je me demande si au fond ça ne l'excite pas un peu. Il me torture et moi, je continue à m'accrocher.

De nouveau, je suis dans l'ascenseur émotionnel. C'est la troisième fois en trois mois que j'ai droit au haut-le-cœur qui donne la nausée. Je me demande si je vais avoir droit à une crise par mois. Alex est un homme qui doit avoir des problèmes hormonaux comme les femmes. Depuis que je suis avec lui, pas un jour ne passe sans que je jongle entre tristesse et joie intense.

Lors de notre première dispute, j'étais effondrée ; la seconde, j'ai encaissé ; la troisième, j'ai envie de tout foutre en l'air, lui avec.

J'ai peur que ça devienne récurrent.

Je mets une fois de plus ma vie en stand-by pour prendre le temps de le rassurer. Il parle encore, il hurle que je ne l'entends pas. J'ai toujours eu des problèmes avec les hurlements, ils me rendent sourde. Alex me dit « j'ai peur de t'aimer autant que tu te foutes de moi ». Je sature. Je suis au bout du rouleau et pourtant je rampe encore. À croire que je dois aimer la douleur des sentiments.

Demain ça ira mieux. J'attends demain.

Me voilà à la gare, à traîner mes valises comme je traîne mon ennui. Tête dans le cul et cœur en vrac. Puis Alex me rappelle. Je vais choper un cancer de l'oreille interne.

Alex se calme un peu. C'était prévu. Je m'y attendais. C'est toujours comme ça avec Alex. Toujours à jongler entre douche d'eau froide et brûlure extrême.

Personne ne pourra jamais le contenter. Alex veut, Alex réclame, Alex tape du pied, Alex est un enfant.

Après le shoot avec ma cliente, Alex m'appelle et me refait une crise. Il me dit « tu n'es jamais là pour moi, tu n'es pas présente ». Il me dit « pourquoi tu ne me réponds pas ? Pourquoi tu me fais du mal ? » Il me demande de m'ouvrir et son comportement me pousse à me fermer. Il ne comprend pas pourquoi je ne l'appelle pas, il ne comprend pas pourquoi je ne lui dis pas constamment que je l'aime et qu'il me manque.

Il faut que j'avance sur mon travail. J'ai besoin de tune et ce n'est pas en restant pendue au téléphone que l'argent rentrera.

L'AUTEUR

Marc est auteur, il est romancier. Il écrit comme on parle, avec de jolies phrases bien rondes, avec des mots qui touchent et qui caressent. Marc et moi nous nous connaissons depuis de nombreuses années. On s'appelle régulièrement. Je sais qu'il a envie de me sauter, mais en même temps, je n'ai rien fait pour lui dire qu'il n'avait aucune chance de le faire. C'était avant Alex, avant lui j'envoyais des sextos à Marc. Ça m'éclatait et ça me permettait de ne pas m'ennuyer. Quand je tombe en amour, je deviens conne et je m'emprisonne dans les sentiments. Quand je tombe en amour, je ne vois que l'amour et je ne vois plus ce qui se passe autour ; je suis tombée en amour pour Alex.

Marc m'a aidée à apprivoiser mes peurs. Il me dit « t'es une femme libre, un animal sauvage ». Il n'a pas voulu entendre quand je lui ai dit « je ne suis plus disponible ». Les gens ne sont pas toujours ce qu'on croit qu'ils sont. Les gens ne font rien sans rien. Ils n'offrent pas gratuitement. Les gens donnent pour recevoir.

Je rejoins Marc dans un café. On se boit un verre avant d'aller au restau. Je me fais inviter. Marc est gentleman et ça me fait du bien de retrouver un peu de civilité. Après deux trois coupettes de champagne, il me dit « j'ai loué une chambre d'hôtel ». Je lui demande pourquoi on ne va pas chez lui. Il me dit « il y a ma femme et ma fille ». Je réponds « mais ta femme ne sait pas que t'es avec moi ? ». Il me dit « il vaut mieux que je la préserve, et tu es plus qu'une amie, Rose, tu le sais bien, tu sais que je voudrais que tu sois mon amante ». J'aurais dû à ce moment-là m'enfuir. Il me dit « jamais tu n'pourras être en couple, t'as trop besoin de respirer. Tu vas étouffer. Tu peux éventuellement être en couple si la personne te laisse libre de faire et d'agir. S te laissait libre de faire et d'agir. Alex, lui, t'éteint chaque jour un peu plus. Toi, tu n'le vois pas. Toi, tu n'le sens pas. C'est normal. T'es dans la bulle». Ça fait chier de reconnaître que parfois les gens n'ont pas totalement tort.

On a bu du rouge, on se marrait, puis Alex m'a écrit «je t'aime, tu me manques». Je dis à Marc «ah tu vois, il est raide dingue de moi, ce mec». Marc a rigolé. Il me dit «non, là, Alex a peur que tu l' trompes. Vu ce que tu m'as raconté sur lui, il n'va pas te lâcher de la soirée et si tu n'lui réponds pas, il te fera une crise de jalousie. Je les connais, ces mecs-là… Il sait que t'es avec moi, et en plus, petite sotte, tu lui as dit que j'avais pris une chambre d'hôtel. Ne sais-tu plus te taire ?». Il faut que je pense à retourner voir mon psy.

Je lui réponds «non, je n'me tairai plus, je n'veux plus mentir, je veux être vraie».

– T'es conne, tout le monde ment à tout le monde et en particulier en amour; montre-moi un couple qui n'a jamais trahi…

– Tous les couples que je connais se sont trahis. Tu me fais chier, Marc.

– Ah tu vois… Et toi alors ? Pourquoi n'as-tu pas menti ?

– Parce que je veux lui prouver que je peux être vraie, que je peux aimer proprement.

– Tu veux lui prouver ou te prouver ?

– J'sais pas…

– Allez tiens, bois encore une coupette, ma belle… Et arrête de te poser des questions; vis…

Il me dit «vis», car il voudrait que je cède à ses avances. Je n'ai pas envie de baiser avec lui. Pourquoi les gens ne peuvent-ils pas comprendre que lorsqu'on dit «non», c'est «non». Pourquoi insiste-il encore ?

J'ai commencé à le sentir se rapprocher de moi, à l'hôtel, après deux, trois coupes de champagne. Je lui parle de S, je lui parle d'Alex. Je parle beaucoup, pendant qu'il me répond, il ne pense pas à me baiser.

Libre ne veut pas dire baiser avec n'importe qui, n'importe où, les gens mélangent tout. Je n'ai pas envie de baiser avec Marc. Je n'ai pas envie car il ne m'attire pas.

Côte à côte dans le lit de la chambre d'hôtel, j'angoisse. Je sens le souffle de Marc s'accélérer. Puis il me dit « je bande ». Je lui dis « branle-toi et fous-moi la paix, je n'ai pas envie de baiser ». Je fais semblant de dormir, et je le sens se masturber à côté de moi. Je sens les draps bouger.

J'ai failli dégueuler quand je l'ai entendu jouir en prononçant mon prénom et en sentant quelques gouttes de sperme atterrir sur ma cuisse gauche.

Il s'est endormi et moi j'ai passé une nuit de merde.

Le matin, avant de me déposer à la gare, il me dit, la bite molle à l'air, « tu veux bien me branler, juste une fois ? S'il te plaît ». J'ai dégueulé la bile avant de partir…

ÉCORCHÉS VIFS

La colère, l'énervement, l'incompréhension sont juste des signes d'envies refoulées, parfois de remises en question qui arrivent en pleine gueule sans qu'on s'y attende. La colère, l'énervement, l'incompréhension empêchent de dire l'amour, éloignent plus qu'ils ne rapprochent.

Alex parle trop pour ne rien dire, et il tait tout ce qui était important à dévoiler. Il parle pour meubler, il parle pour culpabiliser ou juger, il parle pour cracher ce qu'il n'arrive pas à faire sortir.

La confiance est nécessaire car elle permet de tout oser ; d'oser la prise de risque ; d'oser la nouveauté. Sans risque, pas de confiance, sans confiance pas de risque, les deux sont donc intimement liés.

Je saute du septième étage, sans parachute, sans protection. J'ai marché sur la corde raide tendue entre deux vallées sans filet, rien pour me protéger.

Je ferai tout pour ne pas tomber et si je chute, telle une chatte habile, je retomberai sur mes pattes. Hors de question que je me morfonde, la vie est trop courte pour perdre mon temps en tristesse, en remords ou regrets. On devrait tous apprendre à rebondir.

Suivre la foule, c'est le meilleur moyen pour se faire bousculer et piétiner. Le mieux reste encore de sortir de ce putain de troupeau. Je pense par moi-même sans avoir besoin qu'on me guide, tant pis si je me plante. L'opinion de mon voisin, je m'en branle. Je suis une louve, pas un petit mouton qui suit le troupeau et qui tombe du ravin.

« Tu recolles mes rognures de chair… je te sens. Alex. »

« Je lécherai tes plaies ouvertes, mon amour. Je te veillerai la nuit, je te porterai le jour… Rose. »

Deux âmes torturées, deux écorchés vifs, ça ne peut donner qu'un cercueil émotionnel, la mort, c'est la fin de tout. On est en phase terminale.

La bête s'exprime de moins en moins. Elle ne bouge plus. Elle est morte ou en hibernation. Mon instinct s'est tu. Je ne marche plus à quatre pattes, prête à bondir toutes griffes dehors. Je me suis relevée. À deux jambes, j'avance moins vite.

« J'écris ton nom liberté… » Versus « Sparkling Diamonds ».

Je retourne voir Alex. J'essaie de passer le plus de temps possible avec lui, une façon de lui prouver mon attachement. Je mets en stand-by mon taf, juste pour être plus proche de lui.

Je n'ai plus de nouvelles de S.

DESCENDS-MOI

Le visage d'Alex est fermé. Je suis sur le canapé, je lis un livre. Alex tourne autour de moi. Il tourne comme un chien qui cherche un endroit pour se poser. Il part, il revient. Il passe sa main dans ses cheveux, il fait de petits pas, de tout petits pas. Je l'observe, j'observe sa façon de tourner, sa façon de toucher sa bouche pincée. Je dis « Alex ? Que se passe-t-il ? ».

Il monte les bras au ciel, il tient sa tête avec ses deux mains.

– C'qu'i s'passe ? C'qu'i s'passe ? Elle s'fout de ma gueule. Il se passe que t'es une putain de menteuse.

– Quoi ?

– Oh, arrête ton p'tit jeu, mytho.

– Tu parles de quoi ?

– Tu peux pas t'en empêcher, hein ? J'ai vraiment eu une illusion en imaginant que tu pourrais changer.

– Mais je n'ai pas changé, Alex, j'ai évolué. Et je ne comprends pas pourquoi t'es dans cet état-là.

– J't'ai dit c'était pas grave si t'allais baiser ailleurs, juste qu'il fallait m'le dire…

– Je N'AI PAS BAISÉ AILLEURS, ALEX.

– T'es une mytho, moi j'sais que t'as baisé ailleurs, j'ai lu tes messages.

– T'as lu quoi et où ?

– Ton ordi, pauv'conne.

– Non, mais j't'arrête de suite, si j'avais un truc à cacher, t'inquiète que tu ne saurais rien.

– Ah, mais t'es TRÈS INTELLIGENTE. Tu vas m'faire croire qu't'as laissé ton ordi allumé car justement tu n'avais rien à cacher, alors que t'as tout connement oublié de l'éteindre.

– Non Alex, je n'vais pas te faire croire quoi que ce soit. Juste te dire que je ne t'ai jamais trompé. Je n'sais pas c'qu't'as lu, mais parle-moi.

– T'es qu'une menteuse, me dit-il en hurlant et en levant les bras au ciel une fois de plus, le visage déformé par la colère, la haine et la déception.

– Putain, mais t'as lu quoi ?

– Tu l'sais très bien, c'est toi qu'as écrit… Avec ton pote, le bassiste… ah, tu t'es bien foutu de ma gueule !

– Il se passe rien avec Fred.

– Menteuse… MYTHO, SALE MYTHO.

– Je t'dis qu'il n'se passe rien avec Fred, bordel.

– Ah ouais, et tous ces cœurs que tu lui envoies ?

– J'envoie des cœurs à tous mes potes.

– Sale pute…

– … merci…

– Oh, fais pas ta maligne. Et tu parles de cul, et tu l'allumes…

– Ho mec, j'parle de cul avec tous mes potes, t'as oublié que c'est c'que j'maîtrise le mieux ?… Putain, mais i'se passe rien avec Fred. JE T'AIME, BORDEL DE MERDE. Viens me voir, Alex, tu le sens pas comme je t'aime ?

Il commence à se calmer. Il me dit « il faut que tu m'aides à gérer ma jalousie, seul je n'y arriverai pas… ». Je réponds « oui je t'aiderai » sans savoir dans quoi je m'engage. Je ne peux pas l'aider à gérer sa jalousie. La jalousie est un sentiment à gérer seul.

Alex m'éloigne des gens que j'aime, m'éloigne de ma vie. Il se masturbe constamment le cerveau. J'ai besoin de me réfugier dans ma grotte. À l'écouter, il faudrait que je me coupe du monde entier pour lui appartenir corps et âme. Je suis accessible, oui, mais indomptable pour les autres.

Il me dit les larmes aux yeux « pardon, pardon, je m'en veux d'avoir fouillé dans tes messages. Je n'ai pas tout lu, mais ce que j'ai lu m'a fait mal. J'ai peur que tu me quittes, Rose ».

Je le prends dans mes bras. Je dis « c'est pas grave que tu regardes mes messages, ce qui est grave, c'est qu'tu doutes de moi.

Oui, parfois j'ai le langage un peu cru avec mes potes, mais non, je n'ai pas envie de baiser avec».

Il me répond «je voudrais tant pouvoir te faire confiance». Moi non plus, je n'ai pas confiance en lui, mais je gère ma jalousie différemment. Je gère ma jalousie en ne fouillant pas dans ses messages, en repoussant tous les sentiments parasites qui mettent le doute. Je gère la jalousie en ne la nourrissant pas, sinon je risque de sombrer encore plus que ce que je suis en train de sombrer.

Alex est un infidèle, je n'ai pas besoin de fouiller dans ses affaires ou de lire ses messages pour le savoir. Sa jalousie maladive est la preuve de ses propres fautes. Jaloux est celui qui flippe que l'autre agisse comme il agit.

BRISE-MOI

Cinq heures du mat'. Alex me réveille en toussant bruyamment, en me secouant un peu. Il est nu, assis sur le bord du lit, son visage est défiguré par la colère. Je le regarde, il a les sourcils froncés. Lumière tamisée, pièce enfumée. Tout est enfumé. Hier je vivais dans un lieu aseptisé, aujourd'hui je suis dans une pièce enfumée, je suis dans le bordel le plus complet.

Alex a les yeux rivés sur l'écran de son ordinateur posé sur la petite table basse. Mon téléphone portable dans sa main droite. Il me dit « qui est H ? ». Je remets mes cheveux en place, je m'assois dans le lit. Je lui réponds « c'est une de mes connaissances… pourquoi ? ».

– Tu te fous de ma gueule ?

– Non…

– Il veut te baiser, ce mec.

– Je sais, et ? Si je devais me couper de toutes les personnes qui veulent me sauter, je me retrouverais seule…

– Tu me dégoûtes…

– Ça ne veut pas dire que moi j'ai envie de baiser avec lui…

– J'ai lu tes échanges SMS.

– Putain, mais tu cherches quoi, Alex ? À me pousser à bout ? Tu cherches à ce que ce soit moi qui prenne la décision de te quitter ? À force de me chercher, tu vas finir par la trouver ta merde, et un jour peut-être te rendras-tu compte à quel point t'as été con de ne pas me faire confiance. À moins qu'en fait, tu ne sois pas aussi amoureux de moi que ce que tu laisses entendre.

– Je te sens pas, j'ai pas confiance en toi, t'es une putain de menteuse…

Si encore j'avais quelque chose à me reprocher, j'entendrais sa colère, mais ce qui m'enrage à cet instant précis, c'est qu'il pense que je lui mens, car à ce jour, je n'ai pas eu envie de le tromper ou de lui mentir. C'était plus simple lorsque je passais mon temps à baiser à droite à gauche. Les sentiments, c'est de la merde.

La colère ne dure que cinq minutes. Ça ne sert à rien de rétorquer. Ça ne sert à rien d'envenimer les choses en me confondant en excuses inutiles, il ne m'écouterait pas. Alors, je laisse retomber la pression et je reste dans le silence. La bête hurle « envoie-le chier… ». La femme civilisée chuchote « il t'aime, laisse-lui une chance ».

Il se lève, il piétine, il fait de grands mouvements avec ses bras, il déballe un flot de paroles en hurlant. Je n'entends pas ses critiques, ni ses jugements, ni ses insultes ; j'observe sa bouche qui se déforme, ses bras qui font les mouvements. Danse de la haine. Danse de la colère.

Il me regarde dans les yeux et il me dit « je ne peux pas gérer ma jalousie et tu ne m'aides pas en ne me disant rien, cet après-midi je t'ai dit “aide-moi à gérer”, tu ne fais rien pour m'aider… Je te quitte… JE TE QUITTE, TU ENTENDS ? ». Il me dit « tu me dégoûtes », il me dit « tu es toxique », il me dit des mots qui font mal.

Je reste quelques instants là, immobile, le regard fixé sur lui, à ne pas comprendre, à ne pas savoir quoi dire.

Je le regarde, je lui dis qu'on ne peut pas se quitter comme ça, je lui dis que je l'aime. Je lui dis qu'il faut qu'il me croie, qu'il faut qu'il me fasse confiance. Et je me fous encore à chialer.

La bête se réjouit de retrouver enfin sa liberté.

J'essaie de le prendre dans mes bras, il me repousse. J'ai senti la douleur et la déception remplir mon cerveau, j'ai eu envie de le bousculer, j'ai eu envie de le taper, j'ai baissé la tête… Je ne dois pas forcer la personne qui dit « je te quitte ». Alors, j'ai tué la colère qui montait en moi… j'ai maîtrisé la bestiole qui au fond de moi se débattait.

Sept heures du mat, boule de douleur au fond de la gorge. J'ai eu beau essayer de lui faire entendre raison, rien n'y fait. Je prépare ma valise, le cœur lourd… je viens de me faire larguer. Il faut que je rebondisse. Coup de poing dans mon âme, coup de poing qui rouvre les blessures de mon passé. Abandon. Il faut que j'apprenne à gérer l'abandon. Il ne faut pas que je me sente dépendante de qui que ce soit. Solitude. Célibat. Je suis une femme indépendante et libre, qui n'appartient à personne.

Il m'a dit « je te quitte ». Je ne me battrai pas pour qu'il reste avec moi. Je n'ai pas cessé, durant les quelques semaines passées près de lui, à me confondre en excuses sur des actes que je n'avais pas commis. Je n'ai pas arrêté de le récupérer alors que je n'avais pas fauté ; puis j'ai encaissé ses nombreuses colères et ses mots assassins… On ne devrait jamais se battre par amour. L'amour, c'est un sentiment de plénitude qui fait du bien à l'âme, on ne se bat pas par amour, on prouve au quotidien par des actes simples qu'on aime à s'en taillader les veines. L'amour n'est pas un combat, l'amour est joie et bonheur.

Sept heures trente du mat, il m'accompagne à la gare. Je ressens la douleur, mais je ne montrerai rien. Je voudrais pouvoir le serrer dans mes bras, mais si je m'approche, je risque de m'effondrer en larmes. Ne pas montrer ses faiblesses et sa douleur, jamais. Je rebondirai…

Me voilà dans le train, à regarder les paysages défiler. Je m'éloigne de lui. Comme une conne, j'attendais une happy end version films américains. Il serait arrivé en courant sur le quai de la gare, il serait monté dans le wagon, il m'aurait enlevée en me disant « non, je ne peux me passer de toi ». J'ai regardé le quai de la gare, il n'y était pas. J'ai cherché l'ombre de l'artiste maudit…

Il m'a écrit « j'ai vu ton train partir, j'ai vu notre histoire s'éloigner sur les rails du chemin de fer ». Je ne l'ai pas cru.

FRED

J'arrive dans ma petite garçonnière en traînant ma peine derrière moi comme je traîne depuis quelques jours mes fringues et mes bouquins enfermés dans cette putain de valise à roulettes en tissu. Alex me manque déjà. Je me demande s'il me manque parce qu'il me rejette ou parce que je l'aime vraiment. Nous avions fait tant de projets avec Alex. Tout tombe à l'eau.

Pour oublier plus vite, j'appelle Fred pour passer du bon temps. Parce que je sais que je n'ai pas besoin de passer trois heures en bla-bla inutiles ; parce que je sais qu'il ne me prendra pas la tête en questions débiles et qu'il s'en branle de ma vie sexuelle. Parce que je sais que ma consolation, je l'obtiens dans le sexe. Il ne me pose jamais de questions. Fred est libertin, et moi je suis une célibataire qui vient de se faire larguer. Une célibataire qui avait tué ses envies, ses fantasmes, pour devenir exclusive et pour prouver à l'homme qu'elle était capable d'aimer un seul être ; une célibataire qui, pour réparer son cœur, va nourrir son sexe.

Je dis à Fred « on se fait un week-end tous les deux ? ». Je savais qu'il ne refuserait pas, je savais qu'il n'attendait que ça. Il faut que je me vide la tête en remplissant mon sexe. Il faut que j'oublie la douleur du cœur par le remplissage du ventre.

Fred me fait rire, il est léger et lumineux. Je me dis que, dans les bras d'un autre, je parviendrai à oublier Alex plus facilement. Je réagis par mécanisme, automatisme. Passer à autre chose le plus rapidement possible. J'ai mal et ça me ronge de l'intérieur.

Au restaurant, Fred essaie de me détendre. Il me dit « il n'était pas pour toi, ce mec, passe à autre chose... T'as un feu qui brûle en toi, j'dis pas que t'as le feu au cul hein, mais juste t'es comme ça, Rose, t'es une hédoniste, une avide d'expérience… il allait t'éteindre, ce mec».

Je regarde Fred, je repense à Alex. Douleur. Mes yeux se remplissent de larmes. Fred me dit «ah non, tu n'vas pas pleurer, je t'l'interdis, on est là pour passer du bon temps, je vais t'aider à dépasser tout ça… buvons un verre…».

Je bois. Je bois le vin rouge qui enivre. Je bois le vin rouge et je consommerai le sexe. J'ai envie de pleurer, comme j'ai pleuré dans la chambre d'hôtel avec Alex. J'ai besoin d'un jeu extrême, mais aucune larme de délivrance ne coulera car Fred ne connaît pas les mots qui font basculer ni les actes qui donnent envie de pleurer. Aucune larme de délivrance ne coulera ce soir… même mon sexe est asséché.

Nous terminons notre repas. Fred me dit «tu veux un dessert ?» – Oui, j'ai envie d'un fondant au chocolat… tu pourras manger ma boule à la vanille ? – Oui, je prendrai ta boule à la vanille j'adore la vanille, le chocolat m'écœure. – Perso, c'est le contraire, la vanille m'écœure et le chocolat me fait saliver.

Me voilà à moitié à poil sur le lit de la chambre d'hôtel. Nous sommes ivres. Avec l'alcool tout passe. Les draps blancs, l'hôtel, tout me renvoie à Alex.

La télé est allumée. Le programme commence. Variétés, divertissements… J'ai la tête qui tourne. Je vois Alex assis en bordure de lit, je le vois m'observer. J'ai la nausée. J'ai envie de pleurer. Alex encore. Le regard d'Alex.

Fred s'approche de moi, il me caresse, il me dit des mots doux, il me dit que je suis belle. J'ai l'estomac en vrac.

Je ne l'embrasse pas. Je me laisse caresser. Je suis une pute qui ne se fait pas payer dans une chambre d'hôtel de luxe avec un homme qui doit me faire passer à autre chose.

Mon corps ne réagit pas aux caresses de Fred. Alex encore…

Il est doux, mon pote, il est tendre… Alex…

Je prends la douceur qu'il me donne, je ne m'offre pas, je n'offre rien. J'ai du mal à me focaliser sur les caresses de l'oubli… Alex…

Je mets ma tête dans le cou de Fred, l'odeur du Loup me manque terriblement. L'odeur de Fred est trop fade ; Fred n'a pas d'odeur.

Fred me dit « je t'aime, je ne sais même pas pourquoi ». Il m'aime car je suis indomptable. Il m'aime car il ne me possède pas.

Ils ont été si nombreux à penser que j'étais la femme de leur vie. Même Alex m'a dit « tu es la femme de ma vie ». « La femme de ma vie », ça ne veut rien dire à part pour une personne mourante.

J'ai permis à bon nombre d'amants et amantes de se trouver et d'accepter leur perversité. Alex, lui, c'était ma tempête, mon ouragan, mon adrénaline, mon amour fusion, mon amour passion, l'amour destruction.

Alex est celui qui me permet de sortir de moi-même, Alex est un sadique psychologique et moi, une maso sentimentale. Je viens de me casser la gueule. Sans filet. J'ai une patte brisée.

J'ai le pouvoir de libérer la bête qui sommeille en chacun de mes partenaires de sexe, celle qui libère le démon dévastateur.

Je suis l'investigatrice de la libération du démon animal. Je deviens alors essentielle, indispensable. Et moi ? Qui me libérera ? Personne. Je ne dois compter que sur moi-même.

Huit heures du mat, Fred est allongé à côté de moi, il roupille, la teube à l'air en train de ramollir. Je me lève pour aller prendre une douche, l'âme en peine comme si je traînais le poids de mes péchés. « Tu me manques. R. »

« T'as baisé ? A. »

« Oui. R. »

Je continue de dire la vérité. Je continue de ne pas lui mentir.

Minuit. Je suis rentrée chez moi. Je me suis excusée auprès de Fred de ne pas avoir été à la hauteur la nuit dernière. Je me suis excusée de la sécheresse de mon intimité. Je lui ai dit « il vaut mieux que nous restions proches, uniquement amis, car je t'aime en tant qu'ami ». Il m'a dit « tant qu'on peut continuer à se voir, discuter, je veux être ton ami, je t'aime pour c'que tu me permets d'être, j't'aime car j'suis bien avec toi, et je t'aimerai en ami ».

Je suis seule dans mon appartement. Je bosse sur des photos. Il faut que je me remette au travail. Il est presque deux heures du mat.

Vers trois heures, alors que je ne m'y attendais plus, je reçois un message d'Alex, il m'envoie les photos d'une nana couchée sur son lit, nue. Il m'écrit « j'ai enfin réussi à jouir, avec toi je mettais des plombes ». Je regarde les photos de la femme nue allongée sur le lit d'Alex, sur les draps d'Alex où bon nombre de fois il m'avait fait jouir à en tremper le matelas.

Il ne sait pas que je sais qu'il fait ça pour me faire du mal et me faire réagir. Je lui réponds « heureuse pour toi… ». Je le maudis. On se pourrit, on se fait du mal, on se déchire…

MUTILE-MOI

De jugements en déchirure, d'étreintes en écorchure ; on se bouffe, on se dévore encore et encore. J'ai beau essayer de rester calme, parfois j'ai envie de hurler. Il me fait mal et je ne parviens pas à m'en détacher. J'essaie de ne pas lui répondre, mais il trouve toujours le moyen pour me faire réagir. Il revient sur Fred, il me pose en boucle les mêmes questions.

Puis il me dit « tu ne t'es pas battue, tu aurais dû te battre » ; il dit « tu ne m'aimes pas puisque tu as baisé ailleurs » ; il dit « tu es une mytho, une nympho, va-t'en loin de moi, toxique ». Je ne me suis pas battue. Je ne force pas l'amour. Il m'avait dit « je te quitte ». Il m'avait dit « je ne t'aime plus ». Alex aurait voulu que je rampe et que je laisse les traces de sang derrière moi. Alex aurait voulu qu'à genoux je le supplie de m'aimer encore…

Au lieu de nous bouffer de la sorte sur ce qui s'est passé, on ferait bien d'avancer. J'ai baisé car Alex m'avait quittée. Alex a baisé car moi j'avais baisé.

Déconstruction. Démolition. Néant.

Ressentir. Exprimer. Parfois, il n'y a pas de mots adaptés au ressenti. On cherche, on tâtonne, on se brouille. Et on se justifie à coups de « c'n'est pas ce que je voulais dire », ou de « tu ne m'écoutes pas ». Tout se passe dans le ventre. Il doit y avoir un brave bordel au milieu de mes viscères, des nœuds, des boules, des coupures… ça s'emmêle, ça se tord, ça fait mal. Parfois, je voudrais juste rester la bête. Juste réécouter mon instinct. Juste retrouver mon côté sauvage ; chasser, bouffer, dormir, survivre. C'est plus compliqué lorsque les sentiments « s'en mêlent ».

Je tourne en rond. Je brode. Tirade. Monologue. Montagne russe émotionnelle.

Stop, stop… « Je tourne la page. » Je passe à autre chose. Je ne pensais pas seulement écrire une nouvelle mais plutôt un roman, notre histoire ressemble à un médiocre pamphlet.

J'ai tué mon héros. Parfois, il vaut mieux ne rien garder. J'écrirai une autre histoire. Je ne vais pas me morfondre sur mon propre sort. Et pourtant, l'histoire est sans fin…

Décidée à oublier Alex, je me couche la rage au ventre. Le lendemain matin, après que j'ai pris la décision de tout arrêter, Alex me téléphone. Il a commencé par être très doux, il commence toujours par la douceur avant de monter dans les aigus. Puis je lui dis qu'il m'emmerde, que je n'en peux plus et qu'il a eu raison de me quitter, qu'il vaut mieux tout arrêter puisque nous passons notre temps à nous déchirer. Puis il se calme, fait chier, j'aurais préféré tout arrêter, mais sa voix s'adoucit, il emploie les mots qu'il faut pour m'attendrir.

– Oui, en gros, on ne s'est pas écoutés… me dit-il.

– Ou plutôt pas compris.

– J'suis désolé, essayons d'avancer.

Le ravin est à deux pas devant nous. Je le laisserai sauter seul. Je ne suis pas suicidaire. S'il veut crever, il n'a pas besoin de moi. Il a voulu détruire nos rêves et nos projets. Peut-être inconsciemment suis-je moi aussi responsable de cette destruction sentimentale.

Les constructions solides prennent du temps, si on fait les choses dans la précipitation, c'est un coup à ce que tout se casse la gueule.

Il est pressé de tout.

Courage, encore deux pas. Ah oui, on ne se comprend pas. En gros, je me demande même pourquoi j'use mes cordes vocales avec lui puisqu'il n'écoute rien, n'entend rien, ne veut rien comprendre. Il campe sur ses positions, bouche ses oreilles, très fort, des deux mains, comme un enfant qu'on accable. Il tape du pied, se roule par terre et hurle « aime-moi comme moi je voudrais que tu m'aimes ». Mais ce n'est pas possible de demander l'amour. L'amour se donne de façon instinctive, l'amour se donne de façon intuitive, l'amour se donne comme on ressent.

L'amour, quand il est réel, parvient à tout faire changer, tout faire évoluer, tout faire transcender. Ce n'est pas pour rien qu'on dit qu'on est prêt à décrocher la lune ou déplacer des montagnes.

Il n'y a pas de lune dans mon pays, c'est un paysage plat, sans montagne, sans colline.

J'ai voulu me laisser l'occasion d'aimer une nouvelle fois. J'ai sombré. Je ne peux en vouloir qu'à moi-même. Je ne peux guérir les maux des autres. Il faut que je soigne mon âme blessée.

« J'ai pas assez fait d'études pour vivre en couple. »

CERCLE

Automne. Et les feuilles mortes se ramassent à la pelle, tu vois, je n'ai rien oublié…

Je range quelques papiers. J'ai un tas de factures à payer et les appels du banquier à gérer. Je n'ai pas assez d'une journée pour faire tout ce que je devrais faire. Je passe en priorité la « non-priorité » ; il faudrait que je me penche sur l'administratif, il faudrait que je me penche sur mon travail, il faudrait que je trouve une solution rapide pour renflouer ce compte en banque qui se vide chaque jour un peu plus.

Alex.

Tout commence toujours bien, tout commence toujours bien et tout part toujours très vite.

Il y a les mots qui font mal ; les mots qui n'en finissent pas de pleuvoir. Alex me dit « tu as baisé avec ton pote, tu m'as trompé ». Je n'ai pas trompé Alex, Alex m'a quittée. Mais Alex ne revient pas sur la coucherie, sur la vengeance du lendemain ni sur « j'ai enfin réussi à jouir ». Il n'a rien digéré. Il faisait semblant d'avoir compris. Il faisait semblant de me faire confiance. Quand je reviens, moi, sur la fille qu'il a baisée, il me dit « ce n'est pas pareil, ne mélange pas tout, moi je l'ai fait pour te faire réagir ». L'acte est le même, il a mis sa queue dans une chatte, comme ma chatte a reçu une queue.

Je ne sais pas ce qu'il veut. Je ne sais pas s'il cherche à me mettre en colère, s'il cherche à se déculpabiliser.

Une fois de plus, il me dit « je ne gère pas ma jalousie et tu ne fais rien pour m'aider ». Une fois de plus, il me dit « tu es égoïste, tu ne m'entends pas ». Une fois de plus, il me dit « écoute-moi ».

MARYSSA RACHEL

Une fois de plus, il me parle de ses manques, de ses besoins que je ne satisfais pas. Une fois de plus, il suce, il aspire, il boit, me dévore, me consume et me consomme petit bout par petit bout.

TEENAGER

Je me cale sur le canapé pour bouffer deux trois graines de couscous. Faut que je pense à manger plus souvent, mon corps va me le faire payer sinon. Je n'ai plus d'appétit, je maigris à vue d'œil, mes amis s'inquiètent. Je ne fais plus attention à moi, je ne parviens à me concentrer sur rien, mon travail prend du retard et mon banquier me harcèle.

J'ai constamment des douleurs au ventre, constamment des problèmes de santé ; je suis fatiguée, usée.

Dans ma chatte la mycose, dans ma vessie l'infection, sur ma bouche le bouton de fièvre purulent, dans mon corps les blessures imperceptibles. Je me sens laide dans ma douleur.

J'allume la télé, ça fait tellement longtemps que je ne l'ai pas regardée. Lorsque j'étais avec S, le soir on se calait toutes les deux pour regarder des programmes débilitants, pour se détendre, avec un bon verre de vin rouge.

Il y a *La Boum*, ce soir à la télé. Nostalgie. Treize ans. C'était l'époque de mes premières amours. Les premiers sentiments. Mon père était mort, je me reconstruisais peu à peu en m'accrochant aux hommes qui me réconfortaient, même à mon psy… j'aurais pu baiser avec lui, il m'aurait fallu écarter les cuisses sur le fauteuil en face de lui, je le voyais bien dans son regard que je ne le laissais pas indifférent.

Adolescence, c'était l'époque des gerçures sur les lèvres, des sentiments sans sous-entendus. L'époque où je rembourrais mon soutif avec du papier cul et l'époque où les mecs calaient une paire de chaussettes dans leur calbut.

L'époque des premières déclarations d'amour gravées au couteau sur un banc ou sur un tronc d'arbre, « toi + moi = amour éternel». Connerie de jeunes ados. Rien n'est éternel, et encore moins l'amour.

C'était aussi l'époque des premiers chagrins qui brisent le cœur en mille morceaux de douleur, l'époque des crises de larmes en écoutant «Hotel California». L'époque des premières palpitations en bas du ventre…

Je me souviens, quand j'étais gosse, de toutes ces lèvres que j'ai embrassées. Je me souviens de Chris, de Raph, de Mathieu, d'Étienne, de José, de Fred, de Luc, de Jean, de Fabrice, de Patrice, de Patrick, de Karim, de Mohamed, de Tristan, de Mathias, de Seb, de… de… De mes treize à mes quatorze ans, je collectionnais les amoureux. Je collectionnais les amoureux qui voulaient juste me baiser. Dès que j'entendais leur respiration s'accélérer dans le creux de mon oreille, j'avais la nausée. J'avais treize ou quatorze ans, j'en paraissais dix-huit avec mes seins bien ronds, mes hanches bien dessinées. Je posais mes lèvres sur la bouche des hommes de seize, vingt ou quarante ans. Des hommes à la bite qui dansait constamment sous le pantalon; des hommes qui voulaient toucher mon sexe mouillé, mes seins bien ronds. Je n'avais pas envie de sexe avec les hommes que j'embrassais. Le sexe, je le pratiquais seule dans ma chambre à coucher. Le sexe, c'était mon père aussi, et ses mains calleuses qui ponçaient mon corps de jeune fille prépubère.

J'ai treize ans. Mon corps commence à s'exprimer avant la conscience de l'envie.

Je suis avec José dans le petit square. Dans le petit square il y a un tourniquet, un petit banc, et il y a un ruisseau qui passe juste à côté. Il y a des sangsues dans le ruisseau.

La petite fille que j'étais est assise à califourchon sur les genoux de José. José est beau, brun, il sourit tout le temps, il a dix-sept ans. Il dit à la petite fille «j'ai eu beaucoup de petites amies. Elles ont toutes aimé faire l'amour avec moi… Rose, tu es assise sur ma queue, et je bande pour toi». La petite fille écoute les mots de José. Elle n'a pas envie du sexe du jeune homme dans son ventre. Elle veut juste ressentir les premiers émois du désir. Elle se contente de mélanger sa salive en mettant sa langue dans la bouche de

José. Elle sent le sexe de José bander. Elle le sent car elle est assise sur l'arme qui décharge. Instinctivement elle bouge son bassin, comme elle bougeait son bassin sur les genoux de papa. Pendant les repas de famille, les femmes ne voyaient rien. Les femmes ne savaient pas que sous la longue nappe blanche, la petite fille se faisait caresser le petit bourgeon par papa. La petite fille aimait papa, et son père l'aimait encore plus. Les femmes ne voyaient pas la main de la petite fille astiquer le sexe de papa. Il ne fallait rien dire. Les femmes ne vérifiaient pas dans la chambre de la petite fille, elles n'allaient pas dans la chambre de la petite fille lorsque papa s'absentait et qu'elle était couchée. Les femmes n'étaient pas surprises lorsque papa disait « petite pétale de Rose, monte, papa va te donner le bain et te lira une histoire ». La petite fille souriait en passant devant les femmes qui ne voyaient rien. La petite fille tendait l'oreille pour entendre papa dire « petite pétale de Rose, il est temps de te faire arroser ».

La petite fille est dans le square, elle est sur les genoux de José, elle bouge son bassin, mais elle n'a pas envie de voir le sexe de José. Elle bouge son bassin comme les filles bougent leur bassin dans les films porno qu'elle regarde en cachette. Elle sent une chaleur dans le bas de son ventre.

Son cœur bat très vite. Elle a envie de glisser sa main sous son pantalon et de toucher son propre sexe, mais elle ne veut pas l'offrir au jeune homme qui la désire. La petite fille voudrait toucher son sexe devant José sans que lui ne puisse le toucher. Elle dit à José « viens, allons plus loin, dans un endroit tranquille, je voudrais me masturber devant toi. Je voudrais que tu me regardes me branler… ». Il lui répond « je pourrai toucher tes seins ? ta chatte ? ».

– Non, lui dit-elle.

– Pourquoi ?

– Car je ne suis pas prête…

– Tu dis que tu n'es pas prête et pourtant, tu voudrais te branler devant moi ?

– Oui… je suis prête à me montrer en train me branler… mais je ne suis pas prête à ce que tu me touches…

– Je pourrai m'astiquer en te regardant faire ?

– Je ne sais pas…

– Je ne peux pas rester à te regarder sans rien faire, ça fait mal…

– Qu'est-ce qui fait mal ?

– Retenir une envie, ça fait mal au ventre… Mes couilles vont exploser si tu n'arrêtes pas de bouger comme ça sur ma queue…

– Tu pourras te branler en me regardant me masturber si tu veux…

– Et tu voudras me palucher ? Tu voudras me sucer ?

– Non…

– Pourquoi ?

– Je ne suis pas prête…

– Je ne te comprends pas, Rose… Arrête, s'il te plaît, d'onduler de la sorte sinon je vais jouir dans mon pantalon…

– Je voudrais que tu jouisses dans ton pantalon…

– Non, je veux te regarder te branler…

– Mais où pourrions-nous aller ?

– Viens… je t'emmène chez mes parents… ils rentrent tard…

José et la petite fille sont dans la chambre. Elle ne pense pas au danger, au danger de se retrouver seule avec un homme. Un homme qui va la regarder se masturber ; *je suis une branleuse.*

Elle passe des heures à se masturber dans sa chambre.

Elle connaît son corps par cœur.

Puis il y a le silence, et les soupirs, les petits râles de plaisir. Quand elle quitte son pantalon, elle voit une tache sombre. Elle se demande si elle s'est urinée dessus sans le sentir. Elle se dit que José a dû voir la tache sombre. Que les gens qu'elle a croisés sur la route ont dû voir la tache sombre. Elle a honte et plus elle a honte, plus son sexe coule. José la regarde, il dit « tu mouilles, tu es excitée… je suis sûr que tu voudrais que j'enfonce ma queue dans ta chatte ». José est vulgaire, et entre honte et vulgarité, la chatte de la petite fille fait de longs filets transparents. Elle dit « non José, je veux juste jouir pendant que tu me regardes et que tu te branles ».

– Je pourrais jouir sur toi ?

– Comment ça ?

– Je pourrais éjaculer sur toi ?

Elle se masturbait pendant que les hommes dans les films porno éjaculaient sur le corps des femmes, elle se masturbait quand papa l'arrosait. Elle dit à José « oui tu pourras éjaculer sur moi »...

José est assis sur un fauteuil en face de la petite fille. Elle écarte ses jambes. Il lui dit « j'aime ta chatte... regarde comme ça me fait bander ». Elle regarde le sexe, il est plus petit que le sexe des acteurs de films porno, plus petit que celui de papa. Elle dit à José « tu peux continuer de me parler si tu veux ».

– Tu voudrais que je te dise quoi ?

– Je ne sais pas... Des choses...

– Des choses comme quoi ?

– Des choses qui te passent par la tête... tu as le droit de m'insulter si tu veux... regarde ma chatte, elle est toute mouillée.

La petite fille a treize ans, elle se masturbe devant un garçon presque majeur qui n'a pas le droit de la toucher, et ça l'excite de le regarder se branler ; et ça l'excite de lui interdire de la toucher... elle devient l'autre. Elle devient déjà la bête affamée. Elle a envie d'écarter encore plus ses cuisses à s'en briser les jambes, à s'en faire craquer les os, comme lorsqu'elle pète les cuisses des poulets aux hormones. Elle a envie d'écarter ses cuisses pour s'élargir et s'offrir. Elle a treize ans et elle devient vulgaire, vulgaire comme les filles dans les films porno. Elle dit « regarde, je suis une petite salope qui montre sa chatte toute mouillée ». Elle dit « José, viens, viens caresser mes seins ». Elle se dandine, la petite fille, elle se dandine en prenant du plaisir, elle n'a que treize ans.

Elle défait sa chemisette blanche. Elle écarte sa chemisette blanche. Elle reprend sa masturbation. Ses doigts glissent sur son clito. Elle fait les petits cercles qui donnent la jouissance. Elle ne pénètre rien dans son vagin, car elle préfère jouir par le clitoris. José dit « tu es une belle petite salope ».

Son cœur bat encore plus vite dans sa poitrine et dans son ventre. L'aorte se dilate comme son vagin.

Elle commence à se cambrer, à gémir, elle monte et descend son bassin comme en cours de gymnastique. Il lui dit « tu as marché dans la rue avec un pantalon plein de mouille. J'ai vu que ton pantalon était mouillé mais je ne t'ai rien dit. Tu n'as même pas senti que t'étais excitée… et j'ai vu le regard des gens. J'ai regardé les gens qui regardaient ton pantalon mouillé».

Elle continue à gémir, elle dit «je sens une grosse chaleur dans le bas de mon ventre. Je voudrais que tu viennes à côté de moi et que tu me caresses». José se lève, le sourire aux lèvres. Il se met à côté de la petite fille, «je savais que tu me demanderais de me lever et de te tripoter… Dans quelques minutes, tu vas m'demander de planter mes doigts dans ta chatte, regarde ma queue comme elle bande pour toi».

La petite fille regarde la queue de José juste à côté d'elle se dresser et danser, la queue de José qui luit de désir. Une goutte au bout de son gland. Elle dit «José, fais-moi goûter juste la petite goutte qui perle au bout de ton gland». José sourit, satisfait. Elle tend sa langue et José pose le bout de son gland sur ses lèvres. Elle goûte et aspire le liquide qui perle sur le bout du sexe de José. Il est à la fois amer et doux, un peu salé. Il lui dit «tu veux la prendre dans ta bouche ?». Elle dit «non… je veux que tu touches mes seins». José touche ses seins et elle continue de se branler…

La petite fille dit «José, regarde ma chatte, mets-toi entre mes cuisses et parle-moi encore». José se branle devant elle. Il lui dit «j'aime voir ta chatte dégouliner de plaisir… j'aime me branler. Je peux toucher ta mouille puisque je t'ai laissée avaler la mienne ?».

«Oui, tu peux, mais pas longtemps.»

José se baisse au niveau de son sexe béant. Elle sent la chaleur de son souffle et la fraîcheur de sa langue laper son sexe. Son corps s'électrise. Elle dit «ça suffit José… regarde-moi maintenant… je vais jouir…». José s'active devant elle, il lui dit «je vais jouir avant toi et je vais te mettre du foutre sur ton ventre et ta chatte…». Elle jouit lorsque José dit le mot foutre. Elle jouit en giclant. Et José jouit en même temps qu'elle… Elle a du sperme sur le corps.

José dit «eh bien Rose… ton corps est fait pour baiser… et toi tu es faite pour ça aussi. Je n'ai jamais été autant excité par une femme. Viens là que je t'embrasse…»

EMBRASE-MOI

Il fait gris. Il fait toujours gris. Il fait froid. Il fait toujours froid. Hier, Alex m'a appelée, il m'a dit « il faut que nous nous voyions pour discuter, je monte à Paris ».

Je stresse comme une ado avant son premier rendez-vous. Alex et moi ne parvenons pas à nous sortir de cette putain de rupture.

Je prends le métro. Alex m'écrit « je vais à Bastille ». J'ai l'impression d'être dans un rêve. Tout est flou. J'avance le long du couloir du métro. Alex m'écrit « je t'attends en haut des escaliers, tu ne pourras pas me louper ». Je monte lentement les marches. Je pose ma main sur la rampe remplie de microbes comme la barre de fer dans le métro. Je m'enferme peu à peu dans cette relation mortifère.

Plus que quelques marches que je monte lentement. Je n'ai pas pris l'escalator. Je le vois, enfin… J'ai l'impression de ne pas l'avoir revu depuis des années. Il a la tête penchée sur son portable. Il est toujours sur son portable. Il se trouve devant un arbre. Sur l'arbre, il y a un tag peint en rouge. Alex porte une veste de cuir noir, des lunettes de soleil, un jean et une paire de baskets usées.

Je m'arrête quelques secondes, juste pour l'observer en train d'écrire sur son portable. Il ne m'a pas vue. Quand je lui demanderai à qui il écrivait, il me dira que c'est une cliente, il m'inventera une histoire…

Je suis partagée entre l'envie de lui sauter dans les bras, lui tirer une claque ou ne rien laisser transparaître.

Il est là, posté devant la sortie du métro Bastille. Il relève la tête. Je ne vois pas son regard caché par ses lunettes noires fumées. Il y a du monde autour de nous. Des gens que je ne connais pas, des gens qui ne me connaissent pas, des gens qui vivent peut-être ce que je vis, des gens malheureux, des gens heureux.

Je m'approche, un peu hésitante. Je lui souris, puis je ne réfléchis plus. Je me blottis dans ses bras. Je le respire comme un animal. Je respire son odeur. Il y a du monde qui grouille autour de nous. Petites fourmis. Je lève la tête, le ciel est bleu, les nuages s'effacent. Je me serre un peu plus fort contre lui. Il ne parle pas, il me prend dans ses bras. Je suis bien. Je sens son cœur battre malgré son pull, malgré mes vêtements.

Je ne sais pas combien de temps nous restons ainsi l'un contre l'autre en essayant de panser nos douleurs. Mais rien ne sera jamais effacé. Je n'ai plus aucune notion du temps. Le temps n'existe pas, le temps n'existe plus. Tout s'est arrêté. Une semaine que nous ne nous sommes vus, j'ai l'impression que des années se sont écoulées.

Il me dit « marchons un peu ». Je vois ses yeux sombres cachés derrière les lunettes noires. Je pense sentir son amour, c'est toujours rassurant de penser que l'autre nous aime autant qu'on l'aime, même si on se plante. Parfois, on n'a pas envie de regarder la vérité douloureuse qui s'élève devant nous.

Nous venons de traverser une nouvelle tempête. Nous vivons dans un pays tropical.

On marche le long de la rue de la Roquette. On passe devant les bars. Il fait beau maintenant. Il fait doux. Il me dit « quand j'habitais le quartier, je venais souvent marcher seul ici ».

Nous passons devant un restaurant. Il me dit « chaque fois que je passais par là, je me disais qu'il fallait que j'aille voir le spectacle de magie. Je n'y suis jamais allé car je voulais y aller à un moment précis dans ma vie. C'était toi mon moment précis ». J'avale ses mots et ses mensonges. Caramels, bonbons et chocolats.

Nous mangeons dans une brasserie. Nous discutons de choses et d'autres, et je me rends compte que lorsque nous sommes en tête à tête, nous ne nous disputons pas et arrivons à nous comprendre. Comme si le fait de voir le reflet de notre âme nous permettait de mieux décrypter nos sentiments. Nous ne parlons ni de nos maux ni de nos douleurs.

Il me dit « ça te dirait d'aller voir le spectacle de magie avec moi ? ». Je suis comme une gosse surexcitée la veille de Noël.

Assise dans la petite salle du spectacle de magie, j'observe les gens qui nous entourent. Certains sont en couple. Je me demande si comme nous ils vivent la souffrance et les montagnes russes émotionnelles. Personne ne pourrait se douter, en nous voyant si proches, en nous voyant si souriants, sa main posée sur ma cuisse, que nous passons le plus clair de notre temps à nous déchirer. J'aimerais, comme les couples amoureux, vivre dans le calme. J'aimerais être avec Alex aussi bien que lorsque j'étais avec S.

Le spectacle terminé, il est vingt-trois heures trente passées. Alex et moi marchons dans les rues de Paris. Mon corps est faible, je suis si fatiguée. Fatiguée par l'accumulation des émotions et à cause des épreuves que nous traversons continuellement. Mon corps avance, petit automate.

Nous ne nous sommes pas encore embrassés. Nos bouches et nos langues ne se sont pas retrouvées. Lorsque je me suis approchée de lui pour déposer un baiser sur ses lèvres, il m'a dit « non pas maintenant ».

Nous longeons les vitrines, nous longeons les restaurants, les bars. Nous passons devant des bouches de métro, nous marchons encore. Il me raconte la Russie, son pays, et ses voyages. J'écoute. Il me parle des galères qu'il a vécues.

Une heure du mat. Je ne veux pas rentrer chez moi. Je ne veux pas dormir seule. Je veux dormir avec Alex dans les hôtels. Dans la rue, quelques passants marchent, lentement. Certains sont bourrés, certains sont fatigués ; puis il y a des amoureux qui s'embrassent et qui rigolent ; puis il y a les bandes de jeunes qui parlent et rient trop fort, une bouteille dans la main. Certains rentrent chez eux, quand d'autres errent nonchalamment. Nous marchons encore. J'aimerais qu'il m'embrasse, mais il me parle encore. Je le regarde, je me colle un peu contre lui, je tremble, je tremble de fatigue et de froid. Et, d'un coup, il s'arrête. Il me regarde fixement. Mon cœur bat très vite, trop vite. J'ai envie de pleurer, tant d'émotions dans son regard. Il encercle mon visage de ses mains. Il me dit « je t'aime, connasse ». Et là, au milieu du trottoir, au milieu d'un quartier parisien, au milieu de nulle part, ses lèvres se collent aux miennes. Ça ressemble au premier baiser, mêmes sensations, même excitation, mêmes palpitations cardiaques. Redécouverte des lèvres, redécouverte du goût de la salive.

Les gens marchent en accéléré, tout est pourtant au ralenti. Rien n'existe, sauf lui, sauf moi. Il passe sa main dans mes cheveux, agrippe ma chevelure. Il me fixe avec intensité. Nous ne parlons pas. Nous nous regardons, nous nous embrassons, nous nous enlaçons encore et encore et il s'arrête, et il me dit « tu le sens, ce soir, mon amour, Rose ? ».

Puis nous reprenons notre route. Je pourrais passer des heures contre lui, à marcher sans but précis, il ne le saura jamais... Sans le regarder, je lui dis « je voudrais qu'on dorme ensemble même si ce n'était pas prévu ». Il rigole. Il me dit « tu veux qu'on dorme chez toi ? ». Je réponds « non... dormons par là... il n'y a plus de métro à cette heure-là et mon appartement est à l'autre bout de la ville ».

– On prend un taco, les hôtels sont chers, me dit-il.

– Mais j'en ai rien à foutre qu'ils soient chers, c'est moi qui paie, au point ou j'en suis d'façon. Puis j'ai pas envie d'attendre qu'un taxi se libère et le trajet de la route pour me retrouver dans tes bras.

– Ok... comme tu veux...

– J'veux pas rentrer chez moi... je trouve que les hôtels ont quelque chose de romantique, comme si on était deux amants en fuite.

On loue une chambre à quelques mètres de l'endroit où nous sommes. J'ai l'impression que c'est une première fois pour lui et moi. L'impression de découvrir un autre « lui ». L'impression que j'ai à côté de moi un homme inconnu. Où est l'homme qui me menace de me quitter à la moindre frustration ou non-gestion des sentiments ? Où est l'homme qui hurle au téléphone sa douleur, ses manques ? Où est l'homme qui me juge constamment ?

Ne jamais oublier. Je veux graver cet instant dans ma mémoire.

S m'emmenait à Paris. Elle conduisait sa voiture de luxe et m'emmenait dans de jolis endroits. Avec elle, Paris rimait avec champagne, soirées mondaines, sexe et liberté. Aujourd'hui, près d'Alex, Paris rime avec galère, amour, romantisme et bohème.

Je me demande combien de vies j'ai eues.

Devant la porte de l'hôtel, il me dit « nous devons prendre notre temps, ne rien précipiter ». Je ne comprends pas ce que ça veut dire.

La chambre d'hôtel est toute petite. Je découvre un Alex nouveau, blindé d'humour, agréable, souriant, tendre et romantique. Un Alex qui n'est pas le Alex que j'ai connu. Je profite du Alex qui est avec moi, car je sais que demain il sera encore quelqu'un d'autre. Alex est un être multiple, complexe, torturé et polymorphe.

Je reste debout près de la petite fenêtre de la chambre d'hôtel. Alex s'allonge sur le couvre-lit de mauvais goût. La chambre me rappelle celle où j'ai joué avec H quelques mois auparavant.

Une vie en l'espace de quelques instants peut complètement basculer. Une vie en un claquement de doigts peut devenir différente, tout se transforme, tout change. Tout est question de choix de vie. Aucun choix n'est mauvais, le choix nous amène à une nouvelle expérience de vie. Notre avenir dépend des choix que nous faisons. Si je n'avais pas quitté S pour être avec Alex, je n'aurais pas appris la décadence, les voyages et l'errance ; je n'aurais pas réussi à dompter mes peurs, je serais restée superficielle et sans cœur. Grâce à Alex, je m'émancipe chaque jour un peu plus.

Alex me regarde. Il me dit « viens ici, tout près de moi ». Je m'approche lentement. J'ai peur de l'aimer trop fort.

Je m'approche de lui, sur le lit de la chambre d'hôtel au couvre-lit fleuri. Mon corps sur son corps. Il me déshabille lentement en m'embrassant tendrement. Je le déshabille. Puis il y a les caresses, puis il y a son sexe dans le mien. Les mouvements, les regards, la fusion complète. Il me dit « j'ai envie de jouir dans ton ventre ». Je le retiens contre mon corps avec mes jambes serrées autour de sa taille, car moi aussi je veux qu'il jouisse en moi. Mes yeux pleurent d'émotion, pleurent car je vais être remplie de lui. Les yeux d'Alex sont remplis d'amour. Il y a une partie d'Alex qui danse en moi.

Alex laisse son sexe à l'intérieur de mon ventre. Il le laisse se rétracter lentement, petit escargot sort de sa coquille. Je le serre encore un peu plus fort. Puis il me regarde, puis il pleure. Il me dit « jamais je n'ai aimé si fort, je veux un enfant avec toi ».

Je déteste la période par laquelle nous sommes passés. Je déteste nos peurs, mes silences qui créent le doute en lui. Je hais les périodes de chutes sentimentales. Tout pourrait être si simple, et nous, nous passons notre temps à tout compliquer.

Je n'ai pas dormi ce soir-là. J'ai juste apprécié le temps passé dans ses bras. J'ai regardé le jour se lever. Une douche rapide sur les coups de neuf heures, puis nous sommes sortis déjeuner à la terrasse d'un bar. Il parle la bouche pleine de viennoiseries, il rigole tout seul, il me dit qu'il est heureux. Il dit qu'il a un rendez-vous dans deux heures, qu'il espère ne pas arriver en retard. Il s'excuse de ne pas pouvoir rester plus longtemps avec moi.

À la bouche de métro nous nous quittons, lui pour retourner chez son amie que je ne connaîtrai jamais, moi pour retourner dans ma petite garçonnière. Alex doit passer du temps avec ses amis. Nous ne dormirons pas ensemble ce soir.

J'ai l'impression qu'Alex aime ces instants de réconciliation. J'ai peur qu'il joue à la rupture pour mieux que nous puissions nous retrouver l'un et l'autre. Il ne faut pas jouer avec les sentiments qui détruisent le cœur.

Seule dans mon appart, je passe une nuit de merde. Cumuler les nuits blanches, l'alcool et la clope, rien de tel pour se choper des palpitations et des crises de panique. Alex m'écrit peu. Je ne sais pas ce qu'il fait ni où il est. Ça me rend malade, mais je ne dis rien. Je laisse la bête ronger l'intérieur de mes viscères. Je ne dors pas, à quatre heures du mat Alex m'écrit « on se voit demain matin, 10h Bastille ». Ce n'était pas une question, je serai au rendez-vous demain matin.

Il fait gris ce matin. Je porte la veste beige en fourrure synthétique. Je me dirige vers le métro Nation. J'écoute les bruits de vie. J'écoute les bruits de la ville. Je prends cinq minutes pour moi, cinq minutes pour respirer. Je me sens différente des gens.

Ligne 1 – La Défense. Troisième arrêt. Bastille.

Je connais les trajets par cœur. Les labyrinthes souterrains de Paris n'ont pour moi aucun secret. Je suis plus sereine que lors de notre « première » rencontre. Alex m'écrit « je suis en terrasse au Bastille, sur le côté de la rue de la Roquette ». Je suis beaucoup plus détendue. J'ai hâte de le retrouver. Le temps est différent depuis que je le connais. Impalpable et friable. Je ne sais jamais de quoi sera faite ma journée. Je ne sais pas si tout se passera bien ou si nous nous disputerons pour des broutilles.

Alex est assis en terrasse, toujours avec son téléphone portable à la main. Il est beau. Il porte un pull col roulé en cachemire noir, sous son blouson de cuir.

J'arrive en terrasse. Je l'embrasse, il me sourit. Je m'assois à côté de lui, à la parisienne, sagement alignés. Je commande un thé. Il fait un peu froid.

Nous fumons une cigarette. Il me dit « ça te dit une balade ? ».

Je n'ai jamais autant marché que depuis que je suis avec Alex. Vie de bohème. Vie d'artiste maudit. Vie faite de galères, de maux, d'amour, de passion et de colère.

On s'arrête dans une librairie. Il achète *Dans la solitude des champs de coton* de Bernard-Marie Koltès. Il me dit « j'ai envie de te faire la lecture ce soir, je trouve un hôtel, puisque tu aimes les hôtels, on se pose, nous sortirons dîner avant ».

Alex trouve un petit hôtel. Il me dit « c'est mieux de dormir dans les hôtels ». Chaque chambre représente une nouvelle aventure, comme si Alex était un amant différent à chaque fois.

Un long couloir nous mène jusqu'à l'accueil. Cinquante euros. Mon compte en banque se vide à petit feu. Je mets en stand-by mon travail. L'argent sort plus rapidement qu'il ne rentre. Je n'ai jamais eu de problème à ce niveau-là. Je ne calcule pas. Je dépense.

Nous montons les escaliers de bois qui grincent sous nos pas. Il y a des travaux dans l'hôtel.

Je me sens bien. J'aimerais que notre relation soit remplie de moments simples comme celui-ci. J'idéalise encore.

Il se tourne vers moi, il me dit « on dirait un peu un rendez-vous caché, amant-maîtresse ». Il a besoin d'être continuellement dans la transgression et la nouveauté. Je ne sais pas si je pourrais lui apporter tout ce qu'il me demande de lui apporter. Je ne sais pas si je pourrais le surprendre continuellement, il est tellement demandeur.

En entrant dans la piaule, il me plaque contre le mur. Je suis dos à lui. Il descend mon fute sur mes vieilles pompes usées à force de trop être utilisées. Je ne porte plus de talons hauts. Alex me baise sans me préparer, il me burine quelques minutes avant de me choper et me jeter sur le lit. On jette nos fringues sur le sol. On s'enlace, on s'embrasse. Début de danse libidinale dans la fusion orgasmique et amoureuse.

Il me fait mal lorsqu'il bute contre le col de l'utérus. Je ne dirai pas qu'il me fait mal lorsqu'il me pénètre. Je me laisse faire. Je me laisse faire dans l'amour. Nous sommes emboîtés. Lui et moi, scellés. Nous ne formons plus qu'une seule et même personne, siamois reliés par le sexe.

Nous réinventons l'amour. Ses mots dans mon oreille, ses caresses sur ma peau me font frissonner de désir et d'excitation. Je me shoote en me faisant des rails de son odeur animale. Je suis dans une caverne avec de la terre battue. Je suis l'animal dompté. J'ai trouvé mon alpha. Il est le Loup que j'attendais. Il me baise avec amour.

Il s'est retiré juste avant de jouir. Il s'est mis à genoux devant moi, il a branlé son sexe et a éjaculé sur ma peau. Je l'ai pourtant retenu pour qu'il se déverse une fois de plus au fond de mon ventre. Je ne comprends pas pourquoi il n'a pas voulu éjaculer au fond de mes entrailles alors que grouillent encore en moi cent millions de spermatozoïdes. Il me dit « il ne faut pas que tu tombes enceinte ». Je dis « pourtant quand t'as joui en moi, tu m'as dit que tu voulais un enfant, et aujourd'hui tu n'en veux plus ? ».

– C'était hier, Rose… hier je t'ai dit ça et j'ai eu tort.

– Pourquoi t'as eu tort ?

– Car il faut attendre…

J'ai envie de faire un enfant au Loup. Il change d'avis comme il change de peau. Un jour blanc, un jour noir, comme si continuellement il y avait une multitude de personnes qui se battaient en lui. Comme s'il était suivi par un monstre, comme moi je suis suivie par ma « bête ». Personne d'autre que nous ne pourrait comprendre. On s'éloigne lorsqu'on se rapproche, on se rapproche lorsqu'on s'éloigne. Homme contre femme. Bête contre monstre.

Il me dit « ce n'est pas le moment. Il faut que nous voyagions, nous avons tellement de choses à découvrir encore ».

C'est quoi le bon moment ? J'ai peur de demain, de demain qui risque d'être sans lui. Si je fais l'enfant au Loup, j'aurai près de moi continuellement une partie de lui ; je ne réfléchis pas aux conséquences. Je veux juste sentir l'enfant-loup grandir dans mon ventre. Je me blottis en pleurant contre lui, le sperme étalé sur mon abdomen, le nez collé à ses aisselles. Je lèche les poils luisants de transpiration, imprégnés d'hormones. Je l'avale, je le lape.

– Pourquoi tu pleures ?

– Pour des conneries, je m'y suis faite à l'idée d'avoir un gosse avec toi.

– T'es complètement barge.

– Et si j'étais enceinte ?

– T'es pas enceinte, au pire des cas on en parle et je t'accompagnerai pour que tu te fasses avorter.

– Ben oui évidemment, c'est quelque chose de si simple. T'as cru quoi, toi ? Qu'on faisait sauter un gosse, qui plus est qu'on désire, comme on se fait arracher une dent de sagesse.

– J'ai été con, j'sais pas à quoi j'ai pensé au moment où j't'ai dit ça.

EXCLUSIVITÉ

Je marche dans le long couloir du métro. Je viens de laisser Alex en haut des marches.

Il m'a dit « à ce soir »…

J'ai peur de le décevoir. J'ai peur qu'il me trouve minable. Je ne me suis jamais sentie aussi insignifiante. Il y a le stress qui me bouffe quotidiennement, ses appels anxieux, ses envies qu'apparemment je n'assouvis pas ; il y a un tas de petites choses qu'inconsciemment ou pas il me met dans la tête et qui me pourrissent le cœur.

Il m'a embrassée avant de s'en aller. Sa barbe sentait la cyprine. Il n'a pas pris de douche ce matin. Il est parti avec mon odeur sur son corps.

Alex est le coauteur de mes rêves insensés. Certaines personnes me disent « attention », ils me préviennent comme la bête qui hurle. Certaines personnes me disent « tu es une femme libre, Rose. Tu es sauvage et indomptable ». Écho de la voix des gens qui m'aiment avec celle de la bête enragée.

Nos voyages à venir, nos projets communs, notre amour me nourrissent. Je n'écoute pas les autres, je n'écoute pas la bête qui hurle dans mon âme.

Nous vivrons les tempêtes et les canicules,
Nous vivrons les pays inconnus, les villes fantômes.
Nous vivrons les visages, la pluie, la neige et les naufrages.
Tantôt ici, tantôt par là, mais jamais étrangers.
Nous serons partout chez nous, contre vents et marées.

Ma vie est complètement différente. Je ne papillonne plus. Mon ventre ne veut d'autre nourriture que celle de son corps. Je n'ai besoin que de ses caresses, ses baisers et ses mots. Je n'ai plus besoin d'excès. C'est mon cœur qui prend la relève sur mon corps. C'est mon cœur qui me dicte ce que je dois faire. Et même si je souffre en silence du comportement que peut avoir Alex par moments, je suis constamment reliée à lui.

Je me confie avec juste ce qu'il faut de pudeur. Je ne dis pas tout. Certaines choses ne doivent pas être dévoilées, c'est la bête qui me prévient en hurlant « non ne dis rien, il s'en servira contre toi ».

Nous avons passé quelques jours à Paris, ensemble, à essayer de nous reconquérir, à essayer d'oublier les maux et les tempêtes. Nous avons dormi dans des hôtels comme deux âmes en fuite. Aurons-nous continuellement besoin de nous mettre en danger pour nous retrouver et nous comprendre ?

Aurons-nous besoin d'établir continuellement des plans pour ne pas tomber dans cette routine qui nous effraie ?

J'ai besoin de sentir sa queue marteler mes entrailles, ses mains caresser ma peau, ses ongles déchirer ma chair, sa bouche contre la mienne ; besoin de son corps, son odeur, sa présence tout entière.

Il est onze heures du mat dans ma petite garçonnière. Alex est dans la même ville que moi, il est à quelques minutes de moi et nous ne sommes pas ensemble. Il me manque alors que j'ai passé la nuit dernière à pleurer dans ses bras.

« Prends la ligne 3, direction Gallieni, à quinze heures trente. Je te dirai où aller quand tu seras dans le métro. Je t'aime, ma petite pute. Alex ».

La pluie tombe, musique mélancolique. C'est le bordel dans l'appart, je n'ai pas envie de faire le ménage. La corbeille à linge dégueule comme le cendrier posé, là, sur la table de ma salle à manger. Il faut que je pense à arroser mes plantes avant qu'elles ne crèvent. Je pose le bouquin qu'Alex m'a offert sur la table au milieu des factures impayées et des prospectus.

Je n'arrive plus à avancer, l'esprit continuellement préoccupé par « lui ». Je n'ai pas de nouvelles de S, je vois moins mes potes, je fais moins de sorties, je m'extrais peu à peu de ma vie d'avant, je deviens un fantôme, une âme errante.

Il m'envoie une photo qu'il a prise de moi à l'hôtel. Le visage apaisé après l'extase. Un portrait en noir et blanc, mon rimmel qui coule sur mes joues. Une photo après les claques qui m'ont soulagée et libérée, après la baise intensive, après les insultes qui font virevolter les sens… « *Quand les larmes permettent la libération des maux de notre âme.* » Laisser couler les maux.

Je nage dans les eaux putrides de la rivière du dessous. Flottements légers comme l'air qui bouscule le flocon de neige. Exister pour lui, envers et contre tout. Accepter de laisser tomber le masque pour un lien unique.

Sans amour pas de vie, pas de but, pas de projets, pas d'existence.

ARROSE LES MORTS

« Père Lachaise. On se rejoint sur la tombe de Jim Morrison ? A. »

Il me propose un jeu.

Il m'envoie des questions par SMS. « De quel côté se trouve ma cicatrice ? » Je ne m'en souviens plus… je dis « gauche ». Je me suis plantée. Il m'écrit « quels sont mes quatre carreaux de chocolat préférés ? ». Je n'en sais foutre rien. J'ai l'impression de me retrouver dans « Les Z'amours ». Il me stresse. J'ai peur qu'il pense que je ne m'intéresse pas à lui alors que j'ai de terribles problèmes avec ma mémoire. Il sait que j'ai du mal à retenir certains détails de vie, il sait que j'ai la tête trop pleine de trop de choses.

Il joue avec mes peurs.

Je sors du métro. Il m'écrit « en sortant du métro, attends-moi devant la banque ».

Nous errons dans les allées du cimetière. Je lui dis « j'suis désolée, j'me suis plantée sur tellement de réponses ». Il me répond « je ne juge pas, j'apprends à te découvrir et voir comment tu fonctionnes ».

Nous parlons de la vie. Nous parlons de la mort. Nous parlons des traces que nous laisserons lorsque nous ne serons plus. Nous parlons d'immortalité.

Il me dit « on pense qu'on ne nous oubliera pas, mais avec le temps, plus personne ne pensera à nous ». Je lui dis « la famille perpétue le souvenir, les amis aussi. Nous vivrons tant que les vivants parleront de nous ».

Sa main dans la mienne. Son corps près du mien. Ce soir, je pourrai dormir avec lui. Je ne pense qu'à ça ; qu'à ma tête posée sur son torse.

Nous continuons à errer dans les allées. Des morts nous entourent. Nous sommes les fantômes errants de la vie.

Puis il y a la petite allée qui monte. Il y a un mausolée ouvert. Transgression. Il me dit « viens ». Je regarde rapidement autour de moi. Il n'y a personne dans la petite allée qui monte. Il me prend par la main. Je deviens à mon tour l'enfant qui transgresse. Il entre dans le petit mausolée. Il y a une toute petite table de marbre et un vase avec des fleurs séchées. Il y a la mort au-dessous de nos pieds. Il me dit « on va arroser les morts, ils doivent étouffer là-dessous. On va arroser la mort avec notre jouissance. On va nourrir la mort pour la ressusciter ». Il sourit encore. Il me demande « tu portes une culotte ? »

– Non… tu sais bien que je n'en porte jamais.

– La femme que j'ai rencontrée il y a quelques mois n'en portait jamais, mais la femme que tu es aujourd'hui en porte souvent. Ton animal se réveille de nouveau ?

– N'dis pas n'importe quoi, je voulais t'exciter, tu l'sais…

– Et toi, tu sais et je t'l'ai déjà dit, que c'est ton cerveau qui m'excite, connasse, pas ton cul.

– Alors, pourquoi tu veux m'baiser, là, maintenant, puisque c'n'est pas mon cul qui t'intéresse ?

– Ferme ta gueule, j't'ai dit, c'est pour que les morts ne se dessèchent pas, arrête de poser des questions et écarte tes cuisses… tu m'appartiens, n'est-ce pas ?

– … oui, je t'appartiens.

Il glisse ses mains sous ma robe. Je suis au-dessus des morts, nous sommes au-dessus des morts. Il me regarde et me sourit. Je lui dis « tu es fou ». Il me répond « oui, je suis dingue de toi »…

Nous sommes dans le mausolée, nous sommes dans le cimetière, nous dansons et baisons sur les tombes. Il inonde la dalle fissurée avec l'eau de mon corps. Il me dit « je n'veux pas t'entendre gémir, je veux que tu jouisses en silence ».

Puis il me tourne. Je pose mes deux mains sur le mur du mausolée. Je sens la mort, je respire l'odeur des macchabées, des corps en putréfaction comme cet amour-gangrène qui me dévore l'âme. Il soulève ma jupe, j'entends le bruit de sa fermeture

Éclair qui se baisse. Il me dit « tu m'fais bander. J'ai la queue qui réclame ta chatte à toute heure… ». Il place le bout de son gland à l'entrée de mon sexe et me pénètre avec une douce violence. « Tu coules sur ma queue, ça dégouline sur tes cuisses, tu nourris la terre des morts ». Il me pilonne violemment. J'entends sa respiration s'accélérer. Il mord mon cou presque au sang. J'entends ma chair se déchiqueter sous la pression de ses dents. Vampire.

Il me lime dans le mausolée comme on baise les putes dans un camion bon marché. Mes mains glissent sur le crépi fissuré, maison de la mort. Il se retire, il m'encule… Il me dit « je vais t'remplir, p'tite pute ». J'ai envie de pleurer, je souffre de tellement l'aimer. Il me martèle les intestins, j'ai mal, je le laisse se faire du bien, je le laisse remplir mes entrailles. Dernière saccade, spasmes corporels… il se retire. Je reste les mains contre le mur. Les larmes coulent sur mon visage, comme le sperme coule de mon cul. J'entends le zip de la fermeture Éclair. Je passe discrètement la main à l'arrière de ma jupe, sur mon anus blessé. Je regarde mes doigts, quelques gouttes de sperme mélangées au sang de la vie. Je replace ma jupe sur mon corps. Il me dit « tu vas marcher, et mon sperme coulera et tu le laisseras couler. Ce soir, je te boufferai le cul en rentrant et je nettoierai ma femme avec ma langue. »

On rentre chez moi, ce soir pas d'hôtel.

Je jette mon sac sur mon bureau, il pose le sien près du lit. Alex me chope et soulève ma robe. Il passe ses doigts entre mes cuisses, puis il enfonce son index dans mon cul. Il me dit « tu t'ouvres, tu m'avales, fous-toi à quatre pattes ». Il faut que je pense à laver mon tapis, il sent la poussière, le gymnase en fin de journée. Alex m'ordonne « cambre-toi ». Je pose mon visage sur mes mains en croix sur le sol. « Écarte ton cul avec tes deux mains. » Mon visage est posé directement sur mon tapis, mes mains posées de chaque côté de mon fessier. Alex me lape, il enfonce sa langue dans mon petit trou, il aspire, il lèche. Il dit « j'aime le goût de mon sperme mélangé à l'odeur de ton cul. Tu me fais tellement bander que j'suis obligé de me branler, j'vais t'en foutre partout, p'tite salope ».

Il m'a fait jouir par le cul, il m'a fait jouir en aspirant son sperme. Puis je me suis allongée sur le lit. Je me suis endormie.

Je me réveille doucement, calée dans les bras du Loup. Je touche et caresse son ventre.

Je ne connais pas ses quatre morceaux de chocolat préférés.

Je caresse sa joue, sa barbe, ses yeux sont fermés. Il dort. Je regarde sa bouche. Je regarde son corps animal. Je respire son odeur. Je me sens complètement reliée à lui. Et je souffre, je souffre de ce lien qui me déchire de l'intérieur.

Alex doit partir à un rendez-vous. Après son café, il ferme la porte et me laisse seule.

« Je vois la vie différemment depuis toi. Je savoure le parfait décalage entre la vie "normale" des pantins manipulés et la nôtre. Je ne les envie pas. Nous, nous sommes libres. Et si nous nous déchirons, peut-être est-ce seulement parce que nous nous aimons mal. Apprends-moi l'amour et je t'apprendrai à aimer. J'ai ton goût plein la bouche, ton odeur sur les doigts. A. »

Je m'allonge et je repense à ses bras, ses mains, ses doigts, ses caresses, son regard, l'odeur de son corps sur mes draps. Je laisse le brûlant envahir mon être. Mon dos est lacéré, il a laissé les traces du « non-oubli » sur ma peau marquée.

Je regarde une photo de son corps nu allongé sur les draps défaits de la chambre d'hôtel. Son corps n'est pas parfait ; il y a le gras sur le ventre, les impuretés et les cicatrices du passé sur son torse glabre. Son corps porte les blessures de la vie. Il est animal, loup, sauvage, indomptable, mais friable.

TU TUERAS LA VIE

J'aime Alex d'un amour de femme, d'un amour torturé, et j'en ai pleinement conscience. Je l'aime dans la passion. Je l'aime dans la douleur.

Je me tais encore trop souvent. Trop pudique pour exprimer librement ce qui se passe à l'intérieur de moi. Une protection, une carapace. Je ne sais pas si un jour je pourrai changer tout ça. En rentrant de son taf, il me propose une balade nocturne. Nous vivons la nuit. Nous sommes des animaux de proie.

Ça fait trois heures que nous marchons dans la nuit ; la nuit, c'est ma vie ; les ténèbres me poursuivent depuis lui.

Nous sommes dans un bar, lui face à moi.

Je lui dis « et si j'étais enceinte ? ». Son visage se transforme. Il est différent de l'homme qui m'a ensemencée il y a quelques jours. L'homme qui était sur mon corps à l'hôtel avait envie de « fabriquer » l'enfant-loup. L'homme qui est face à moi ce soir est effrayé. Il me dit « nous n'le garderons pas, je t'l'ai déjà dit ». Je ne comprends pas. Il me dit « tu ne comprends pas ? Ou tu n'entends pas ? ». Son visage est fermé. Si l'enfant-loup vit déjà en moi, je n'ai pas envie d'éteindre sa vie. Il me dit « de toute façon tu ne sais pas si t'es enceinte ou pas », je lui réponds « mais si je l'étais ? »... Il me répond « nous verrons à ce moment-là... je n'ai pas envie qu'on fasse un gosse pour essayer de guérir nos maux et nos conflits ».

– Fallait y penser avant, garçon, c'est trop facile sinon. T'avais juste envie de cracher dans mon ventre, t'étais dans l'excitation, et l'excitation t'a fait perdre la raison. Puisque je le désire, ce gosse, j'vois pas pourquoi j'le ferais sauter, c'est pas comme si je t'pondais un mioche dans le dos. T'étais avec moi, parfaitement conscient, tu sais que je n'prends aucune contraception.

– T'es trop conne quand tu t'y mets. Tu parles de ça comme si on t'avait annoncé que t'étais enceinte.

– J'émets juste la supposition et, entre nous, ta réponse me donne un peu la gerbe.

– Ok, tu n'étais pas seule, je n'aurais pas dû. Là, tu n'es pas seule à prendre la décision. Puis tu n'es pas enceinte. Merde, on a tellement de choses à découvrir. Comment tu veux qu'on voyage avec un gamin dans nos jambes ?

– Non, Alex, ton refus est plus profond que ça. Tu penses plutôt à « et si ça ne marchait pas entre nous, qu'est-ce qui me dit que cette pute n'se casserait pas avec mon gosse ? »… une sorte de trauma qui vient de l'enfance.

– Connasse… tu me fais chier. Regarde-nous, on est deux paumés qui errons dans un monde qui se meurt peu à peu.

Je le regarde. Je le vois… l'envie de l'enfant perd tout son sens. Je ne veux plus être enceinte. Il ne mérite pas le cadeau que je veux lui offrir. Je suis en colère contre moi. Il ne mérite pas le louveteau. Je tuerai l'enfant-loup si, dans mon ventre, il commençait à vivre.

ERRANCE

Me voilà une fois de plus à errer seule dans les rues de Paris. Ma vie n'est qu'errance. J'avais besoin de sortir. J'ai quitté mon appartement bordélique pour marcher un peu. Mes amis s'éloignent peu à peu de moi. Je ne bosse plus, panne d'inspiration. Mon banquier m'appelle deux à trois fois par semaine. Je ne réponds plus. Je vide le compte d'épargne, le compte « en cas de pépins » sans penser au lendemain.

Je passe devant le Centre Pompidou. Je nous revois assis à manger un sandwich comme des ados perdus. Je vois les fantômes de nos âmes et j'envie les moments de complicité de nos spectres passés. Je voudrais bondir en arrière et faire un arrêt-image sur les bons moments que nous avons déjà vécus. Oublier le mal, oublier les maux, oublier la déchirure, ne garder que le meilleur.

Je passe à côté de « nous », je nous observe, je deviens spectatrice de ma vie passée. Je me perds dans les rues parisiennes. Je n'ai pas de but précis. Je retourne instinctivement aux endroits où nous nous sommes retrouvés, les bars, les hôtels. Je marche à côté de mon moi fantôme qui se serre contre son « toi » fantôme. J'ai envie de pleurer. Je vais à la librairie où il m'a acheté le livre. Il ne m'a pas fait la lecture ce soir-là.

Je continue de marcher, et plus je marche, plus je me rends compte que je m'enfonce dans les méandres d'une vie sombre et sans avenir. *No Future*…

Alex a raison, nous ne ressemblons pas aux gens « normaux ». Nous venons d'un autre monde, je crois que c'est pour ça que parfois nous ne nous comprenons pas. Il faut qu'il vienne dans mon monde puisqu'apparemment j'ai du mal à entrer dans le sien.

Si je devais écrire ma vie, je passerais mon temps à la modifier. Un conte mobile dans un temps figé. Au fil des rencontres, des saisons, des sensations de vie, j'arrangerais la vérité. Je raconterais en romançant les passages essentiels, sans calcul, sans tabou, sans filtre, sans masque, avec une petite touche de pudeur. Je modifierais l'histoire à ma façon, en changeant, en transformant, en déconstruisant les morceaux de vie. Je supprimerais certains passages pour en écrire d'autres plus intenses encore. Je ne mentirais pas, je raconterais ma propre vérité. Encore faut-il que je parvienne à réfléchir posément. Tout fout le camp. Trop de bruits dans ma tête. Réfléchir, je ne sais pas réfléchir. Je suis trop intuitive, trop animale, trop instinctive, pour réfléchir. Lorsque j'essaie de me concentrer, il y a un brouhaha incessant, atrocement bruyant, qui bat dans mes oreilles. Je pense à trop de choses en même temps. Je pense à mon putain de banquier. Comment rejoindre Alex au plus vite ? Comment le rendre heureux ? Faut qu'on arrête cette relation toxique. Je ne veux plus l'enfant. Ne surtout pas lui dire ce qui se passe dans ma tête, c'est un coup à ce qu'il se barre en courant. Qu'est-ce que je vais bouffer ce soir ? Où est la bouteille de Chapoutier ? J'n'ai plus de clopes, faut qu'je passe au tabac.

CONVERSATION STÉRILE

Lorsque nous sommes loin l'un de l'autre, on parle trop. On parle mal. On ne se comprend pas. On ne voit pas les regards, on ne sent pas l'odeur des corps, on s'entend, l'appareil collé à l'oreille ; et on interprète.

On campe tous deux sur nos positions. Nous ne parlons plus le langage universel de l'amour. Il a ses vérités, j'ai mes vérités. Et nous nous braquons, et nous nous jugeons. Ça me rend malade. Et je rampe une fois de plus pour ne pas le perdre.

Hier, nous nous sommes disputés car il disait ne pas être assez présent sur mon réseau social. Quelle merde ces réseaux sociaux, sources d'embrouilles entre potes ou entre amants… « j'aime commenter partager »… et l'autre interprète les écrits suivant son humeur. Ça clashe, ça pique, ça pince, prises de tête par écrans interposés. Il faut que je pense à sucrer mon compte, ça commence à me gaver.

Je pensais qu'il voulait que nous restions discrets, je n'ai pas voulu étaler notre vie privée. Et puis, il ne s'agit que d'un réseau social, que d'un monde virtuel dénué de sens.

Les gens pensent encore que je suis une femme libre, alors que je suis prisonnière de son amour.

Je me confonds en explications, en excuses. Ça me ronge. Il gueule, encore encore, il gueule avec sa voix aiguë qui me perce les tympans. Je saigne des oreilles, j'ai mal. De nouveau, je redescends dans la rivière boueuse. Je m'enfonce dans la terre mouvante. J'étouffe. J'ai besoin qu'on m'arrose. Saut en parachute. Un de plus. Pourtant, ce serait si simple de dire « tu me manques, je ne peux plus me passer de toi ». Ni l'un ni l'autre n'y parvenons.

Lorsque nous sommes ensemble, on s'étreint, le corps fiévreux, le cœur au bord de l'implosion. Tout est évident. Puis il y a la distance. La distance qui nous torture. Puis il y a le manque. Le manque qui nous ronge.

Le manque, la distance, c'est le silence à l'autre bout du fil, c'est le « que fais-tu lorsque tu es loin de moi ? ». Je fume trop, il faut que je pense à arrêter, demain peut-être…

Je pleure trop, il faut que je pense à arrêter, demain peut-être… je me tais trop, il faut que j'apprenne à parler, demain peut-être…

Il me décrit sa femme parfaite, il me dit « elle ne sera ni moche ni belle ; elle aura de l'humour, une tête bien faite et de la repartie. Je l'aime naturelle, sans artifices ».

Je regarde mes cheveux blonds décolorés, mon rouge sur mes lèvres, mes yeux bleus charbonneux. Je suis artificielle.

Il parle beaucoup lorsqu'il est en colère ou blessé. Lorsque j'essaie de m'exprimer, il dit « ça ne t'intéresse pas, ce que je te dis ? Pourquoi tu parles encore de toi, toi TOI TOI, TOUJOURS TOI, et moi là-dedans t'y penses ? POURQUOI TU M'ÉCOUTES PAS ? ». Alors je me tais. J'ai parfois envie de hurler, d'exprimer ma colère, mais je ne dis rien. J'encaisse, j'entasse, j'étouffe. Ce n'est pas une contrainte pour moi de me taire dans ces moments-là. J'ai tout mon temps demain pour lui dire ce que j'ai dans le ventre. Disputes, cris, expression des maux qui déchirent l'âme. Il m'appelle par ses hurlements. J'ai compris que derrière ses « tu ne m'écoutes pas » il y a « je t'en prie, viens t'occuper de moi ». Alors, je décolle et je laisse une fois de plus ma vie en stand-by pour m'occuper de l'enfant roi. Je sais que lorsque nous nous verrons, tout changera, se transformera, et que nous parviendrons à nous comprendre.

Je ne peux pas tout deviner de lui. Il me dit « quand je n'ai plus confiance, je quitte ».

À trop lui hurler mon attachement, à trop m'user les genoux à ramper, je m'assèche chaque jour un peu plus. Mes yeux sont continuellement gonflés de larmes, et je ne ris plus comme je riais avant. Il me dit « tu es trop entourée, Rose, il y a trop de gens autour de toi ». Alors que, chaque jour qui passe, je vois s'éloigner mes meilleurs amis…

AVALE-MOI

Gares, aéroports, voyage, valise sur roulettes, je suis une nomade. Alex m'écrit « je t'attends devant le bar ». Une fois de plus, je ne sais pas quel comportement adopter. Il s'approche. Il prend mon visage dans les mains. C'est toujours comme ça lorsque je le rejoins. Toutes les disputes et les souffrances sont effacées, elles sont effacées parce qu'il prend mon visage dans ses mains ; elles sont effacées parce qu'il dépose un baiser sur mes lèvres ; elles sont effacées lorsque je plonge mon regard dans ses yeux sombres comme la mort.

Il me dit « je t'aime connasse », et j'oublie tout de nouveau en m'abandonnant dans ses bras.

On ne vit pas l'amour, on le supporte. L'amour doit permettre l'élévation de l'être. Je ne veux pas vivre dans l'amour qui bloque, dans l'amour qui fait souffrir.

Il a coupé ses cheveux et rasé sa barbe. Il a perdu un peu de poids. Il me dit « tu m'as fait souffrir, tu le sais ? ». Je n'arrive pas à comprendre comment j'ai bien pu le faire souffrir, je n'arrive pas à comprendre comment il fait pour ne pas voir à quel point je l'aime et à quel point il est important pour moi.

Nous marchons pour prendre le bus qui nous amènera à son appartement, à son appartement en travaux depuis trois ans. Son appartement est en travaux, comme lui, lui aussi est en cours de démolition, en cours de démolition pour une éventuelle reconstruction.

Nous buvons le champagne. Nous discutons sur tout, sur la carrière professionnelle, sur les projets à venir, sur la famille à composer, sur la gestion des sentiments, sur l'infidélité. Nous fumons, nous fumons trop. Nous parlons des couples libres, de la jalousie, nous essayons de trouver des solutions pour ne plus souffrir inutilement. Nous avons les mêmes attentes et les mêmes envies sans pour autant parvenir à les réaliser ensemble.

La fusion, ce n'est pas se perdre dans l'autre, la fusion, ce n'est pas s'oublier, la fusion, c'est se comprendre, c'est exister, c'est s'élever. La fusion, c'est se sentir complet, libre d'exister en partageant ensemble le même bonheur.

Le soir, on se mate un documentaire. Il me donne ses idées et n'écoute que rarement les miennes. Il s'écoute parler et réfléchir, il se satisfait des critiques qu'il émet. Je pose toujours ma main sur sa queue lorsqu'on regarde la télé.

Il est allongé sur les draps souillés du canapé-lit. Je suis près de lui, juste dans le creux de ses bras. Je ne bouge pas. Je ne dis rien. « Je suis heureux » me dit-il. Il me dit « j'aimerais que le mauvais soit derrière nous, et que nous parvenions à ne plus revenir sur ce passé qui nous détruit ».

Il est un mélange de mes anciennes amours.

Il a la douceur, la sensualité animale, la beauté, la culture et l'intelligence.

Je ne veux plus de descente aux enfers.

Je voudrais pouvoir arrêter le temps et rester là, blottie dans la tanière près du Loup destructeur. Pendant un court instant, je me sens presque bien.

ENCORDE-MOI

Assise au centre de la pièce. Assise sur le parquet. Alex face à moi. Il prend une corde. Une corde qui sent le chanvre. Une corde qui sent le sac de pommes de terre dans la cave lorsque j'étais petite.

fort. Papa lui faisait du bien dans son corps, et elle aimait laisser couler le long de ses jambes la crème blanche du sexe du Père qui ramollissait. Ce soir-là, il s'était endormi sur son corps tout menu. Elle n'arrivait pas à se dégager du poids du Père. Elle essayait de le réveiller, mais il restait lourd comme un corps mort, elle était trop petite, trop faible pour le repousser. Elle étouffait petit à petit sous le poids du corps. Elle s'était endormie en fredonnant «*promenons-nous dans les bois...* », fatiguée de lutter, et s'était réveillée au petit matin, dans sa chemise de nuit rose, au milieu de ses poupées.

Les cordes sentent les sacs de pommes de terre en toile de jute.

Alex prend une corde, une corde au milieu de cinq autres pliées. Il déplie la corde et la fait glisser sur ma peau. Il fait glisser la corde sur les jambes, sur les bras. Il est doux et attentif, attentif au moindre tremblement de chair. Encordée, attachée. Immobile, fragile, friable.

Je dois me laisser aller sous le parfait contrôle de l'autre qui maîtrise, qui domine, qui dompte, qui apprivoise. La corde compresse ma peau, un tour, puis deux. Immobilisation. J'ai peur. J'étouffe. Il me dit « c'est normal que tu étouffes, apprends à respirer». Je lui dis «je ne peux pas, j'ai peur, je manque d'air».

– Apprends le contrôle.

– Ça me fait flipper, ton truc...

– Arrête d'avoir peur et fais-moi confiance.

Immobilisation complète du corps. Deux cordes enserrent mes jambes, une mon torse, autour de mes seins. Je ne peux plus respirer. J'ai mal au bras. Il faut que je parvienne à me concentrer, il faut que je parvienne à respirer. Je vois dans son regard sombre qu'il commence à être déçu. Il commence à être déçu, alors je fais semblant de gérer l'encordage. J'ai peur, toujours peur. J'ai peur qu'il fasse un malaise, qu'il me laisse dans l'étouffement. J'ai peur qu'il ne maîtrise pas. J'ai peur de faire une crise de panique. J'ai peur de tomber dans les pommes. J'ai peur d'un tas de petites choses. Je lui avais dit «on évitera les cordes, je déteste l'immobilisation». Il me dit «ta gueule connasse, j'sais ce que je fais. Je vais te libérer chaque jour de tes peurs et tes névroses. Tu me supplieras de recommencer en me hurlant mille mercis». Je tiens quinze longues minutes, qui m'ont paru être une éternité, juste pour lui, juste pour ne pas le décevoir. Puis il prend le martinet. Je lui dis « arrête Alex, pas quand j'n'peux pas bouger ». Il transgresse une fois de plus. Il dit « je sais où il faut que je t'emmène ». Non, il ne sait pas où il m'emmène, il va où il veut aller.

Alors, je me laisse faire et je me dis que demain arrive bientôt. Je me dis que bientôt tout sera terminé. Je me laisse manipuler pour lui faire plaisir, je me laisse faire pour le contenter. « *Promenons-nous dans les bois…* »

CORPS EN COLÈRE

Je laisse l'eau chaude glisser sur ma peau meurtrie. Je me délasse.

Je descends les escaliers en bois, le foulard noir d'Alex comme seul vêtement. Alex est assis sur le canapé transformé en lit. Il me regarde. Il se lève. Il s'approche de moi.

Il écarte les pans du tissu qui cachent mon corps. Il m'allonge sur la table basse de la salle à manger. Il m'allonge sur le dos et j'écarte instinctivement les jambes. Il écarte un peu plus le tissu. Il embrasse mon sexe comme on embrasse une bouche. Plus il embrasse le sexe, plus le tissu de son pantalon se tend, excitation éphémère.

Je le tiens par les cheveux. Je voudrais le faire entrer entier dans mon ventre et le garder, l'avaler et ne jamais le digérer. Prisonnier à jamais. Lophiiformes. Faire disparaître mon mâle dans mon corps. Dans mon corps douloureux.

Il pénètre ce corps douloureux. Ce corps douloureux, je ne l'écoute pas, je n'écoute pas les brûlures ; ce sont les morsures imperceptibles de la bête affamée qui causent les blessures, les brûlures. La bête en moi essaie de me réveiller pour me faire fuir, pour que je m'échappe de l'emprise du Loup affamé.

Lorsque le sexe du Loup tape trop fort au fond de mon ventre, des décharges électriques me ramènent peu à peu à la dure réalité des choses.

Je lui dis que ça me fout en rogne d'avoir constamment mal lorsqu'il enfonce sa queue dans ma chatte. Il me répond « je n't'en veux pas, je ne lui en veux pas. Penses-tu que je voudrais vivre avec toi si c'était un problème pour moi ? Je t'aime avec tes maux, tes défauts, tes qualités et tes blessures ».

Je sais qu'il dit ça, mais qu'il ne le pense pas ; je sais qu'il est agacé par les douleurs causées par mon corps. Il ne sait pas que c'est la bête qui s'agite en moi. Il ne connaît pas la bête.

IDÉALISATION

Plus les jours passent, plus je me rapproche de lui. Où du moins ai-je l'impression de me rapprocher de lui.

Nos rapports intimes évoluent. Ou du moins ai-je l'impression que nos rapports intimes évoluent. À la fois mère et putain ; soumise et dompteuse. Quel plaisir de voir son regard s'illuminer lorsque je pose mon sexe sur sa bouche affamée ! Il est l'étalon sauvage, le Loup avide, la courtisane sensuelle et impudique. J'aime ses gémissements, sa servitude, j'aime voir son corps onduler sous mes caresses.

15 heures, métro dans la ville d'Alex.

Alex est assis près de moi, Alex n'a pas de voiture. Alex dit que les voitures dans les grandes villes ne servent à rien, qu'elles polluent et font perdre un temps fou.

Il y a une jeune fille de douze ans contre la porte du métro, une main posée sur une poussette. Je regarde la poussette avec l'enfant blond à l'intérieur.

J'ai peur de devenir, demain, une clocharde qui vit dans un squat avec un loup blessé. Je pense à S, au champagne, aux soirées mondaines. Je ne suis pas apprêtée, je ne suis pas maquillée, car Alex me préfère naturelle. Mes cheveux sont de nouveau bruns, c'est Alex qui me l'a demandé.

Je regarde la mère de la fille de douze ans et du petit garçon blond. Elle est assise à deux rangées de ses enfants, elle a un autre enfant sur ses genoux et regarde par la fenêtre. Son regard est marqué par la fatigue. Le petit garçon sur ses genoux s'agite, elle ne dit rien. Puis le petit garçon devient trop bruyant, alors la mère dit « calme-toi, s'il te plaît ». Et le petit garçon continue. Et le petit garçon hurle, jusqu'à ce que la mère lève le ton

« ça suffit, tes caprices je n'en veux plus ». L'enfant se blottit dans les bras de sa mère.

Je regarde, j'observe la mère et les enfants ; la mère seule dans le métro. J'observe les gens. J'ai hâte d'arriver dans l'appartement, de me coucher et de baiser.

Lui sur mon corps, moi sous son corps, sa queue dans ma chatte, ses yeux dans les miens, sa bouche collée à mes lèvres. J'ai l'impression de flotter. Regards, mains qui agrippent. J'ai une fois de plus un nouvel amant. Combien de personnes vais-je découvrir en lui ? Mon plaisir n'est pas un plaisir qui vient des ovaires ou de mon cœur, c'est un orgasme planant qui vient de mon âme.

Je ne ressens plus mon ventre, je ne ressens plus mon sexe, je ne ressens plus mes membres. Extraction corporelle. Voyage astral.

CONVICTIONS

Je n'ai pas pris le chemin le plus facile ; il faut faire preuve de courage pour oser emprunter le chemin dangereux. Le bonheur arrive après une cascade de désillusions et de douleurs. Mon bonheur va me péter au visage dans pas longtemps.

Défendre avec force et conviction ses opinions lorsque nos valeurs permettent une évolution des mentalités et non pas un retour dangereux en arrière, est difficile, car les gens parfois n'entendent pas. Car les gens souvent ont un ego surdimensionné. Car les gens parfois préfèrent le simple au compliqué. Le courage, c'est aussi prendre le risque de défendre ses idées en ayant des gens contre soi. C'est apprendre qu'on ne peut pas plaire à tout le monde, et qu'en faisant réagir trop brutalement un esprit buté, on est confronté à la vulgarité et aux jugements assassins.

Ce n'est pas facile d'ouvrir sa gueule constamment, c'est même fatigant parfois.

Puis il arrive un moment dans la vie où on se pose la question de la transmission.

Qu'ai-je appris ? Qu'est ce que je veux encore apprendre ? Qu'est-ce qui m'a été transmis ? Que suis-je prête à offrir ?

Je n'ai pas une vie toute rose. Je connais désormais les fins de mois difficiles. Je sombre dans les méandres de la passion et de l'amour fusion destructeur.

Société d'hypocrites, de menteurs où règnent la censure et les jugements incessants. « On banalise » le sexe. On sublime le pénis en érection et on met en sourdine le vagin, bouche édentée. On parle sans cesse de performances sexuelles. Les hommes d'aujourd'hui doivent être endurants, toujours anticiper sur le désir de leur partenaire, souvent trop exigeante et insatisfaite.

Aujourd'hui, le nombre de conquêtes prime sur l'amour. Le romantisme est rayé du vocabulaire. Les vieux prennent des pilules pour garder le barreau et les femmes se font défoncer en pensant aux anecdotes qu'elles pourront raconter aux copines.

Aujourd'hui, c'est tout, tout de suite.

Aujourd'hui, il faut baiser avant de prendre le temps de se connaître.

Aujourd'hui, on idéalise l'être et lorsqu'on est déçu, on part en claquant la porte.

Sexe, phénomène de mode. Sexe glabre, sexe parfait, humide et chaud.

Je me réveille, le dos douloureux, les mains et les pieds blessés, je ne peux plus me baisser, je peux à peine marcher.

S_WITCH

J'aime lorsqu'il gémit, lorsqu'il offre son corps à mes caresses. J'aime voir son regard, entendre ses gémissements, ses plaintes amoureuses. Avec les autres, je mentais *vrai*, j'étais différente. Les autres, je les excitais, je les stimulais, je les expérimentais.

Je connais les gestes nécessaires, les caresses à donner au bon endroit ; je connais le regard qu'il faut avoir pour faire basculer, les mots pour faire vibrer. Hier, je gémissais lorsqu'il fallait gémir, je parlais lorsqu'il fallait parler, je me taisais lorsqu'il fallait me taire ; j'observais les réactions du corps, j'expérimentais l'humain dans l'acte charnel. Je mentais pour ressentir les choses. Je mentais pour faire les expériences de vie. Avec lui, c'est différent. Avec lui, je ne mens pas. C'est lui qui fait basculer, qui agit, qui ment. Il est le prédateur.

Il est là, sur le lit, le cul relevé, la tête sur les bras en croix posés sur le drap. Il ondule son bassin comme une chienne en chaleur. Il ondule comme la femme perverse. Je plante les doigts dans son corps, dans la partie la plus étroite, la plus serrée, la plus intime de son corps ; il m'avale, il m'aspire en gémissant. Mes doigts sont fermés, emprisonnés dans ses intestins, serrés. Mes doigts tambourinent, pilonnent. Ses yeux se révulsent, sa bouche s'entrouvre, son corps tremble.

Je deviens le « mâle », il devient la femelle docile et obéissante. Je freine encore mes pulsions malsaines, je les contrôle. Il est sur le dos, les jambes écartées. Je me mets entre ses jambes. Le bout de sa queue perle. J'insère de nouveau mes doigts dans son cul qui m'aspire. Je ferme les yeux, j'apprécie la douceur du velours à l'intérieur du tube torsadé. J'exploite le recoin intime de son anatomie. Il gémit encore, ses yeux luisent. Je lape la goutte qui perle au bout de son gland. Sa bite danse sous mes coups de langue. Je continue de le défoncer, il continue de gémir. Je lui dis « tu vas jouir pour moi ». Il prend sa bite en main, il se branle, il me dit « baise ta petite salope », je lui dis « ferme ta gueule ». Je sors les doigts de son cul, je gifle son visage comme il gifle le mien. Décharge électrique dans mon corps. Fourmillement dans ma main. Je le gifle encore. Parfaite synesthésie. Je ressens les picotements sur ma propre joue.

Je deviens le mâle alpha. Inversement des rôles. Je me laisse aller dans ma propre perversité. Nous sommes androgynes, mi-homme, mi-femme, enfants de la lune et de la terre. Puis je m'insère de nouveau à l'intérieur de lui, je plaque mon bassin contre ma main, et je fais des mouvements. Je fais les mouvements de l'homme qui prend la femme. Il continue de se branler. Il gémit de plus en plus fort avant de se mettre à crier comme une salope lubrique. Il déverse sur son ventre le liquide blanc et visqueux. Son corps est secoué de spasmes. Ses yeux sont remplis de larmes. Je plaque mon corps contre son corps. Mon ventre sur le sien liés par le sperme. Je caresse sa joue. Il me dit « je ne sens plus ma colonne vertébrale. Je me sens fragile, excuse-moi si je pleure ». Je l'aime d'être si fragile parfois.

ALEX_SANDRA

Je prends une douche, je prends mon temps tout en surveillant l'heure constamment, impatiente. J'attache mes cheveux dans un chignon danseuse, tirés à l'arrière du crâne, comme si j'avais les cheveux courts. Je me maquille les yeux, je mets la crème sur mon visage. Je « m'arme » et j'enfile un pantalon et un débardeur. Je descends dans la cuisine.

Je sais que j'ai encore du mal à me livrer et à me laisser aller, comme si la bête m'empêchait de parler. Je débouche une bouteille de vin rouge. Je ne sais pas comment se déroulera la soirée. Je l'attends, assise sur le canapé, une cigarette aux lèvres.

J'aime l'homme qui devient femme, comme j'aime la femme qui devient homme. J'aime la dualité parfaite, l'être aux multiples facettes. J'aime les femmes qui sont des hommes ; les hommes qui sont des femmes ; les femmes qui sont des femmes ; les hommes qui sont des hommes. J'aime l'humain lorsqu'il se libère, j'aime permettre à l'humain la libération de ses envies et la mise en sourdine de ses tabous.

J'entends des talons percuter le plancher. Des talons de femme. Je ferme les yeux, j'immortalise l'instant. Je suis dans un nouveau monde. Il est là, maintenant, tout près. Elle est il, il est elle… El. Mes yeux sont toujours fermés. El me dit « garde les yeux fermés ». El s'approche un peu plus, je sens le parfum de sa peau, plus douce… Je pose et glisse mes mains à l'aveugle sur les hanches, et le long de son corps. El porte la jupe que je lui ai prêtée.

Je redessine les contours de sa silhouette, toujours les yeux fermés. Je visualise mentalement le cadeau qu'El m'offre. El n'a pas de nom. Je la découvre. Terriblement excitante. « Ce soir, je serai ta femme et tu seras mon homme » me dit El dans un petit rire.

Ses gestes, ses mouvements sont plus gracieux et sensuels que ceux de certaines femmes.

El s'assoit sur le canapé, jambes croisées, dos droit. El prend le verre de vin que je lui tends. Je m'assois près d'El. Je caresse ses jambes, je l'observe. Je glisse ma bouche le long de son cou, j'embrasse ses lèvres douces comme celles d'une femme. Sa peau est fraîchement rasée. El se laisse aller, tête à l'arrière.

Je fais glisser ma langue le long de son décolleté. De sa main, El caresse mon torse, El caresse le pantalon, El caresse la bosse sous le pantalon. Je lui dis « tu me fais bander ». El fait une petite moue timide. El continue de caresser la bosse sous le pantalon. Puis je me mets à ses pieds. Je lèche ses chaussures vernies aux talons trop hauts. Je sublime la créature, je sublime la dualité parfaite. Je dis « tu es un ange… ». El me répond « non, regarde, j'ai une grosse bite qui est en train de bander pour toi ».

Texture de ses résilles sous ma langue qui, à force de s'écraser dessus, s'engourdit. J'aplatis ma langue sur ses résilles. J'aime la texture de ses résilles sur mes papilles. Puis en haut de ses cuisses, la douceur de sa peau nue, fraîchement épilée.

Je passe ma main sur ses collants, je caresse la naissance de ses jarretelles. El frisonne, gémit et écarte les jambes, indécente, lubrique et perverse.

Je lèche son ventre, je lèche la base de son pénis, comme on lèche le sexe d'une femme. Sa queue s'efface pour laisser place à la chatte imaginée. J'ai une bite qui bande pour El sous le pantalon un peu trop serré.

El se cambre. Je passe mon doigt entre ses cuisses, je descends ma main. Je titille l'entrée de son anus, il m'aspire. Je chuchote « petite pute, tu me gobes ». Je ressors mon doigt, je crache sur mes doigts pour faciliter la pénétration. Je rentre doucement, un doigt puis deux, puis trois. Je caresse son ventre. Je caresse ses seins, je pince ses tétons. El gémit un peu plus fort. Je lui dis « je veux t'entendre couiner, petite salope ». Ses yeux se révulsent. J'insère un peu plus profondément mes trois doigts dans son cul. Je bouge pour appuyer sur son point P. Son énorme clitoris est raide, son énorme clitoris danse sur son ventre. Je lui dis « branle-toi ». El prend son sexe dans sa main droite. Je continue mes allers et retours dans son ventre. Une fois de plus, je crache sur mes doigts, j'insiste un peu à l'entrée pour en faire entrer quatre. El se cambre un peu plus encore, El m'en demande encore… s'il vous plaît, ne vous arrêtez pas ». Je continue à la bourriner. Je sens une douce chaleur envahir mon corps, mon cœur tambourine, ma tête chauffe.

Je l'allonge sur le dos. Je la vénère telle une déesse. Je soulève sa robe. J'écarte ses jambes, je me positionne entre ses cuisses écartées. Je sors ma bite de sous le pantalon. Je crache sur mon gland, je la pénètre doucement. El gémit un peu, El s'ouvre beaucoup. Mon sexe est avalé par son vagin masculin. Je commence à entrer et sortir doucement avant de la pilonner « hard-amant ». Je jouis, je jouis dans le ventre de ma salope au clitoris énorme, au vagin-anus.

Je lui dis « je veux que tu salisses ton ventre avec ta mouille ». El active sa masturbation, je m'active dans son ventre.

Je suis l'homme qui possède, El est la femme qui se donne. Entre ses jambes, ma queue dans son derrière, je la baise comme l'homme me baise. El est belle dans sa fragilité, mes sens sont en éveil. Ses yeux se ferment, son ventre se contracte et à l'intérieur de son cul j'imagine la dernière contraction. L'orgasme mental s'empare de moi au moment même où El éjacule sur son ventre.

TORTURE-MOI

On est à poil, le cul posé sur le canapé. C'est le bordel dans la salle à manger. Il y a au sol des bouteilles de vin vides, deux cendriers qui dégueulent, des tablettes de chocolat noir entamées, des paquets de clopes vides, des fringues en boule… Ça pue la clope, la transpiration de nos deux corps.

Je dis « dans quarante ans, on sera mort ». Il me répond « quarante ans ? Même avant. » Je ferme les yeux. « Dans quarante ans, peut-être avant »… je viens de faire la moitié de ma vie, il me reste 480 mois à vivre, 14 600 jours d'existence.

Il faut que je travaille. Alex veut sortir. Je lui dis « sors seul, il faut que je travaille ». Il sort seul, mais je sens dans son regard qu'il est déçu. Au bout de trois heures, il rentre. Il me dit « tu aurais pu employer un autre ton pour me dire que tu ne voulais pas venir ». Son visage est fermé, il est sur la défensive comme un enfant qu'on prive.

Il me dit des choses qui font mal. Il me dit « tu ne fais jamais rien ici ». Alors que je fais tout pour qu'il soit bien. Il me dit « tu ne proposes jamais rien ». Certainement parce que chaque fois que je propose, ça ne lui convient jamais. J'avais besoin d'avancer sur mon travail.

Le bruit de sa voix m'épuise. J'ai besoin de calme. Le brouhaha me met mal à l'aise. J'ai la nausée. Besoin de me ressourcer. On est trop souvent ensemble. On va se disputer, c'est certain, ça fait trop longtemps que tout va bien. Il me juge encore. Disputes, malentendus, quiproquos, et on s'emporte et on se dit les mauvais mots.

Une broutille, et il s'emporte. Un coup de sang, et il s'emporte. Quel jour sommes-nous ? Est-ce la période de l'emportement ?

La saison des pluies ? Le pire dans tout ça, c'est que je sais que demain l'éclaircie aura lieu, juste une petite éclaircie…

Demain, nous allons nous retrouver face à face comme deux cons orgueilleux, à se dire qu'on a juste été débiles. Il suffit de nous voir en fait, et de plonger dans l'âme de l'autre. Lorsqu'Alex hausse la voix, je me barre en courant, je déteste les conflits qui font mal à l'esprit.

Je lui pardonnerai une fois de plus ses doutes et ses peurs, ses emportements, ses coups de sang. Je pardonne toujours trop vite les offenses qu'il me fait. Demain, ça ira mieux.

Des disputes, encore des disputes. Des malentendus, encore des malentendus. Il faut que j'apprenne à dire les choses le plus simplement possible, mais lorsque les choses sont dites, Alex me dit « non, ce n'est pas vrai ».

Alex me regarde, il me dit « il y a quelque chose qui me dérange chez toi ».

– Qu'est-ce qui te dérange ?

– J'ai peur que tu le prennes mal…

– Parle.

Et il revient une fois de plus sur le passé, sur Fred, sur mon passé de libertine. Les larmes coulent sans que je puisse les contrôler. Il me dit « tu devrais t'exprimer. Tu devrais dire les choses simplement ». Si tout était simple, ça se saurait.

Je lui dis que j'apprends petit à petit à faire sortir les choses, mais que c'est nouveau pour moi. Je n'ai jamais su exprimer mes sentiments. J'ai toujours peur que l'autre s'en serve contre moi lorsque rien ne va plus. Et c'est bien souvent ce qui se passe. Lorsqu'on est en parfaite confiance, on se livre, et lorsque tout fout le camp, l'autre s'empresse de divulguer nos petits secrets. Et ça fait mal.

Alex s'approche de moi, il m'embrasse. Il me prend dans ses bras. Il me dit « tu me connais, jamais je ne me servirai de quoi que ce soit contre toi ». Lorsqu'il ne m'aimera plus, lorsqu'il me détestera, il déversera son fiel et il se servira de mes secrets pour m'anéantir. C'est toujours comme ça. L'Homme est gentil, avenant, il écoute et lorsque les choses ne vont pas dans son sens, il détruit. L'Homme est un destructeur. Je n'ai pas envie de trop m'étaler, j'ai besoin de silence. Alors je l'embrasse, alors je lui dis « je t'aime ».

Nous avons encore discuté puis, enfin, nous avons baisé. Tout devrait se régler sur l'oreiller, tels des bonobos en puissance, tous les maux s'effacent dans le sexe. Il me baise animal, il me baise sauvage. Son corps dans mon corps. Je pense à l'étrangeté. Je pense à l'étrangeté de son sexe dur comme un bâton qui transperce l'intérieur de ma cavité vaginale, molle comme du caramel mou, humide, douce comme du velours. Son sexe mouillé d'excitation pénètre mon ventre douloureux.

Deux sexes, les fluides se mélangent. L'amour coule des parties intimes.

Étrangeté de l'acte charnel. Les râles, les cris de jouissance. Le plaisir est donné par une petite partie du corps qu'on cache continuellement.

EMPREINTE

On dort, on mange, on baise et on se balade quelques heures avant de rentrer et de baiser à nouveau, de manger à nouveau et dormir à nouveau. On ne voit personne, on ne reçoit personne, on ne rend visite à personne. On reste seuls, constamment seuls, lui et moi.

Vingt-deux heures trente, bouteille de rouge ouverte, quelques merdes à grignoter. Fumer, encore fumer. Alex me dit « Rose, tu m'aimes vraiment ? »

– Évidemment, elle est conne ta question, tu crois que j'serais là si je ne t'aimais pas ?

– Tu pourrais mesurer ton amour pour moi ?

– L'amour ne se mesure pas, il se vit.

– T'es prête à aller jusqu'où pour moi ?

– … j'sais pas… tout ça, ça se vit au présent.

– J'suis pas d'accord. Tu ne sais pas jusqu'où tu pourrais aller pour moi, alors que moi, je sais jusqu'où j'suis prêt à aller. Tu veux que je te montre ?

– Tu me fais flipper.

– Pourquoi ?

– Ton regard, l'expression de ton visage…

– Je t'aime, Rose.

Il s'allume une clope, il tire dessus. Il la regarde, tire de nouveau dessus. Il approche le bout incandescent de sa cigarette vers sa main gauche. Doucement, il approche encore plus en me fixant droit dans les yeux. « Je vais te montrer. » Je ne l'interromps pas. Le temps n'existe plus, tout marche au ralenti, comme sa main qui approche le bout de la clope sur le dos de son autre main. Je regarde le bout incandescent s'éteindre peu à peu sur sa peau et transpercer sa chair. Il laisse la cigarette s'éteindre sur sa main, il ne grimace pas. J'entends le bruit du bout incandescent chanter en s'écrasant, je sens l'odeur de sa peau brûlée. Il me dit « chaque fois que je regarderai l'empreinte sur ma main, je penserai à toi. Tu es en moi à tout jamais ». Il y a un truc qui me chiffonne dans tout ça. Je voudrais pouvoir le croire, mais je n'y arrive pas. J'ai l'impression qu'il joue un rôle. Je me demande si toutes ces cicatrices sont autant de preuves d'amour qu'il a lâchées à ses anciennes amours.

« Tu m'aimes ? » me répète-t-il les larmes aux yeux. « Évidemment que je t'aime… putain mais tu n'le sens pas mon amour ?

– Tu pourrais faire ça pour moi ?

– Non… du moins pas aujourd'hui.

– Je ne te forcerai jamais à faire ce que tu ne veux pas faire. Aujourd'hui, ce geste était important pour moi. Important que tu voies jusqu'où je suis prêt à aller.

– J'ai peut-être une façon différente de toi de te prouver mon amour, et peut-être que tu ne vois pas mes marques d'attention…

Je lèche la blessure laissée par le bout incandescent de sa cigarette. J'enlève les cendres de sa main, je lave, je désinfecte. Pour lui, c'est la preuve qu'il m'aime. Il vient de mesurer son amour en se brûlant le dos de la main.

Je lui dis « un jour, je porterai tes marques, je porterai tes marques au fer rouge ou à l'encre indélébile ». Il me dit « je serai fier. Nous nous marquerons ensemble ».

DOLORIS ANIMAE

– Viens là deux minutes, me dit-il.

Dans l'allée de la boutique, je longe les vêtements de cuir, de vinyle ou de latex ; les rayons de godemichés, de plugs, de vibromasseurs. Il soulève mes cheveux et passe ses deux mains autour de mon cou. Il me dit « ok c'est bon, continue ton "marché", petite fille ».

Je n'ai posé aucune question. Je retourne dans le rayon parallèle au sien. Je farfouille encore à la recherche d'une robe pas trop chère. Demain soir, nous allons à notre première soirée BDSM ensemble pour bosser. Je prends une robe longue en latex et je cherche de nouveau Alex dans les allées de la boutique.

À l'angle, coin des lubrifiants et rosebuds. Quand je regarde mon homme dandiner du cul, j'ai envie de le défoncer. Mais je n'ose pas lui parler de mes envies su-bites.

Alex est devant la caisse, il discute avec la responsable de la boutique. Je l'aurais bien vu matrone de bar. Grande, un mètre quatre-vingts pour au moins cent kilos. Elle est vulgaire et parle fort comme une marchande de poissons.

Alex tient dans ses mains un paquet qu'il s'empresse de foutre dans son sac dès qu'il me voit.

En rentrant à la maison, il m'attrape et me coince. Je suis immobilisée. J'éclate de rire nerveusement. Parfois j'ai juste envie de le prendre et de le foutre à mes pieds. Je voudrais qu'il lèche mes pompes en laissant couler son rimmel de pute sur son visage. Il me dit « arrête de bouger, connasse, j'ai quelque chose pour toi ». Alors, je me mets sagement à ses genoux comme une petite communiante qui patiente avant de recevoir le corps du Christ. Je le regarde, j'ouvre de grands yeux innocents.

Il se penche vers moi. Il sort de son sac un câble en argent. Il me dit « ferme tes yeux ». Il passe le câble en argent autour de mon cou. Puis j'entends un cliquetis. Je passe ma main sur le câble en argent fermé d'un petit cadenas. Il me dit en remuant une petite clef prisonnière entre son pouce et son index « tu ne peux plus t'échapper maintenant ».

Je pleure de joie. Je lui dis « au diable mariage et fiançailles, tu viens de m'offrir le plus beau des cadeaux d'amour. Ce collier a bien plus de signification pour moi que toutes ces merdes de pacotilles qu'on se promet devant un curé ».

Il me dit « tu ne le quitteras jamais ? ». Je touche le collier, je ne le quitterai jamais, à part si c'est lui qui me quitte.

Huit heures du mat, mon ventre se réveille, je suis affamée. Je suce mon Loup jusqu'à ce que sa bite soit suffisamment dure pour me pénétrer. Je baise mon Loup à peine réveillé. Je sens quand il va jouir, alors je le retire pour vite poster ma tête au niveau de son nombril, bouche ouverte, prête à recevoir mes protéines du matin.

Vingt-trois heures. Taxi. On ne va pas traverser la ville en cuir et latex. Soirée Fetish. Les adultes sont de grands enfants. Grands enfants déguisés qui jouent des rôles pour s'extraire du quotidien, pour s'extraire d'une vie bien rangée et monotone ; on joue à être qui on veut être ; on se libère des contraintes, du politiquement correct ; on aime qui on veut et comme on veut ; on devient libre de faire le mal dans la jouissance, libre de recevoir le mal pour la jouissance ; on est libre d'exister.

Il y a le latex, il y a le cuir, il y a le bruit du serpent qui danse dans les airs, puis il y a les cris, puis il y a les larmes, puis il y a les corps qui jouissent. Alex et moi prenons quelques photos. Il faut que je pense à faire une nouvelle expo au plus vite.

Il fait sombre dans le club de la soirée Fetish.

Puis il y a la musique, les basses trop violentes qui résonnent. Puis il y a la bière qu'on boit trop vite.

Dans les chiottes, Alex se fait un rail de coke, il me dit « tu veux en prendre ? ». Je refuse. Je ne veux pas tomber là-dedans. Je suis bien assez perturbée, je n'ai pas besoin de me détruire le cerveau encore plus.

Je n'ai pas besoin de produits à m'injecter dans le sang pour me sentir vivante. Quand j'ai besoin de ma dose d'adrénaline, j'inflige à mon corps la douleur qui libère. J'ai le douloureux souvenir des cachets qui ensuquent, des cachets qu'on me forçait à avaler pour que « j'aille mieux ».

Je regarde Alex s'agenouiller devant les toilettes. Je regarde Alex baisser l'abattant des toilettes. Puis il sort le petit sachet, le petit sachet avec la poudre blanche. Il me regarde, il me sourit. Il n'a pas encore aspiré la poudre blanche et pourtant il salive déjà. Il me dit « juste un rail, je t'assure, tu ne deviendras pas dépendante. J'ai envie que tu partages ça avec moi… ». Je lui dis « non, je ne veux pas, ça m'angoisse bien assez de te regarder faire ». Il me répond « t'as peur de tout, t'es chiante parfois… ». Alex pose la poudre blanche sur l'abattant de la lunette des toilettes. Il sort la carte de visite. Il tape la poudre blanche avec l'angle de la carte de visite. Il me regarde de nouveau. « Je ne te forcerai jamais à en prendre, mais je suis content que tu restes avec moi, j'ai l'impression qu'ainsi on partage un peu le même univers. ». Je le regarde s'enfariner les narines. Je le regarde basculer sa tête en arrière. J'ai l'impression de me retrouver dans le roman *Moi, Christiane F.*

Je vis l'underground par le biais de mes pensées décalées, par les douleurs qu'on inflige à mon corps. L'underground, les bas-fonds… je suis dans les bas-fonds avec Alex.

Alex me plonge chaque jour un peu plus dans l'underground de mon *intuitu personæ*.

Alex passe son doigt sur le reste de poudre et sur ses gencives. Il me sourit, me fixe et me coince contre le mur des chiottes dégueulasses du club de la soirée Fetish. Rapidement, il glisse sa main sous ma jupe, enlève ma culotte qu'il met autour de son poignet et enfonce ses doigts au fond de mon ventre. Je gicle sur le sol. Il se baisse, il plaque sa bouche contre ma chatte trempée, il me lèche, il me nettoie.

La soirée continue ainsi, moi je bois des bières en discutant avec deux trois potes et lui passe son temps à faire les allers-retours pour prendre sa dose de poudre, ma braie autour de son poignet gauche. Il revient de temps à autre pour me dire qu'il a envie de baiser en respirant ma culotte. Il me dit « tu sais, d'ordinaire je ne bande jamais avec la coke ». Il me baise quand il a envie de me baiser. Il m'embrasse quand il a envie de m'embrasser, il me dit que je suis belle, ses pupilles sont dilatées. Mes yeux sont rouges, je vois trouble par moments, effets de l'alcool.

J'ai la tête qui tourne, j'ai l'impression d'être dans un rêve aux couleurs trop chaudes, à la fumée trop épaisse. L'impression d'être dans un endroit plein de brouillard. Je voudrais rentrer et me coucher. J'ai envie de rentrer chez moi, de retrouver le calme et la joie de ma liberté « propre », même si seuls mes vices m'importaient. Je pense à S… que fait-elle ? Où est-elle ? Certainement dans une de ses soirées guindées avec des gens qui ne mettent pas de la poudre dans leur nez.

ENCORDE-MOI ENCORE UNE FOIS

Alex sort une fois de plus les cordes de son sac. Il me dit que cette fois il sera plus attentif, moins froid, moins directif. Il me dit « laisse-moi faire et essaie de te détendre, je te promets d'y aller plus doucement que la dernière fois ; si tu m'aimes, laisse-moi le plaisir de t'encorder de nouveau ». Je suis nue sur le canapé-lit. Il s'approche de moi.

Il me fait sentir l'odeur des cordes. Étrange sensation électrisante ; je ne sais pas si c'est à cause du trop de champagne que j'ai bu, je flotte. Mes sens sont décuplés, j'ai l'impression de passer mon temps à faire des autofocus sur les objets qu'il me présente. Comme si je voyais chaque détail de la pièce en gros plan. Mes yeux se transforment en objectif macro.

Je regarde la pièce, la petite salle à manger ; il y a la bougie qui se consume. Alex se servira de la cire liquéfiée ; il versera la cire liquéfiée sur mon corps. Puis il y a les livres sur l'étagère faite de caisses de champagne et de vins à droite, derrière moi. Puis il y a la cuisine face à moi. Sur la table de la cuisine, il y a la corbeille de fruits. Sous la table, il y a le trou qu'Alex n'a jamais rebouché. Maison en travaux depuis trois ans.

Alex me dit « tu vas bien ? ». Je lui réponds « oui, je me sens étrange, j'ai l'impression que tous mes sens sont en éveil ». Il me refait sentir les cordes. Je frissonne de nouveau. Il déplie la première corde et me caresse avec.

Les cordes glissent sur mon corps. Doucement. Les cordes apprivoisent mes épaules, mes seins, mon ventre, mes jambes, mes poignets, mes bras, mon corps tout entier. Les cordes sont vivantes… elles s'entourent doucement telle le serpent autour de sa proie. Alex devient le serpent qui étouffe pour avaler la proie. Je deviens la proie d'Alex, docile et fataliste.

Le stress monte. Crainte, peur, peur qu'il me blesse, peur qu'il me fasse mal, peur que les cordes me compriment trop. Il passe la corde autour de mon corps. Respirer. Apprendre à respirer. Puis il y a l'odeur qui revient. L'odeur de mon enfance. J'ai toujours les mêmes peurs et les mêmes craintes, toutes liées à mon enfance incestueuse.

Nouveau contact avec la corde.

Peur, crainte de la blessure. Puis il y a le souffle d'Alex, puis il y a son sourire et son regard… la corde me caresse avant de me comprimer un peu trop fort. Je visualise le sang dans mon corps, barrage. Je visualise la rivière rouge, je visualise le barrage qui comprime la veine. Je visualise la boursouflure sous ma peau.

Mes mains sont fixées, immobiles derrière la nuque, bras repliés.

Maîtriser la peur alors que je ne dois rien maîtriser, alors que je dois apprendre l'abandon dans la confiance complète. Je n'ai pas confiance en Alex. Alex a les pupilles trop grosses. Je vois son âme par l'entrée de ses yeux. Pupilles dilatées.

Deux tours, les cordes entourent mon corps, passent sous mes seins, ma poitrine est comprimée, j'ai du mal à respirer. Peur, crainte, doute.

Apprendre à respirer. Il me dit « l'air doit pouvoir passer, apprends à gérer ta respiration ». Il me répète les mêmes choses que la première fois qu'il m'a encordée. Je respire doucement, par petites saccades forcées. Puis je regarde Alex, je l'aime tellement, je veux qu'il soit fier de moi, alors je le laisse passer les cordes même si j'ai peur.

Mon corps entier est attaché, immobile. Mon corps ne m'appartient plus. Le sourire, le souffle d'Alex me rendent heureuse, sa satisfaction me fait oublier mes craintes, mes peurs mes doutes ; mon seul objectif, lui faire plaisir.

Je suis immobile, Alex s'amuse à caresser mon corps. Mes jambes sont largement écartées, il caresse mon sexe. Il fixe les pinces sur mes seins. La douleur n'est pas agréable, car la peur prend le pas sur l'excitation, je ne dirai pas que j'ai envie que cette expérience se finisse au plus vite. Je subis pour faire plaisir, je subis pour ne pas le décevoir.

Il s'amuse à me pénétrer. Chaque fois qu'il me pénètre, je me déverse sur le matelas, de façon mécanique, sans orgasme libérateur. Lorsqu'il me détache, je pleure. Je pleure car je relâche la tension.

Alex caresse les traces laissées par les cordes. Je suis allongée sur le lit. Alex prend la bougie. Il me regarde. Il m'embrasse. Il positionne la bougie à quelques centimètres de mon ventre, je vois le liquide brûlant se déverser sur mon corps. J'aime la chaleur de la cire sur mon corps. Je laisse la cire glisser sur mon ventre. Je laisse la cire dessiner un petit sillon sur ma peau ; mon ventre, mes seins… ma chatte. Alex recouvre peu à peu de petites parties de mon corps avec la cire.

Puis il me dit « tourne-toi ». Je me tourne. Il prend une deuxième bougie. Il verse la cire des bougies sur mon dos, sur mes fesses. Je sens mon dos s'endurcir d'une couche épaisse. Ma carapace de survie. Il me dit « c'est magnifique ». Il me laisse ainsi recouverte de cire quelques instants. Je l'entends fouiller dans son sac. Il revient vers moi. Il est debout à côté du canapé transformé en lit. Je suis à quatre pattes sur le canapé transformé en lit. Je suis à quatre pattes sous ma carapace de survie recouverte de cire de bougie.

J'ai la fermeture-Éclair de son pantalon juste face à mon visage. Il caresse la bosse sous la braguette. Il me dit « tu peux être fière de toi, tu me fais bander ». Il tient dans sa main droite le martinet aux lanières de cuir. Il reste à côté de moi et abat les lanières de cuir sur mon corps. Il fait péter la carapace de cire… chaque coup fait voler en éclat la cire endurcie. Je m'abandonne… je me laisse aller sous l'agréable douleur qui libère.

Une caresse sur mon corps meurtri. Je l'aime et je suis prête à supporter ses vices et sévices. N'est-ce pas là une preuve suffisante de mon amour ?

GASPILLEURS

Lorsque les gens s'accrochaient à moi, je m'enfuyais très vite ; j'étouffais sous leur amour oppressant. Je voudrais qu'Alex s'accroche encore plus, avec un peu de chance je réussirais à m'enfuir… avec un peu de chance je pourrais m'éloigner de lui.

Dans un mois et quelques jours, Noël. Les jours défilent, nos années avec, et Alex et moi sommes encore là à nous dire « j'ai le temps ». Nous n'avons pas le temps. Le temps, nous le gaspillons ; on le gaspille, comme on gaspille la bouffe, le papier cul, les fringues qu'on empile dans les armoires déjà trop pleines de merde ; on le gaspille comme on gaspille le sexe, les relations, comme on gaspille notre jeunesse. Nous sommes des gaspilleurs nés, gaspilleurs compulsifs dans une société où tout est trop facile à obtenir.

Handicapés des sentiments, handicapés par paresse, on se gâche, on se cache derrière des phrases toutes faites, derrière des prétextes, des faux-semblants.

On nous bride, on nous enferme, on nous lobotomise le cerveau en nous faisant croire des choses qui n'existent pas ; en nous blindant la tête de conneries ; en nous faisant avaler tout et n'importe quoi. Et on ingurgite par les oreilles, on ingurgite par les yeux… Petit écran plat, petit écran qui ne tient pas de place, petit écran qu'on fixe au mur sans clou ni vis, petit écran aux images qui touchent, qui perturbent, qui sèment le doute, qui sèment la peur ; la peur des maladies, la peur de l'étranger, la peur de l'étouffement, la peur de l'ennui, la peur du sexe, la peur du corps… Émissions débilitantes qui passent en boucle sur notre petit écran plat qui ne tient pas de place.

Tout est calculé pour nous empêcher de rêver, tout est calculé jusqu'aux cachets qu'on nous demande d'avaler, jusqu'aux maladies qu'on nous invente pour nous empêcher de penser. Alors, on reste là, le cul posé devant un écran, on s'invente des vies qu'on n'aura jamais. On bouffe du rêve imposé.

Les gens ne rêvent plus, ne pensent plus par eux-mêmes. Les gens, enfermés, prisonniers, ne réfléchissent plus. Réfléchir dans cette société de merde, c'est prendre le risque de devenir l'ennemi public numéro un.

Le BDSM est le sujet en vogue en ce moment, merci cinquante nuances de merde, nous sommes moins montrés du doigt. Les petites ménagères de moins de trente ans commencent à se lâcher en se faisant donner quelques petites fessées par leurs amants rencontrés sur mistic ou « adopteungars.com » ; petites ménagères au tablier plié et posé sur la table de la salle à manger. Elles laissent le mari se branler devant Dorcel ou s'extasier devant un match de footeux débiles. « Dominants » pseudo-expérimentés qui n'ont de cesse d'imposer leur propre vision de la « maîtrise ». Et ça braille à coups d'ego surdimensionné, à qui sera le meilleur des « maîtres ». Mon cul. Aucun n'est capable de bien maîtriser l'autre, surtout pas ceux qui se font appeler « Maître » par le premier venu. « Maître », ça se mérite. Quand ils apprendront que la relation BDSM ne concerne que l'engagement et la réciprocité entre deux personnes pleinement consentantes et qu'ils n'ont rien à imposer du tout, ils sauront se taire.

Le BDSM est basé sur une relation de confiance, de liens invisibles.

Un maître est un guide, pas un tyran sadique con comme la lune. J'ai connu moult pseudo-dominants, des dominants qui imposaient leur façon de faire et de voir les choses. La domination est un jeu, pas une forme d'éducation forcée. J'ai connu des pseudo-dominants qui, sous couvert de leur « statut », se permettaient irrespect, violence et culpabilisation…

Je ne suis pas soumise, je ne suis pas dominatrice, je suis duelle ; je ne suis pas maso, je ne suis pas sadique, je suis duelle ; je ne suis pas libertine, je ne suis pas exclusive, je suis duelle.

J'ai vécu mille vies, comme le chat je suis toujours retombée sur mes pattes et je m'en suis toujours tirée avec quelques bleus à l'âme.

J'ai vécu mille vies différentes en quête du bonheur plus que parfait. J'ai connu mille rencontres, mille déceptions, j'en ai connu des manipulateurs, menteurs, mais aussi des tendres, des mielleux, des connards, des tordus.

CONVERSATIONS

Un samedi soir de novembre. J'ai froid. J'ai vécu des amours passionnelles, mais qui ont vite tourné au vinaigre car j'idéalisais trop. Dès que la personne ne faisait plus d'effort, je me tirais. J'ai tendu mille fois la corde raide jusqu'à ce qu'elle pète. J'ai vécu l'amour illusoire, l'amour mensonge, et je vis aujourd'hui cet amour hors du commun avec un homme aux multiples visages.

Je regarde Alex. « C'est quoi pour toi, le romantisme ? » Il marque un temps d'arrêt. Puis il me regarde et il me dit « le romantisme, c'est offrir à l'autre des choses magiques ».

Je lui réponds « mouais… pour moi, c'est aussi accepter la sensibilité sans se sentir faible ; celui qui permet de croire aux rêves, qui nous aide à les réaliser ; ce romantisme qui permet le débordement d'émotions sans craindre la fuite de l'autre ».

– À en assumer d'être des humains faits de désir et de chair… me dit-il tout en ouvrant son paquet de cigarettes.

– Oui, assumer qui nous sommes vraiment sans filtre, sans faux-semblant. Sans avoir cette maudite crainte d'être abandonné ou détruit.

– Ouais, ça me fait marrer que tu dises ça, toi qu'es sans cesse dans la retenue… On devrait pas avoir besoin de se défendre constamment de ces putains de peurs qui nous paralysent sans cesse. Comme le manque, la jalousie…

– C'est toi qui dis ça ? Tu me fais rire parfois… Les peurs faiblissent lorsqu'on parvient à les regarder en face et à les maîtriser. Lorsqu'on parvient à y faire face, sans baisser les yeux. Il faut assumer de se battre non pas pour accéder à un bonheur égoïste mais pour atteindre le bonheur partagé. Le manque existe bien, mais de mon côté je le transforme en joie de pouvoir être dans tes bras.

Je termine ma phrase, Alex me regarde longuement. Il passe sa main dans ses cheveux. Il se racle la gorge. Il s'approche de moi…

– T'es prête à virer tes fringues de vie ? À montrer ta chair ? À tout me dévoiler ?

– Le risque fait partie de la vie. L'armoire qui enferme mes armures de plomb contre la souffrance est quasi vide aujourd'hui. N'as-tu pas vu sur ma peau qu'il ne restait qu'un simple et léger voile de pudeur ?

– L'armoire est vide effectivement. L'armoire de mon appartement aussi, l'endroit où je t'avais fait la place pour poser tes vêtements, tu la laisses vide… Pour moi, c'est la preuve que tu ne veux pas t'engager.

– Je te parlais de « tissus d'âme », pas de vêtements. Eh bien, je n'ai plus qu'à refaire ma garde-robe pour remplir tes étagères.

– Alors, exit tes fringues cheap de libertine de base… au feu tes jupes de pute et tes talons de salope.

– Depuis qu'on est ensemble, à part au début, tu m'as vue avec ?

– Non… c'est comme ça que je t'aime.

– Même quand je porte de vieux gilets déformés ? mon jean destroy et mes chaussures de marche ?

– Qu'est-ce j'en ai à foutre de tout ça… laisse les apparences pour les débiles. Tu pourrais porter des sabots que je ne t'aimerais pas moins. C'est toi que j'aime, pas la nana dévergondée que j'ai rencontrée. J'pouvais pas me la voir, cette salope. Parfois elle revient, tu sais, je le vois dans tes yeux quand elle refait surface. Je l'aime pas, elle.

– Tu parles de qui ?

– De ta bestiole, connasse.

– Quand tu parles comme ça, on dirait que j'ai des problèmes de personnalité.

– T'en connais des gens sains, toi ?

– Euh… oui, j'ai des potes sains.

– Ceux qui ont fait un crédit sur trente ans pour s'acheter une baraque en banlieue ? Elle, elle a dû tomber enceinte après avoir signé son CDI. Lui, il gagne un bon salaire, elle aussi. petite maison, petits amis, petits enfants, petit chien, petite vie… c'est ça, être sain pour toi ?

– Pas pour moi, mais pour la société, c'est la représentation du couple qui a réussi.

– Sauf qu'on nous dit pas qu'elle, elle pleure toutes les nuits car elle a appris que son mari la trompe. Et lui, il préfère aller se faire sucer par des putes car il se fait chier avec sa femme.

– En gros, t'es en train de prôner l'infidélité.

– Rose, t'es une infidèle.

– Pas avec toi.

– Avec moi aussi…

– Non… tu dis ça parce que tu m'as trompée.

– Jamais… je n'en ai pas besoin.

– Alors, disons que nous sommes deux infidèles qui trompent lorsqu'ils se font chier, et que dans notre relation actuelle, il n'y a pas de place pour l'ennui, vu le nombre de hauts et de bas qu'on cumule.

JEU_X

Sans jeux de couple, on ne survivrait pas à cet amour. Nous sommes tous deux multiples, versatiles, habiles manipulateurs, il suffit juste d'en prendre conscience.

La distance est une épreuve incontournable dans notre parcours de vie et même si elle est difficile à gérer au quotidien, je me console en me disant que dans quelques mois elle n'existera plus ; elle n'existera plus puisque j'irai vivre avec lui comme il me l'a demandé.

En ce qui concerne les jeux du sexe, ils sont primordiaux, cruciaux dans notre relation. Un besoin constant de jongler entre canapé, câlins devant la tv et soirées débridées, décadentes, insolentes, perverses et lubriques. Nous n'avons pas beaucoup joué ensemble. Une séance de fouet, deux séances d'encordage, et quelques petites humiliations quand l'envie lui prenait. Beaucoup de sexe cependant, et j'aime ça le sexe avec lui, même si mon ventre hurle et vomit constamment. Alex savait me chauffer, m'allumait des heures par des messages, des promesses qu'il ne tenait pas.

Je suis sa mère, sa sœur, sa femme, son amante, sa chienne, sa chatte, son amie vicieuse, sa perverse. Je continue à me former de mon côté pour accéder à une parfaite prise de contrôle. Il a besoin d'être maîtrisé, et moi, il faut que j'apprenne à maîtriser mes pulsions sadiques.

FANTASMES

Aller au restau avec Alex. Lui tendre un flacon, un flacon qu'on achète en pharmacie pour les analyses d'urine. Lui demander de se branler et de foutre le sperme dans le flacon transparent. Il reviendrait s'asseoir à table, gentiment. Il ne parlerait pas. Je lui dirais « pose le flacon à côté de ton verre ». J'attendrais de voir le serveur s'approcher pour lui demander d'avaler sa semence.

Le filmer une banane dans le cul, en train de se branler en râlant comme une chienne en chaleur. Le faire jouir sur le sol, le faire ramper et lui ordonner de lécher le plancher.

Amener Alex sur une aire d'autoroute, l'habiller en pute, avec une jupe noire et des résilles roses. Le maquiller, lui mettre la crème qui recouvre les imperfections, lui mettre le rouge à lèvres trop rouge, le vernis sur les ongles.

Le faire baiser par des routiers dégueulasses à l'haleine puante. Demander aux routiers de jouir dans les capotes et de me donner les capotes remplies de leur immonde sperme. Le faire dégueuler en le forçant à avaler toutes les capotes remplies. Le faire hurler et pleurer de plaisir.

À quatre pattes, ouvrir et dilater son cul. Remplir son ventre de crème, de légumes. Faire de lui une poubelle de table. Pendant que je mangerais avec des amies, dire à mes amis de foutre les restes dans le cul de mon homme.

Le foutre à terre et lui pisser dessus en pleine rue devant des passants trop curieux qui se palucheraient en regardant sa gueule remplie de pisse.

Laisser les marques de mon amour sur son dos. Brûler sa peau, déchirer sa chair, le voir pleurer de plaisir sous la douleur extatique.

DISTANCE

Vivre à distance, c'est vivre dans l'intensité mais parfois dans le désastre. Nous sommes dans une relation à distance dans le désastre. Une relation où tout est décuplé, exacerbé. Les sentiments amoureux sont au paroxysme ; mais au moindre gravier sur la route, c'est le dérapage incontrôlé, c'est la chute mortelle. J'essaie de comprendre pourquoi, pendant une journée, tout est beau, magnifique, pourquoi je parviens à flotter sur un nuage de coton, un rêve bleu ; et le lendemain, sans comprendre la raison réelle, c'est l'orage, la foudre et la tempête.

Je comprends sa douleur, car je la vis cette douleur, différemment mais je la vis.

Il me dit « il ne faut rien oublier ». Il a raison, ne rien oublier mais passer à autre chose, c'est bien aussi.

Je lui explique les choses comme elles arrivent, même si je sais qu'une fois de plus ça ne lui conviendra pas.

Quand j'étais chez lui, j'aurais voulu qu'il me baise comme il a baisé la fille. J'aurais voulu exorciser l'acte. J'aurais voulu la reconstitution de la faute, du mal qui blesse.

J'ai eu la connerie de croire à son pseudo-amour de victime torturée.

C'est un peu comme marcher au bord d'un précipice, le longer, avancer avec la peur de tomber. Après le précipice, il y a le chemin et après le chemin, il y a le jardin d'Éden, le paradis terrestre.

Il y a les catastrophes, les tempêtes, les ouragans, les pertes, les colères, la violence, la haine, les regrets, les remords, le passé cabossé, les cicatrices douloureuses, les plaies ouvertes ; il y a les peines, les déceptions, la mort, les guerres et la destruction. Puis il y a l'amour, l'amour ou le pouvoir de guérir les maux les plus profonds. Un mot, un sentiment qui permet juste d'avoir foi en la vie. L'amour, c'est croire aux jours meilleurs ; l'amour, c'est la joie, la créativité, l'élévation ; l'amour, c'est un regard, un sourire, une odeur, des souvenirs qui font sourire.

L'amour, c'est juste un mot pour un grand sentiment qui dépasse le plus violent des événements.

Faire des choix qu'on n'aurait jamais faits pour se dépasser. Juste pour attiser l'excitation, pour oser l'indécence des sens.

Je commence à me rendre compte que le « linéaire » n'est pas si mauvais que ça. Que la tempête et l'ouragan, le danger et le mouvement perpétuel fatiguent les sens, le corps et l'âme. Je me rends compte que je me suis mise en danger pour me sentir vivante, mais que se sentir vivant passe aussi par la sérénité.

Après le bonheur, faudra-t-il de nouveau subir souffrance et malheur ? La vie serait-elle un perpétuel cycle sans fin ? Un cercle éternel ?

Je déteste les dimanches pluvieux, je déteste les fêtes de fin d'année, je déteste les petits pois-carottes, je déteste me traîner, je déteste être vide, je déteste le bourdonnement dans mes oreilles et les ombres qui flottent constamment autour de moi. Il fait froid, terriblement froid. Je me glisse sous la couette avec un chocolat chaud.

Regarder un film romantique. Pleurer. Yeux gonflés, nez qui coule. Manque d'humour par manque d'amour. Je n'ai jamais autant pleuré, je n'ai jamais autant rampé que devant cet homme qui a réussi à m'engloutir comme un boa constrictor.

Alex m'appelle alors que j'aurais voulu avoir la paix. Il me parle pour ne rien dire, il tourne autour du pot et me dit « j'aimerais que tu me défonces en me traitant de salope ».

FÊTES

Bientôt Noël. J'ai envie de gerber. Je vais tomber malade à coup sûr. Chaque année, c'est la même chose. Je tombe malade au moment des papillotes et des mandarines, des sapins et de leurs décorations has-been. Cadeaux, vœux de bonheur hypocrites, léchages de gueule.

Alex, épargne-moi les repas familiaux qui n'en finissent pas et qui donnent la nausée ; épargne-moi les dindes farcies, les huîtres avariées, le dessert trop lourd et l'alcool qui enivre.

Épargne-moi les parfums Nocibé, les bijoux « histoire d'or », les petits pulls marine.

Épargne-moi le gaspillage et la chafouinerie. Offre-moi un Noël vicelard avec le Père fouettard. Installe-toi sur le canapé, déguste ton biscuit et ton verre de lait en attendant ta vilaine poupée en chemise de nuit et culotte en coton usé. Installe-moi sur tes genoux, offre-moi la douleur du corps qui apporte l'apaisement de l'âme.

Offre-moi un Noël fait de mille vices et de perversités.

Évitons les embrassades et tout le bordel.

Je ne supporte pas les fêtes. Je n'aime pas tout ce qui se passe autour des fêtes. Les soirées qui n'en finissent pas. La famille qu'on n'a pas vue mais qu'on retrouve autour d'un gigot d'agneau. Et on est là, à s'empiffrer, à se gaver à en vomir. Et on est là, à s'embrasser alors que l'année entière, on s'est tiré dans les jambes.

Il y a toujours les mêmes histoires dans les familles, les mêmes conversations. Il y a toujours un con raciste, une naïve un peu bébête, une militante, un qui fait la gueule et des gosses qui braillent et qui font semblant d'être sages, juste le temps que le Père Noël passe.

On apprend à nos morveux l'hypocrisie, les sourires, les bisous au vieil oncle, on leur apprend tout ça dès qu'ils sont en âge de parler et de tenir sur leurs deux quilles.

Je ne supporte pas les fêtes.

Je ne supporte plus les gens.

J'ai envie de vomir.

DIALOGUE

Je lui dis « rien à voir non plus avec un amour narcissique, c'est perturbant lorsqu'on s'est refusé pendant tant d'années à aimer. Perturbant parce que, pendant des années, j'ai recouvert mon corps de mille étoffes, mille armures indestructibles pour me protéger. Je ne sentais plus la douceur du vent caresser mon corps ni la morsure du soleil trop fort une après-midi d'été. Nu, on est pourtant plus léger, mais plus fragile aussi. Le moindre coup, le moindre souffle peuvent nous détruire, nous anéantir, la moindre égratignure peut s'infecter ».

– Tu ne dois pas apprendre l'amour, ne te trompe pas.

– Je n'apprends pas l'amour, je le découvre.

– Et comment trouves-tu l'amour ?

– Particulier…

– Particulier ?

– Ouais, et ça ne va pas te plaire.

– Dis-moi.

– Au début, je pensais que pour faire durer l'amour, il fallait jouer cartes sur table, tu m'as appris la transparence, regarde où nous en sommes aujourd'hui.

– Justement, c'est ça que t'as pas compris. T'es opaque, Rose.

– Connerie. La transparence, c'est le flop assuré. Pour faire durer l'amour, il est important d'avoir un jardin secret et surtout de le cultiver.

– Qu'est-ce t'essaies de me dire, bordel ?

– Juste que la transparence, c'est de la merde.

– Je t'ai jamais dit que je n'étais pas prêt à accepter que tu cultives ton jardin secret, au contraire.

– Avec toutes tes crises, tu m'as justement prouvé le contraire. Puis ton besoin d'en vouloir toujours plus, t'es épuisant, Alex.

– Pour moi l'amour, c'est offrir à l'autre ce qu'il attend.

– Pour moi l'amour, c'est ne rien attendre de l'autre justement.

– C'est pas possible de ne rien attendre.

– C'est pourquoi l'amour est si particulier. On pense que c'est un sentiment simple alors qu'il n'y a rien de plus compliqué à gérer.

LA GARE

Dix heures du mat.

Assise sur mon lit aux draps frais et propres, je fais glisser les bas noirs sur ma peau lisse. Je passe le porte-jarretelles, j'accroche les bas noirs. Je porte le même imperméable que dans mon ancienne vie, lorsque j'arpentais seule les rues de Paris à la recherche d'une conquête. Cette vie me semble tellement loin aujourd'hui. Le Elle que j'étais n'existe plus.

C'est étrange la sensation que j'ai en m'habillant, comme si je ranimais la « bête » au fond de mon être. J'avais oublié la texture du nylon sur mes jambes nues, oublié ce que c'était de sentir le tissu d'un manteau sur mes fesses nues. J'ai tout détruit. Je veux le surprendre. Je veux l'exciter. Je veux lui prouver que la routine se casse, que la routine n'existe pas. Je veux lui montrer que chaque jour sera nouveau ; lui montrer que je peux être sa femme et sa maîtresse ; son amie et sa confidente, sa mère et sa putain.

Je suis tellement différente depuis que je l'aime.

L'air frais qui s'engouffre sous mon manteau caresse mon intimité.

Je prends le métro, nue sous mon imperméable. Je m'assois près de la porte du métro.

Je sens le regard des hommes sur mon corps, et celui des femmes. Ma tête se redresse instinctivement. La bête sort un court instant de sa tanière. Je sens le regard des gens, mais je ne me regarde personne.

Je m'arrête, deux secondes, et je respire calmement. J'observe… cohue de gens. J'entre dans la gare. Il y a des gens qui entrent, il y a des gens qui sortent, il y a des gens qui me regardent. Il y a les bruits de vie ; et il y a moi, au centre de ce hall de gare, qui attends son bourreau avec impatience.

Le train arrive avec vingt minutes de retard. Je me poste, droite dans le hall de gare, devant la voie G… je le vois arriver. Je vois de loin mon animal préféré, mon animal sauvage, déambuler en traînant sa valise. Mon Loup à l'odeur forte. Il marche nonchalamment. Il porte son sac photos sur le dos. Sa valise est vieille, abîmée.

Il ne s'est pas coiffé, pas rasé et porte son jean et son cuir. Bukowski. Il me voit, il me sourit. Je me jette dans ses bras, « ça va ma petite pute ? » me dit-il en empoignant l'arrière de ma chevelure. On s'embrasse en plein milieu de la gare, je ne vois personne, je ne vois que lui.

Il passe sa main sous mon imperméable et insère deux doigts dans mon intimité, je m'offre complètement. Il porte son doigt à sa bouche. « Ton goût m'avait manqué, connasse ».

Me voilà lovée contre lui. Il me dit « la bête est-elle de sortie aujourd'hui ? ».

– De qui tu parles ?

– Je t'observe, ma petite pute…

– Je n'comprends pas…

– Au contraire, je pense que tu comprends très bien…

– Je t'plais ?

– Oui… mais tu sais ce que j'aime chez toi, pas la peine de te déguiser quand t'es avec moi.

– Je pensais que ça changerait un peu… je voulais te surprendre.

– Tu m'fais bander quand tu es toi… pas quand t'es l'autre…

– Je n'comprends pas…

– Sois pas conne… t'as très bien compris.

– Je voulais juste te faire plaisir…

– Je veux te sauter… Et c'qui me fait chier, c'est qu'j'suis pas le seul. Regarde ce mec qui ne te lâche pas du regard. Ça me fait chier qu'on te regarde comme si t'étais une pute.

– Je m'en fous des autres.

– Ça, c'est toi qui le dis… le naturel revient toujours au galop.

– Je n'désire que toi.

– Menteuse.

Je voudrais tant qu'il me croie enfin. Je ne fais jamais les choses correctement, apparemment. Je suis toujours à côté de la plaque.

Je voulais juste lui plaire. Je voulais juste qu'il soit fier de la femme pendue à son bras. Je voulais qu'il me voie comme quelqu'un d'unique, comme un renard…

L'AIRE D'AUTOROUTE

Dans les fantasmes, j'offre Alex en pâture à des mecs laids, vulgaires et crades. Des barbus bedonnants qui bavent, suent et puent la bière.

Alex voudrait se faire défoncer par de vieux porcs pervers. Il aimerait recevoir sur son corps et le visage le sperme visqueux. Il voudrait se faire salir, avilir. J'imagine mon homme en petite salope docile en train de se faire démettre par de gros salaces.

Nous sommes en pleine journée. En journée, dans la vraie vie, les fantasmes restent dans la tête. Dans la vraie vie, certains fantasmes doivent se réaliser en fermant les yeux. Certains fantasmes demandent à être scénarisés avant d'être mis en « action ». Dans la vraie vie, les couleurs sont différentes, les choses qu'on a dans la tête ne devraient pas sortir de la tête pour se fondre dans la réalité.

Nous nous arrêtons entre deux camions. Je défais la ceinture de mon pervers. Une voiture se gare à côté de nous. À l'intérieur de la voiture, un couple. Je regarde le couple. L'homme est gros, cheveux gras, cinquante ans. La femme est encore plus laide et paraît encore plus sale que son gars, avec ses cheveux blonds décolorés et son rouge à lèvres pâteux.

L'homme sort de la voiture pour fumer une cigarette. Je plante mes yeux dans ceux de l'homme gros. Je sors la queue de mon homme, je regarde toujours l'homme gros. Je dis « le mec nous mate, il est vieux, moche et gros ». Mon Loup bande. Je branle sa queue poisseuse de désir. Il ne voit pas l'homme gros et moche. Je continue de le branler. Je regarde le vieux vicieux qui a très bien compris ce que j'étais en train de faire. Mouvement de la main haut bas. Je baisse ma tête pour me retrouver en tête à queue.

Je prends en bouche la bite dressée qui demande de l'attention. Je la suce, l'aspire. Alex pose sa main sur ma tête. Il enfonce son terrible engin au fond de ma gorge. Je bave. Je laisse la salive couler le long de mes lèvres en émettant de petits son gutturaux. Dans ma bouche, mélange du jus de son désir et de ma salive.

Je regarde Alex. Il regarde l'homme gros. Il lui sourit. Ça m'excite. Ça l'excite encore plus. Je sens sa bite gonfler un peu plus sous mes caresses buccales. Il gicle au fond de ma gorge. Il dit « n'avale pas ». Je garde le sperme, liquide visqueux dans ma bouche. « On va sortir de la voiture. Tu feras couler le sperme le long de ta lèvre inférieure lorsqu'on dira bonjour à ce vieux con ». Ma chatte palpite. Nous sortons de la voiture. Ma bouche remplie du liquide de la jouissance. « Bonjour » dit Alex à l'homme gros et moche. Je laisse doucement couler le sperme le long de ma lèvre inférieure en regardant fixement l'homme. Alex me prend par le bras, me tourne vers lui et du bout de sa langue, lape le sperme dégoulinant. Je pose ma main sur sa queue, il bande de nouveau.

Il me dit « t'as pas envie de pisser ? ». Il me saute dans les chiottes dégueulasses de l'aire d'autoroute. Il me bourre dans les chiottes des hommes pendant que deux gars sont en train de pisser. J'éclabousse sur le sol, sa main sur ma bouche. Je couine. Il me dit « ferme ta gueule, connasse, ou j'ouvre la porte et je demande aux mecs de te bourrer le cul ». Je gémis encore plus fort. C'est à ce moment-là que je jouis, lorsque j'entends les mecs rigoler et dire « on a pas besoin d'un coup de main ? ».

Alex m'encule, il jouit dans mes intestins en me traitant de pute, de salope, de vicieuse. En me disant « j'suis sûr, tu aurais voulu te faire démonter par ces gros porcs ». Alors, j'ai joué le jeu. Alors, j'ai dit « oh oui, j'aurais voulu que tu ouvres cette putain de porte et que tu m'offres à ces mecs degueulasses ». Il a éjaculé dans mon cul.

LIBERTINE-MOI

Je me pèle. Je suis vide. Amputée. Démembrée. C'est dans ces moments-là que je me rends compte à quel point son emprise est réelle et importante. Construction. Construction après démolition. J'ai démoli volontairement un bien-être pour me plonger dans l'eau boueuse d'un marécage sans fond.

Brique par brique. Il faudrait que je bâtisse ma cabane de vie. Sur un terrain boueux, tout est dangereux. Je n'aurai pas la belle maison solide qui passe les années sans encombre.

Je voudrais qu'il arrête de me donner des coups de poing à l'âme.

J'arrive à la boîte avec quelques minutes de retard. Il faut que je renfloue mon compte en banque. Hier, il était plein et je n'avais aucun problème de tune, et depuis que je suis tombée en amour, il s'est vidé comme un alcoolo vide son verre. Me voilà à devenir barman dans la boîte de ma pote, pour 50 euros la soirée. Je gagnerais plus en vendant mon corps. Soirée de Noël.

Ça papote, ça jacasse. Je me change. J'enfile une robe blanche, sexy, longue, club libertin oblige. Hier, j'étais libertine, qui buvais un verre au bar, aujourd'hui je les sers. Dégringolade sociale.

Un homme s'installe face à moi. « Moi j'essuie les verres au fond du café »... L'homme me regarde, il renifle constamment. Il renifle comme Alex, Alex qui m'envoie de la poudre aux yeux comme il s'envoie la poudre dans le nez.

J'ai envie de vomir.

Puis il y a la fille brune, quelques mètres plus loin, qui se fait peloter le cul, string noir et porte-jarretelles. Je regarde, j'observe en essuyant les verres et en servant l'alcool.

Un groupe de quatre mecs rentrent. L'un d'entre eux me regarde et parle assez fort pour que j'entende « si tu t'approches de la serveuse, je suis sûr qu'elle t'en colle une». Je me dis que je dois avoir une sale gueule.

Je n'ai rien à foutre ici, au milieu de ces crevards du cul en manque d'amour et d'orgasmes. J'ai juste besoin de tune. Je pense à Alex. Il m'écrit. Il s'inquiète. Il sait que je suis dans la boîte libertine. Il sait que j'étais libertine. Lui aussi était libertin. On s'est juré fidélité et exclusivité.

La soirée se termine enfin. Il ne reste face à moi qu'un homme et une femme. L'homme dit «moi, on ne m'attrape pas comme ça». La femme répond «tu vois, on est pas faits pour être ensemble, on a le même caractère». Philo de comptoir, philo de personnes bourrées.

Je voudrais rentrer à la maison et retrouver mon Loup affamé.

Je n'ai aucun tissu de lui, aucun vêtement rempli de son odeur.

Les journées passent au ralenti.

Alex me dit «viens vivre avec moi». Je ne peux pas, même si j'en crève d'envie.

Je dis «plus tard, je te jure j'suis dans la merde, c'n'est pas le moment». Il ne comprend pas, il dit que je ne tiens pas mes promesses. Il me dit «tu me mens».

C'est débile, inutile, «ne me mens pas». Tout le monde ment à tout le monde, tout le temps. On ment par omission, on ment par provocation, on ment pour ne pas faire souffrir, on ment pour éviter les problèmes, on ment par plaisir parfois, on ment, on ment et on ment.

Il faudrait que je dise à Alex que la confiance s'acquiert avec le temps, que lui non plus n'a pas confiance. Je ne lui dirai pas «ne me mens pas», car je sais qu'il me ment.

Je suis bordélique, je pars dans tous les sens. Je dis «on doit éviter l'amour fusion» lorsque je fusionne inconsciemment. Je dis «je gère» lorsque je fous tout en l'air, lorsque j'ai des rivières dans les yeux.

Il dit «pas de miroir» alors qu'il passe son temps à chercher son reflet dans mon âme.

«Je t'aime»…

CONVERSE-MOI

Il est la combinaison de toutes les personnes que j'ai connues, en plus névrosé. Ce soir, il fallait que je bosse, je n'étais pas disponible pour nos échanges érotiques, et je m'en veux. Trop concentrée sur la paperasse, je n'ai pas entendu ses appels et ses manques. J'aimerais être tout le temps dispo pour lui, mais je n'y parviens pas. Deux jours plus tard, je prends l'avion et rejoins Alex.

Nous sommes tous deux assis sur le canapé, on fume une clope… il est tard. Au moins deux heures du matin.

– Il faut que je me déconstruise, j'apprends chaque jour la mise à nu, lui dis-je.

– C'est vraiment c'que tu fais ? Excuse-moi de ne pas toujours voir tes efforts, me répond-il.

– C'est pas grave, tu campes parfois un peu trop sur tes positions. Ma déconstruction est primordiale aujourd'hui. On ne construit pas un empire sur des ruines. J'ai l'impression qu'une bombe nucléaire a explosé dans ma vie. J'ai tout rasé. Je nettoie encore quelques endroits, mais mon terrain est constructible aujourd'hui, alors qu'hier…

– C'est très net. Avant, c'était flou et pas net. J'comprenais pas, mais là tout vient de s'éclaircir.

– Tant mieux. Quand je regarde en arrière, je me vois, je cours par-ci, par-là, à la recherche de quelque chose de nouveau. Je construis une cabane dans les arbres, je repars, je cours encore. Je vois de loin les cabanes de vie que j'ai construites. J'ai envie de construire quelque chose de solide. « Chez moi », ce sont des mots qui n'avaient pas trop de sens hier encore. Ta rose a trouvé son « socle ». Elle a envie de se poser. J'ai compris pourtant que l'immobilité n'était pas néfaste, au contraire. En étant immobile, on peut prendre le temps d'observer et apprécier les choses que l'on possède.

– Putain, que ça fait du bien de t'entendre dire ça.

S'il savait que je suis écartelée, en bagarre constante avec moi-même ; s'il savait qu'il y a deux « moi » qui se font la guerre ; une qui se pose et se contente d'un feu de cheminée un soir d'hiver dans une maison remplie d'amis, de gosses et d'amour, et une, semelles de vent, en mouvement perpétuel.

BÂILLONNE-MOI

Je vais à un shooting dans le sud de la France, les affaires reprennent, je prépare une expo pour dans deux mois. Alex est à Nantes. Puis Paris. Dispute. Il me dit que je n'écoute pas ses envies. Il me dit que je ne fais aucun effort pour attiser le désir, ce sont les mots qu'il m'envoie en pleine gueule. Ce n'est pas le moment de me faire chier. La bête hurle de l'envoyer balader. Je me vide. Quand je me vide, après je suis lasse.

On pense toujours que l'amour rend heureux, connerie, je suis malheureuse depuis lui. Je me tais. Il faut que je me blinde. J'évite de parler de moi. J'écoute encore. On parle de lui, encore de lui. Mais moi, je suis reliée à lui. Chaleur. Tête qui bout. Douleur. Me taire, encore me taire. Quand je l'ouvre, il prend tout mal. J'ai besoin d'air. Besoin de me remplir la tête. Peut-être que j'aime mal. Peut-être que je ne sais pas aimer.

Je regrette de m'être confiée à Alex, de lui avoir exposé mes peurs, mes faiblesses, mes doutes. Il me renvoie tout dans la tête. Je le savais, il ne faut jamais se confier.

Je n'aurais pas dû tout dévoiler. Il ne faut jamais rien dévoiler. Alex recommence avec ses jugements, avec ses peurs et ses doutes, il recommence à me faire du mal. Il me laisse entendre qu'une fois de plus il veut me quitter. Il me dit « tu ne me dis pas tout, tu me caches des choses… » Alors que je ne cache rien du tout. J'ai peur de le perdre.

Pour le reconquérir, je lui envoie des mails, des photos, des montages vidéo. Il m'use tellement.

On parle de tout clôturer une fois de plus. Je dois fermer le bouquin et le ranger sur l'étagère, ou le donner à quelqu'un. Je suis fatiguée, usée. On ne baisse jamais les bras quand on aime vraiment, et lui je l'aime vraiment, enfin, je pense l'aimer, ou est-ce le sentiment, le danger de le perdre que j'aime chez lui ?

J'apprendrai la vérité, j'apprendrai la liberté, j'apprendrai à marcher des heures entières sans être épuisée, j'apprendrai le vent et la pluie ; la chaleur de l'été et le froid hivernal ; pas d'intersaisons pour l'âme, pas d'intersaisons pour le cœur. Je marcherai encore à m'en faire saigner la plante des pieds. On ne baisse jamais les bras, c'est eux qui tombent tout seuls. Ça ne fait plus mal lorsqu'on a les bras engourdis. C'est juste au moment où ils vont se réveiller que je vais avoir mal. Pour l'instant, ils sont juste encore engourdis.

Je suis humaine, je ne suis pas un robot ni une icône et encore moins une statue de pierre. J'ai mes faiblesses et mes défauts ; mon caractère et mon ego. Il ne faut pas mettre en sourdine l'ego, il est important pour la survie. L'amour vrai, lui, est sans faille. Plus le temps passe, plus je me dis qu'en fait j'ai illusionné une fois de plus l'amour vrai. L'amour vrai, c'est l'amour sans attentes particulières, Alex attend trop de moi ; l'amour vrai, c'est aimer sans comprendre, Alex demande trop d'explications.

J'ai passé le cap des tempêtes et des naufrages, j'ai passé le cap de la peur de ne pas le satisfaire, j'ai passé le cap du « tu me fais mal ». Je suis prête à affronter les longs moments d'absence, prête à surmonter ses humeurs changeantes, à essuyer d'un revers de main ses peurs et ses craintes.

Mon amour pour lui ne change pas, il évolue. Il est en colère car je n'ai pas posé mes dates pour le rejoindre. Je n'ai posé aucune date car moi-même je ne sais pas quand je vais pouvoir le revoir. Mon banquier me fait la gueule, mon compte en banque s'épuise, et lui ne veut rien entendre ni comprendre.

Alex a peur que je lui échappe. Il est tellement vulnérable, friable, orgueilleux et manipulateur. Il croit que je ne me doute pas de son petit manège. Je lis en lui comme dans un livre ouvert.

Hier, on s'est encore disputés, notre relation manque de communication réelle. Je n'ai jamais connu pareille embrouille en étant en couple. Je comprends aujourd'hui pourquoi je préférais vivre seule plutôt qu'accompagnée.

Ce matin, Alex m'a écrit « bonne route, Rose ».

Notre histoire prend fin une fois de plus.

AMOUR VRAI

L'amour n'est pas un combat, il n'est pas question de dire « tu baisses les bras » ni « je me bats, mais pas toi » et, pire encore, la phrase qui achève tout « t'as vu tout ce que j'ai fait pour toi ? ».

Il y a tellement d'amours différents…

L'amour de besoin, le pseudo-amour, c'est la demande d'être aimé, automatiquement ça tombe à l'eau.

L'amour du manque, lui, c'est vouloir que l'autre donne l'amour qui nous a manqué lorsque nous étions enfant. Lorsqu'on est en demande, automatiquement personne ne sera à la hauteur.

L'amour exclusif, c'est avoir la connerie de penser qu'on peut demander à son Autre de ne pas aimer et de ne pas succomber au charme d'une autre personne que nous.

C'n'est pas de l'amour tout ça. C'est de l'égoïsme, du manque, des névroses.

L'amour vrai… ce sont deux sentiments qui s'accordent, qui vibrent et qui grandissent… c'est ça, l'amour vrai, c'est l'amour sans rien demander, c'est être bien avec la personne. Cet amour-là transcende les êtres qui s'aiment vraiment et permet de développer une énergie, une inspiration hors-norme. L'amour vrai, c'est de la stimulation, c'est porteur d'une force incroyable. Alors, en vibrant ensemble, on peut tout réaliser, on peut tout surmonter. Encore faut-il que les deux êtres soient en parfaite harmonie.

Les conflits sont des pièges violents. Les jugements, les analyses, l'envie de transformer l'autre, imposer à l'autre ses propres désirs sont les pièges violents qui polluent la relation. On a donc pollué notre relation par nos manques, nos désirs, nos analyses perpétuelles. J'avais juste besoin d'être reconnue telle que je suis. J'avais besoin d'être apprivoisée. J'avais juste besoin qu'Alex m'aime.

J'ai essayé de comprendre les demandes derrière les accusations, mais à force, j'ai fatigué, je me suis usée et j'ai lâché. Car les accusations sont douloureuses.

Nous n'avons pas réussi à répondre à nos besoins personnels. Nous n'avons pas su dire les choses clairement, nous n'avons pas su entendre, nous n'avons pas réussi à nous reconnaître, et nous manquons tellement d'intimité.

Adieu rêves, adieu projets… adieu amour vrai puisqu'apparemment nous n'avons pas réussi à nous aimer en vrai.

J'évite de penser aux bons moments pour éviter de me faire du mal.

L'amour que je lui porte était sans demande particulière. Je voulais juste être bien, sereine, équilibrée, dans un parfait amour, dans une parfaite confiance.

Quant à nos jeux, ils étaient notre équilibre. On lançait souvent des scénarios sans aller jusqu'au bout des choses. Son dernier message est « bonne route, Rose ». Je n'interpréterai rien. Je touche du bout des doigts le fin collier de métal. J'ai l'impression qu'il se resserre chaque jour un peu plus. Je vais mourir étouffée et étranglée.

Lorsque rien ne va, on a tendance à se ruer sur la distraction la plus proche. On se précipite vers l'oubli en vidant des verres dans les bars ou les clubs du coin, une sorte d'échappatoire.

Lorsque rien ne va, on a tendance à se morfondre en se disant « tout est de ma faute » alors qu'en fait on n'y est pour rien du tout.

Lorsque rien ne va, on est en colère contre soi.

J'avais tendance à occulter la colère pour ne pas hurler, j'avais tendance à avaler, à encaisser constamment. Je suis en train de choper une gastro sentimentale. J'apprends à ne plus me faire écraser. Je commence à avoir mal au cul à force de me faire prendre à sec constamment.

Je rampe sur des lambeaux de chairs, et il passe devant moi en se marrant.

Les jours passent et je n'ai pas de nouvelles d'Alex. je ne me rabaisserai pas cette fois. Je suis fatiguée de me battre. Je me fais à l'idée que nous sommes séparés. En y regardant de plus près, on aura vécu quelques beaux jours ensemble. Juste quelques beaux jours sur ces longs mois de désarroi.

Puis, un matin, il m'écrit « Bowie est mort ». On débat ensemble, on échange un peu tout, et surtout un peu rien. On essaie de se rabibocher, de se séduire de nouveau… on rame. On parvient à rire et à se détendre un peu…

CONTE D'AMOUR

«Non, je ne lui fais pas confiance», c'est la faute de la bête à l'intérieur de moi qui me hurle «Gamine, il te mène en bateau, terrible menteur, loup affamé, ses reproches sont le reflet de ses propres conneries. Il est blindé d'erreurs qu'il essaie de te foutre dans la gueule, fuis, fuis».

Le Loup affamé me dit «saute». Moi, je ne suis pas conne au point de me foutre en l'air, j'ai encore quelques années à vivre.

Le Loup affamé me dit «tu vas voir, ça va être formidable, c'est l'amour vrai». Alors, je me suis rapprochée du trou béant. J'ai un pied dans le vide et la bête a hurlé «non, non, ne saute pas, malheureuse».

Je dis «pourquoi ? Ça a l'air bien, il m'a dit que c'était l'amour vrai qu'il y avait au fond».

La bête répond «au fond, il y a tout, sauf l'amour vrai ; si tu sautes, tu ne pourras plus jamais remonter, si tu sautes, tes deux jambes seront brisées et tu n'auras plus d'ailes pour voler».

Moi, je suis là à me balader autour du trou, faut que je m'éloigne du Loup affamé, il va finir par me pousser.

J'ai regardé dans le trou sombre, puis il y a eu le rayon de soleil assez puissant pour pénétrer les ténèbres. J'ai vu les ombres d'innombrables bêtes… j'ai peur… Le Loup affamé me sourit, un sourire aux dents pointues. Monstre.

Les bêtes au fond du trou se débattaient, elles hurlaient. Je me suis retournée et j'ai vu le Loup affamé s'avancer vers moi, les pattes en avant, prêt à me pousser, prêt à me bousculer. J'ai fait un pas en arrière. J'ai regardé le Loup affamé. Il a baissé les yeux en jouant à la bête honteuse. Il a baissé les yeux en jouant la comédie.

Dans ses yeux, j'ai vu la cruauté. Il voulait que je tombe à m'en briser les membres. Il voulait que je tombe à m'en meurtrir la chair. Handicapée, au fond du trou, il m'aurait abandonnée ou, pire, dévorée.

MENSONGE OU VÉRITÉ

Action ou Vérité ? Si je changeais un peu les règles pour le coup, déconstruction du jeu, on a l'habitude de tout déconstruire.

Inventons une autre partie. Une sorte de roulette russe. Mettre la balle dans le barillet, tourner le barillet, braquer le flingue directement sur son cœur et tirer. Si tu mens, t'es mort. C'est moi qui m'occuperai de poser le flingue sur son cœur et lui, mettra l'arme sur le mien. Perso, je n'ai rien à me reprocher. Lorsque j'approche l'arme de son cœur, il sue comme un porc.

Alex dort sur le canapé, il est quinze heures. Il me prête son ordinateur portable pour que je puisse travailler.

Il faut que je consulte mes mails et que je télécharge les photos pour mon expo. Je vais dans son fichier téléchargement pour retrouver mon fichier. Je fous la balle dans le barillet. Elle s'appelle Laura. Je note son nom pour ne rien oublier. Il dort à poings fermés. Faire tourner le barillet. Laura a envoyé des vidéos. Alex a laissé les vidéos dans le dossier « téléchargement ».

Je clique sur la première vidéo. Laura est nue sous sa douche, elle regarde l'objectif, elle sourit, elle frotte son corps, elle frotte sa chatte… elle écarte ses cuisses, elle montre son sexe béant. Il aurait pu choisir mieux, ça me déçoit un peu, j'aurais pu au moins me branler en la regardant se laver, mais pas mon style. Je pointe l'arme vers l'amant menteur.

J'ouvre les autres vidéos. Je souris. La bête au fond de moi hurle de joie « je te l'avais dit, pouffiasse, tu t'es fait baiser, t'avais qu'à m'écouter ». Ok, j'avoue, pour le coup la bête avait raison. Je ressens même comme une étrange satisfaction.

Alex dort la bouche ouverte. Je me lève, je m'approche de lui, je m'assois face à lui. Je le regarde dormir. Il a l'air si paisible.

Je fais glisser l'arme sur la couverture, doucement, pour ne pas qu'il se réveille. Il bave. Il bave en laissant sa bouche ouverte. J'ai envie de mettre le canon dans sa bouche et de lui exploser la cervelle. Je ressens comme une nausée monter… menteur, manipulateur, destructeur. On m'avait dit « méfie-toi », et la bête m'avait dit « attention ». Neuf mois perdus à me confondre en explications lorsque lui, de son côté, se tapait certainement plein de mecs et de gonzesses. Je regrette tout d'un coup d'avoir foutu à la porte mes amants et maîtresses. Mais baiser pour me venger, jamais je ne pourrai.

Je le regarde encore dormir. Puis je retourne derrière l'ordinateur. Je regarde une fois de plus les vidéos, non pas pour me faire mal mais pour me blinder, et ça fonctionne plus rapidement que prévu. Puis je dis « Alex ? », il se réveille doucement. « Oui, mon ange ? » me répond-il. « Mon ange », mais quel connard !

Je lui dis « tu peux venir deux secondes, s'il te plaît, il faut que je te montre un truc ».

« Oui bien sûr ». Son sexe pendouille entre ses jambes. Je l'observe. Il ressemble à un homme normal, pire encore, il ne ressemble à rien. Je le regarde encore s'approcher de moi. Son odeur me donne envie de gerber. Mon cœur s'encorne.

« C'est quoi ça ? » lui dis-je en montrant les vidéos de Laura. Il ouvre de grands yeux, il ouvre la bouche, passe sa main sur sa barbe. L'air penaud, il me répond « je ne sais pas ». J'ai envie d'éclater de rire, comme lorsqu'on surprend un gosse, la bouche pleine de chocolat, qui dit « non, j'ai pas mangé de chocolat ». Je retiens mon fou rire. Il est pathétique dans son mensonge et tellement mauvais acteur.

Je garde le silence, quelques secondes. Il retourne s'allonger sur le canapé et commence à me dire sur un ton presque autoritaire « et puis bon, t'as pas à me faire la morale ». Il ne sait pas que la bête est en train de reprendre vie au fond de moi. Le pauvre…

Je me lève. Toujours silencieuse… Il me dit « tu vas où ? » je lui réponds « je vais faire un tour… quand je reviens, tu te décideras peut-être à parler ».

Je vais me balader. Je fous de la zique à fond dans les oreilles. Je m'allume une clope… je communique avec ma bête, je lui demande de prendre le relais. Elle s'agite, elle hurle de joie… En rentrant, je retrouve l'homme menteur assis devant son ordinateur.

Il me dit « je peux te parler ? », je lui réponds « oui ». Je m'assois près de lui. Calmement. À quoi bon s'énerver contre l'enfant maudit ? Ça ne servirait à rien, à part envenimer les choses.

Je le regarde. Il est toujours assis, nu. Il n'a pas pris de douche.

Il pose son visage dans ses mains. Il pince sa bouche, j'observe les gestes du menteur, j'observe les lèvres qui se pincent, le regard qui fuit. Il ne sait pas que je sais déjà tout. Il ne sait pas que je décode. Il ne sait pas que la bête a pris la relève.

Il me dit « tu sais, c'est rien cette fille. Elle me relance… mais je lui ai dit que j'étais avec toi… ». Paroles, paroles, paroles…

Il m'en a tellement fait voir, l'enfoiré. Je me suis complètement laissé berner. Il ne valait même pas le coup que je tombe malade pour lui. Il me dégoûte. Je ne dis rien et je reste de marbre. J'écoute son déballage de mensonges.

Il me dit « elle m'a demandé de mes nouvelles et on a discuté, j'te jure c'est tout ».

– Et de mots en mots, elle t'a envoyé comme ça des photos de son cul… Ben ouais, c'est le truc qui arrive chaque fois qu'on demande des nouvelles d'un pote, on lui envoie des photos de sa chatte. Logique.

– Moi non plus, j'n'ai pas compris, j'te jure…

– Elle sait que t'es en couple ?

– Évidemment que je lui ai dit. Mais elle est folle, cette nana.

– Tu me dis qu'elle est folle, mais ça ne t'a pas empêché de lui parler.

– Ouais, car elle n'est pas méchante…

– Ben oui, manquerait plus qu'elle morde. Et toi, mon ange, t'as envoyé des photos de ta queue ?

– QUOI ? Ça va pas, non ? T'es folle.

– Je me renseigne… et ça t'a fait quoi de la voir se branler ?

– J'ai pas regardé les vidéos.

– Rohhhh, Alex, s'il te plaît…

– Je te jure, j'ai rien fait de mal, moi… J'ai juste discuté avec une nana qui essaie de me draguer pour me récupérer, j'sais pas moi ce qui lui est passé par la tête… Et c'est bon, hein, pas la peine de faire la morale, car toi avec tes cœurs et tes petits messages mielleux à ton pote bassiste.

– Messages mielleux ? N'risque pas…

Bravo Alex, joli revirement de situation. Ça ne fonctionnera plus, puisque c'est la bête qui manœuvre… Je ne suis pas triste. Je ne suis pas déçue, je suis amusée.

Si Alex avait été dans mon cas, il serait devenu dingue. Je le regarde, il n'a rien de séduisant en fait. L'amour s'en va, l'illusion avec, je le trouve laid ; gueule cassée, corps imparfait. Je vois l'imperfection, j'ouvre les yeux. Je lui dis « cette fille ne représente rien pour toi ? ». Il me dit « non, rien, je te promets, rien du tout ». Je lui réponds « bien, alors je peux la contacter ? ». Il change de couleur… J'ai gagné. Il ne me croit pas quand je lui dis que je veux la contacter, je ne le ferai pas, il a raison, la bête s'en chargera pour moi… Je ne sais pas en fait si je l'aime encore ou pas. Il a voulu jouer avec moi, je suis une très grosse mauvaise perdante…

Il me dit « oui tu peux, je n'ai rien à cacher ». J'irai au bout de cette histoire, l'amour est terminé. Je vais aller au bout pour connaître mes propres limites. Mon cœur ne bat plus. Terminé. La bête s'est réveillée.

Il tourne en rond dans sa maison en « travaux ». Je le regarde aller et venir. Il a enfilé un jean et un pull. Je reste silencieuse. Je lis un livre, je ne lui parle pas. Il ne sait pas que je l'observe en silence. Il ne sait pas que la bête s'attelle à la tâche, que la bête au fond de moi est en train de faire son travail de « reconstruction ». Il ne sait pas que, petit à petit, je deviens plus forte alors qu'il n'a eu de cesse d'essayer de m'affaiblir. Je ris intérieurement.

Alex a fouillé dans mon portable, il a fouillé dans ma boîte mail à la recherche d'erreurs que j'ai pu faire. Il devait, comme la majorité des gens rongés par la jalousie, nourrir sa haine envers moi. Il cherche à nourrir sa propre jalousie. Sa jalousie nourrit son amour. Il devient le réalisateur de films cérébraux ; il s'invente des histoires, des histoires où il me met en scène avec d'autres personnes. Il invente la tromperie, il invente mon corps sur le corps des autres, il invente mes mensonges. Il invente les choses qui lui font du mal, et le mal lui fait du bien.

Il me dit « je n'aime pas être jaloux ». Pour ne pas être jaloux, il ne faut pas nourrir la jalousie, il ne faut pas fouiller dans le jardin secret et intime de l'être aimé.

Il a interprété des mots, il a interprété des échanges, mais je n'ai couché avec personne lorsque j'étais avec lui.

Par jalousie, les gens font des choses étranges. Ils fouillent, ils suivent, ils cherchent quelque chose qui pourrait nourrir leur colère, une chose qui pourrait leur montrer qu'ils ont raison de se douter. Lorsqu'ils trouvent quelque chose, ils ont mal, mais inconsciemment ils sont satisfaits. Lorsqu'ils ne trouvent rien, ils sont déçus et continuent de chercher. Je n'ai rien cherché et je suis tombée sur la faute d'Alex.

ISA

Je vais me ressourcer un peu chez mon amie Isa. Isa, c'est l'artiste, l'âme sensible, l'âme sœur. Isa, c'est celle qui compose la musique comme on compose un texte qui donne les frissons. Isa, c'est la sensibilité à fleur de peau, l'art à l'état brut.

On s'était un peu perdues de vue ces derniers mois et je l'ai recontactée. Quand j'étais avec Sophie et les autres, on se voyait de temps à autre et puis elle avait pris un autre chemin.

Elle a trouvé un petit F3 en banlieue parisienne.

Je repense à Laura, à Alex, aux histoires qu'il me raconte, aux mots qui m'endorment. Il me dit « je peux te rejoindre ». Isa n'est pas bien chaude pour le recevoir, mais elle accepte. Elle me dit « je crois qu'il te mène en bateau, ton mec… Et S ? T'en es où ? ». Je n'en suis nulle part avec S, je n'ose même pas la recontacter. Quant à Alex, je sais pertinemment qu'il me mène en bateau. Je raconte à Isa l'histoire avec Laura. Elle fronce les sourcils. Elle me dit « tu vas faire quoi ? ». Je lui réponds « je vais lui écrire… elle me dira la vérité, puisque lui n'est pas capable de le faire ». Isa me dit en souriant « je te retrouve peu à peu, ça fait du bien, ton visage est moins marqué et tu retrouves ton sourire ».

J'ai écrit à Laura. J'ai écrit sans agressivité, après tout elle n'y est pour rien. J'ai eu les vérités qu'Alex me cachait. Laura me raconte qu'ils ont échangé une bonne partie de la nuit. Il a envoyé des photos de son cul. Il est exhibe, ça ne m'étonne qu'à demi. Ce qui m'agace le plus, ce sont les mensonges d'Alex. Elle me dit qu'Alex et elle sont intimement reliés. Elle me dit qu'elle ne savait pas qu'Alex et moi nous nous fréquentions, qu'elle est désolée s'il ne m'a pas dit la vérité. J'extrais sans aucune difficulté les confidences de Laura. Elle me dit qu'elle l'aime. Elle me dit qu'ils se sont dit des mots qui font du bien au cœur. Elle me dit que rien ne pourra jamais les séparer. Je garde mon calme. J'explique la situation, je lui dis que je suis en couple avec Alex, qu'Alex n'avait jamais parlé d'elle à part lorsqu'elle a envoyé les vidéos. Elle écrit à Alex, Alex apprend que j'ai écrit à Laura, il ne s'y attendait pas. Il s'est mis en colère et a presque réussi à me faire culpabiliser. Il se met en colère car il est dans la faute. Il me fait marrer avec son intention de faire vriller mon esprit. Je me suis tellement blindée que ça ne me fait plus rien. Il me dit « pourquoi tu lui as dit tout ça ? Qu'est-ce que ça t'apporte ? Tu as été méchante ». Je lui réponds « non, je lui ai posé des questions et elle m'a répondu avec honnêteté, tu n'es pas blanc, tu es un Loup gris qui erre constamment dans les méandres de sa mélancolie ». Alex a peur de l'amour, a peur d'être abandonné, Alex a peur de la vie. Alex en veut au monde entier. Puis l'histoire se tasse. Puis on passe vite à autre chose. Moi, je me blinde petit à petit et je commence enfin à ouvrir les yeux en grand.

Alex passe la soirée avec Isa, une autre pote et moi. La soirée se passe bien. On rigole, on se raconte des conneries. Alex est agréable. Alex prend des photos d'Isa. Alex parle bien. Isa me rejoint dans la cuisine « ton Alex est un manipulateur… il parle bien mais il ne me connaît pas, ses flatteries glissent sur moi, elles ne m'atteignent pas. Il est faux et fourbe, méfie-toi ».

Je souris. Elle a entièrement raison. Je commence à me blinder peu à peu, mais ma sensibilité est à fleur de peau. On termine les bouteilles de rouge, on chante, on discute, on débat. Alex parle bien, il a l'art des mots.

Vers quatre heures du matin, nous sommes allés nous coucher. Alex soupire dans les draps propres de la chambre d'amis d'Isa. Je lui dis « ça ne va pas ? », il me répond « pourquoi tu lui as écrit ? Pourquoi tu lui as dit qu'elle n'était pas importante à mes yeux ? » Je lui réponds que je ne comprends pas pourquoi on revient une fois de plus sur cette histoire, que moi je suis passée à autre chose. Puis je lui dis que j'avais carte blanche et qu'il m'avait dit qu'elle n'était pas importante pour lui. Il se met en colère. Il commence à parler fort. J'ai honte. J'ai honte, car la chambre d'Isa est séparée de la nôtre par un mur aussi fin que du papier à cigarette. J'ai honte car je déteste exhiber ma vie privée.

Je dis à Alex « parle moins fort, Isa essaie de dormir… », il me dit « je m'en fous, tu m'as manqué de respect ». Il est six heures du mat, Il parle trop fort. Isa demande de sa chambre « un café peut-être ? Ça vous fera du bien ». J'ai honte d'imposer ça à mon amie. Alex va dans la cuisine. Je reste sur le lit. Je pleure. Je pleure non pas parce qu'Alex est en colère. Je pleure car je « deuille » peu à peu de cette relation destructrice. Je pleure car je suis honteuse. Isa me rejoint. J'essuie mes larmes rapidement et esquisse un sourire. Elle me prend dans ses bras. Elle me dit « Ne cache pas tes larmes… Je te connais, je sais que tu n'es pas comme ça. Mais tu te fous dans des états lamentables à cause de ce connard incapable d'aimer. Beau manipulateur, t'es tombée sur une perle, ma chérie ». Je pleure dans les bras d'Isa. Je me lève, j'essuie mon visage ravagé par les larmes. Mes yeux sont gonflés, je suis fatiguée. Puis on rejoint Alex dans la cuisine. Penaud. Il porte son vieux pull, le même pull depuis trois jours. Isa dit « vous ne savez pas communiquer, vous parlez trop, vous êtes usants ». Je dis « tu as raison, Isa, nous ne savons pas communiquer. Je suis désolée de t'imposer ça ». Alex regarde le sol comme un enfant honteux. Il dit « on essaie pourtant, mais on y arrive pas… ».

Alex part, je reste seule avec Isa. Nous parlons de l'amour, pour elle comme pour moi, l'amour est un sentiment qui permet de se transcender. Elle me dit « as-tu l'impression d'avoir évolué ? », je lui dis « oui… mais à côté de ça, je me détruis chaque jour un peu plus. On ne sait pas communiquer, tu as raison. Il s'emballe pour un oui ou pour un non, il ne me fait pas confiance. Moi non plus je n'ai pas confiance, mais je gère à ma façon cette jalousie, je n'ai pas envie qu'elle nous bouffe. Je ne peux pas vivre avec lui maintenant, j'ai tellement de choses à régler. Il dit que je ne tiens pas mes promesses ».

– Tu tiens tes promesses, il te culpabilise en fait.

– Il est fort, le mec, et moi j'sais même pas pourquoi j'suis persuadée qu'il a besoin de moi.

– T'es pas sa mère, Rose. Où est la femme forte, indépendante qui arpentait les rues « arme » aux pieds comme tu disais ? Où est l'amazone ? La louve solitaire ?

– Je ne sais pas… j'ai déjà entendu ces mots.

– Ce mec n'est pas bon pour toi… l'aimes-tu ?

– Je crois oui… je ne sais plus si je l'aime ou si, inconsciemment, je me sens responsable de ses maux. Je crois que j'ai envie de le sauver.

– Tu ne pourras jamais le sauver… c'est à lui seul d'essayer de s'en sortir… et toi, tu vas vite te redonner des coups de pied au cul, ma vieille. Regarde-toi. T'as tellement maigri…

– Oui, je vais lui parler. Je vais le rejoindre cet après-midi à Paris. Je ne te ferai plus subir tout ça.

– Oui, ce serait sympa, j'ai besoin de dormir, tu sais… dit-elle en éclatant de rire…

Puis elle continue « ne t'inquiète pas… c'est juste une mauvaise passe, le meilleur t'attend. Le meilleur t'attend, mais ça ne sera pas près de lui… »

L'après-midi, Alex et moi allons boire un café dans un bar. Je reste silencieuse. Il me regarde et me dit « je vais te dire la vérité sur Laura ». Il garde des silences, il cherche ses mots, je ne dis rien, j'attends. Il me dit « tu sais, j'étais pas bien, j'avais peur que tu me la fasses à l'envers. Je ne me sentais pas séducteur, et Laura un soir m'a contacté et j'ai joué avec elle, je n'aurais pas dû, c'est vrai. Cette fille ne m'attire pas, elle n'a rien qui m'attire en fait, mais ce soir-là je me suis laissé aller à la séduire. Oui, j'ai envoyé des photos et elle m'a envoyé des photos aussi… » Il parle encore, il se noie lui-même. Je le regarde. Petit garçon a été pris la main dans le sac. Je n'éprouve même pas de jalousie. Je n'éprouve qu'un grand vide. Le vide m'inquiète un peu. Je sais que lorsque je rentre dans la période du vide, tout se termine très vite. J'attendrai encore un peu avant de le quitter. Je ne sais pas ce qui me pousse à rester près de cet immonde individu, cet handicapé des sentiments, ce menteur pathologique. Je lui dis « tu peux séduire si tu en as envie, ça ne veut pas dire que je ferai la même chose, car je sais ce que je vaux en séduction, et que je peux avoir qui je veux quand je veux. Je n'en éprouve ni l'envie ni le besoin actuellement». Il me dit «non je ne veux pas ça…». Je souris intérieurement… je sais que notre histoire est déjà terminée. Je ne sais pas qui prendra la décision d'arrêter ce massacre sentimental. J'ai besoin de retrouver ma liberté, j'étouffe et je me meurs.

DESENGANO

Il n'y a pas de manuel sur le « comment ressentir », sur le « comment donner et partager l'amour », sur l'« arrêt de la connerie sentimentale ».

Et on est là, à le décortiquer, à le mettre en pièces en se disant « facile à démonter à remonter, ça doit être aussi simple ». Mais lorsqu'on n'a pas de manuel d'instruction, que l'assemblage est complexe, on remonte mal.

Et je reprends les pièces qui se ressemblent toutes, et j'assemble les bouts, je force l'emboîtage lorsque les pièces ne s'emboîtent pas. Je dégrippe. Et ça donne un truc beau mais tellement tordu. On construit et déconstruit ; reconstruit et détruit de nouveau… Boîteuse sentimentale, sans lui je traîne une partie de moi… Oh oui, je l'aime… Je ne vais pas lui promettre monts et merveilles, ce que j'ai à offrir est bien plus modeste. Je doute qu'il se satisfasse du modeste.

Je rabote les sentiments parasites. J'arrondis les angles. Je ne peux garantir l'anéantissement total des mauvais sentiments. Je suis prête à sortir de l'emballage « la mise à nu totale » sans lui garantir que cette pièce n'aura pas mille défauts ; prête à déballer aussi la « confiance », même si je ne sais où elle s'emboîte… La séduction aussi, uniquement avec lui, sans lui promettre non plus que cette pièce « essuie-glace » ne sera pas à changer régulièrement. Je veux son bonheur, ses bruits de rire, sa joie, ses larmes, son amour, lui…

Il y a des silences remplis de mots muets qui nous rapprochent autant qu'ils nous éloignent. Et il y a les caresses et les baisers, les étreintes et les regards, qui sont plus importants encore que les « je t'aime » dits en cascade. Ça se passe dans le ventre, pas dans le muscle de vie. Asséchée par un soleil trop rude, je me fane peu à peu. Je ne parviens plus à cligner des yeux, ils sont secs, douloureux, à force de se vider constamment.

Le temps, terrible ennemi. Je n'ai pas peur de l'amour ni de l'engagement, j'ai juste peur de sombrer dans un univers qui ne me correspond pas. Alex est certainement la descendance de Barbe Bleue. Je ne veux pas mourir dans la chambre qu'il ne faut pas ouvrir. Je ne veux pas mourir avec une clef ensanglantée dans la poche.

Le collier laisse des traces rouges sur mon cou. Je commence à faire une réaction allergique. Il se resserre sur mon cou, je vais crever par strangulation.

Je sors pour me ressourcer et me remettre un peu les idées en place. Les passants marchent dans la rue sans regarder devant eux, sans prendre le temps de respirer. Ils se précipitent sur instagramme pic et pic et colégram. Photos selfilisées. Ils répondent aux copains qu'ils n'ont parfois jamais rencontrés, sur les réseaux sociaux. Souhaitent les anniversaires à des gens qu'ils ne connaissent pas. «Vous avez 1000 amis et 800 personnes vous suivent.» Ça presse le pas en bousculant ou en traînant les pieds nonchalamment. «Respire deux secondes», les mots d'Alex résonnent dans ma tête. Il m'aura au moins appris à respirer, c'est déjà ça. C'est très paradoxal d'ailleurs, il me fout un sac hermétique sur la tête et me dit «apprends à respirer».

À cet instant précis, j'ai juste envie qu'on s'occupe de moi, égoïstement. J'ai besoin, à cet instant précis, qu'on porte mes douleurs, mes blessures et les maux de mon âme sans qu'on comble le vide que je porte en moi.

Rien ne sera jamais parfait. Rien ne sera jamais comme on l'imagine.

On ne minaude plus avec Alex, on ne fait plus d'efforts, où sont les lettres enflammées, les conversations qui duraient des heures ?

Je le nourris, il se gave. Et je donne mon sang, j'écorche mes genoux, j'ouvre mes veines pour le nourrir encore et encore. Amour, illusion éphémère, il faut que je me rende à l'évidence, ce n'est pas lui l'alpha que j'attends. L'eau stagne, je me débats dans un marécage.

J'arrêterai le jour où il faudra que j'arrête. Je le sentirai lorsque je serai vraiment à bout de souffle.

Exploration des univers interdits. Je regarde par la lunette du télescope sensationnel. Aveuglement. Lumière qui brûle les pupilles. Dormir. Ne plus penser, ne plus parler. Dormir…

RÉTROSPECTION

Amour. Souffrance. Complication. Questionnement. Parfois, on devrait apprendre à oublier la raison. Puis toutes ces peurs, ces doutes, ce manque de confiance; société de consommation. Le petit mouchoir est en papier, on le jette une fois consommé; j'aimais le mouchoir de maman en tissu, mouchoir imbibé de lavande que je gardais toujours avec moi, l'odeur me rassurait.

Amour. Déception. Colère. Tristesse. On dit «c'est fini, je n'aimerai plus jamais» comme le lendemain d'une grosse cuite, «c'est fini, je ne boirai plus jamais». Besoin d'une aspirine. Je l'aime encore et lui est dingue de moi, et pourtant. Déchirure. Blessure. Sado-masochisme cérébral. À rien y comprendre. Tout pourrait être pourtant si simple. Blanc. Noir. Pas de nuances de gris.

Et le voilà à me recontacter en me disant «essayons de nouveau».

Je suis juste extrêmement fatiguée, fragile et usée comme une semelle de chaussure qui aurait trop servi. Quand je touche, là, à l'endroit du contact mou, je sens la chair, contact mou prêt à être déchiré.

Je suis une semelle de chaussure usée.

Je m'allume une clope, je suis de plus en plus fatiguée, je ne marche plus, je rampe.

Je passe ma soirée à trop penser à Alex, à nous…

Je n'ai pas envie de continuer à lui prouver mon amour. Je doute que ça fonctionne un jour entre nous. Je suis fatiguée de monter et descendre. On se torture alors qu'on devrait se blottir l'un contre l'autre. Il faudrait un miracle pour que de nouveau le feu de la passion embrase mon cœur meurtri. Je ne lui en veux pas. Je m'en veux à moi. Il m'a fait la promesse de nous revoir, de nous revoir pour clore notre relation correctement. J'attendrai de voir s'il tient ou pas sa promesse.

Nous sommes deux écorchés vifs. On se fait du mal, on déteste ça et, pourtant, nous ne parvenons pas à nous séparer.

THIS IS THE END

En fait, on aura passé l'hiver, on a fait mentir les copains. Il fait encore froid. J'ai l'impression que je passe mon temps à frissonner depuis Alex. Le printemps ne pointe pas le bout de son nez… encore quelques mois à tenir. Je doute qu'on passe le printemps ensemble, un pressentiment. Relation papillon. Relation bipolaire.

Ce matin devant l'arbre, à Paris, il doit y avoir un amant transi qui attend sa belle. Ce n'est pas nous.

Trois saisons… même pas capables de faire un Vivaldi…

L'Amour, ça monte puis ça redescend. Ça bouge constamment.

Dans la colère, les mots d'Alex sortent en dégueulis perpétuel. Avec Alex, aucun temps mort, aucun silence, il parle encore et encore. « Marche ou crève », ne pas s'arrêter pour respirer.

Je reste assise parfois, car je suis trop fatiguée, car je sais qu'il faut que je me repose. Je reste assise, je suis bonne à me faire ramasser à la pelle comme les feuilles mortes dans le jardin public ou les amoureux se bécotent à en perdre haleine. Je préférerais bécoter au lieu de me faire déchirer.

Les liens trop serrés pénètrent mon âme à m'en faire hurler de douleur. Alex déchiquette, meurtrit, blesse. Lame acérée en plein cœur. Acérée comme ses mots, ses actes ; cédera, ne cédera pas. Je céderai une fois de plus. Je prends tout pour moi, je suis responsable de mon état, si je n'en peux plus, faut que j'arrête. Il faut que j'arrête de voir Alex.

Il ne veut plus venir me voir le 6. Il m'a dit « on pourrait peut-être se voir chez moi ». Je lui ai dit « non, j'ai des amis qui m'ont organisé une fête et l'amitié, ça se conserve ». Alex a été en colère d'apprendre que je préférais rester avec mes amis. Il a tapé du pied. Il m'a dit « puisque tu préfères tes amis à ton amoureux, restons-en là, je ne veux plus te voir ».

Je fume la dernière cigarette de la cartouche qu'on avait achetée ensemble en Espagne.

Aimer, c'est accepter que l'autre s'en aille. Sans rancune, sans haine, balayer la colère, la déception, la peine. Garder en mémoire les plus beaux souvenirs. Balayer les ruptures multiples, les cassures, les écorchures du cœur; garder en mémoire les fous rires, la complicité, les moments de joies intense, même si parfois elles étaient parasitées par les craintes et les doutes. Aimer, c'est dire « sois heureux », même si ça fait mal de savoir que ce ne sera pas avec nous.

Aimer en vrai, c'est avoir la connerie de penser qu'on aurait pu tout surmonter.

Le réveil, même brutal, ne doit pas nous empêcher d'exister et de continuer seule, la quête vers ce bonheur qu'on a de cesse d'espérer…

Pour la dernière fois, Alex m'écrit « pars loin de moi, toxique »… Pour la dernière fois, je reprends ma liberté, et c'est mieux ainsi. J'aurai vécu une expérience de vie particulière. De toute façon, je commençais à me détruire. J'espère qu'il trouvera le « bonheur » qu'il mérite, si un jour il parvient à surmonter ses peurs et ses doutes. J'enlève le collier de mon cou. Je passe ma main sur les traces rouges. Je me sens vide.

Je parle avec mon ventre, je parle avec mes viscères. Parfois, ça donne des trucs dégueulasses, visqueux; parfois, c'est mignon, beau; parfois, c'est triste et mélancolique. Parfois, c'est torturé aussi, et parfois je dis de la merde, ça dépend de mes humeurs. En ce moment, je nage dans les eaux troubles. L'amour n'est décidément pas pour moi. Les relations humaines sont bien trop difficiles à gérer. Elles me font perdre mon temps. Je n'ai pas le temps pour m'occuper de moi correctement, alors m'occuper de quelqu'un d'étranger, c'est encore pire.

J'ai cru qu'on pouvait aimer à la Platon, je suis retombée en amour comme une conne sans écouter mes propres conseils.

Je suis retournée chez moi, je me suis réapproprié mon appartement, mes fringues, mes talons et ma boîte de sextoys.

C'est étrange, je suis soulagée. Peinée mais soulagée, comme lorsqu'on nous annonce qu'une personne chère vient de crever après le calvaire d'une longue maladie. Pendant neuf mois, j'étais « malade ». Je viens de sortir du coma.

La bête se réveille. La bête de nouveau est affamée.

Je vais sortir danser, me saouler, et baiser… baiser….

PARTIE 2

ATTERRISSAGE

Je me souviens de ses colères, de ses sautes d'humeur. Je me souviens de l'odeur de sa veste de cuir, du tabac sur ses mains, de son haleine chargée, de l'odeur de sa transpiration.

Chute libre. Il m'a poussée.

Il m'a poussée un peu trop fort, je me suis pété les deux jambes d'un coup. Puis il a sauté dans le trou. J'ai essayé de m'agripper au bord du précipice, mais il m'a attrapé la jambe, il l'a tirée et j'ai glissé.

Au fond du précipice, il y avait la rivière noire. J'ai nagé dans la rivière du dessous.

J'ai failli mourir dix fois dans les marécages.

J'ai rampé, j'ai pleuré, étouffé, hurlé en silence.

Il était là, lui, immobile, le regard rempli de folie.

Il a essayé de me noyer lorsque ma tête ressortait de l'eau ; il a essayé de m'étouffer lorsque je remontais à la surface récupérer un peu d'oxygène ; il a essayé de me bâillonner en me remplissant la bouche de boue.

Je suis toujours vivante. Vivante et affamée plus que jamais.

Je clos l'histoire avec Alex, ou du moins il a clôturé l'histoire en terminant par un seul message « va-t'en, toxique ». Je n'ai pas répondu à sa dernière attaque, je le laisse avec ses doutes, ses peurs, son abandon.

Ce n'est pas un chapitre de ma vie que je viens de clôturer, mais bel et bien un roman complet. Un Roméo et Juliette *torturé. Je dois rester une femme libre. Je ne dois pas aimer. Je ne dois plus aimer. Ma vie sera faite de rencontres.*

Je suis responsable de ma douleur.

Après avoir pleuré des jours entiers sur la mort de cette relation que j'ai trop longuement idéalisée,

Après avoir tapé fort dans les murs à m'en péter le cartilage,

Après avoir gémi, après avoir crié, je me suis remise à quatre pattes… j'ai gratté de nouveau la terre, j'ai hurlé à la mort, je suis de nouveau une louve solitaire. Je n'ai pas le choix que de celui d'avancer, sinon je meurs.

Je l'aimerai toujours et je n'ai absolument pas envie de le désaimer. Je le porte et le porterai toujours en moi comme un lourd secret. Il est la photo vieillie, usée et pliée, d'un soldat retrouvée dans le portefeuille d'une femme en fin de vie. Une photo avec, écrit au dos, « à mon aimée… à jamais ».

Je ne sais pas pourquoi les plus belles histoires d'amour sont souvent les plus malheureuses.

J'ai aimé à en crever.

On ne s'est pas compris.

Je l'ai aimé en solitaire.

LE RETOUR

Les hommes riches portent des chaussures bateau aux pieds, Alex portait des baskets pourries. Si je n'avais pas rencontré Alex, je n'en serais pas où j'en suis aujourd'hui. Dans ma douleur, dans cette relation destructrice, : j'ai beaucoup appris sur moi. Je suis responsable de mes maux, de mes tristesses, et jamais je ne me permettrai de dire que tout est de la faute de l'autre. C'est trop facile de dire « c'est de ta faute ».

C'est trop facile de se plaindre, de pleurer, de hurler, de haïr un autre qu'on a trop aimé. C'est à moi-même que j'en veux, pas à Alex.

Je ne demande plus ni ange, ni cavalier, ni chevalier, ni loup, ni démon. Je ne demande plus le surréalisme, l'irréel, je veux le concret, le vrai. Je ne désire pas l'être plus que parfait, car la perfection m'ennuie à en crever.

Je demande une personne « normale » dans sa plus grande anormalité. Pas un dieu, pas un conte, pas une légende.

Je demande un être humain, mon idéal, une personne avec moult défauts et qualités qui m'accepterait enfin dans ma plus grande imperfection.

Peu importe que je trouve ou non cette personne.

Je ne dois pas attendre quelqu'un, je dois juste vivre…

Je me ferme dans la chrysalide pour réparer mes ailes cramées. Je repartirai demain, à la recherche d'un nouveau pistil à butiner.

La différence entre la femme que j'étais hier et celle que je suis aujourd'hui ne se situe pas uniquement dans la couleur de mes cheveux, dans la façon de me vêtir. Mes cheveux sont plus sombres, mon âme également. Par moments, je pense pouvoir me dire que je vivrai mieux sans Alex, et le lendemain je replonge. Mettre en stand-by les sentiments. Les sentiments sont épuisants.

On devrait écrire ça dans les romans « les sentiments sont épuisants ».

La passion dure neuf mois, le temps d'une grossesse. Et puis, si on aime vraiment, la passion se transforme en amour. Tout est question d'hormones, tout est scientifiquement prouvé. Après neuf mois, on se réveille de la lune de miel. On sort de la léthargie amoureuse.

Alex ne m'aimait pas. Tout est chimique. Rien ne se passe au hasard. Notre cerveau, lui, a déjà tout calculé à l'avance. Le cerveau agit avant que le cœur ne se rende compte des choses.

Célibataire, je suis donc de nouveau célibataire.

Je prends le cours de ma vie où il s'est arrêté ces neuf derniers mois.

J'avance plus vite seule de toute façon. Je n'ai pas besoin de traîner des boulets à mes pieds.

L'amour est un boulet que je traîne à mes pieds quand d'autres s'élèvent dans les airs, portés dans la nacelle d'une montgolfière… Eux, ils se posent en douceur et pour moi, à chaque fois, c'est le crash assuré.

J'ai le cœur meurtri, la chair abîmée, le corps fatigué.

Adieu l'ami, adieu le Frère, adieu l'amour, adieu petite salope lubrique, adieu amant, adieu Alex…

Je remaquille mes yeux, lentement. Mes yeux sont rouges à force d'avoir trop pleuré.

Je guéris mes mains abîmées.

Je panse les brèches de mon cœur meurtri d'avoir trop aimé.

De la blessure béante dégueulent les maux douloureux, hémorragie sentimentale.

Je laisse couler ma douleur en haut débit avant de fermer les vannes.

Je laisse couler mes maux comme on laisse couler le pus d'un abcès surinfecté.

Pas de prise de médocs, pas de traitements de choc, juste de la patience. Et le « sang_timent » coule épais, gluant, liquide visqueux impossible à nettoyer ou trop difficile à récurer.

Flaque de liquide poisseux à mes pieds.

LE VIEUX

Mon appartement est en bordel, ma vie est un foutoir. Dans le fond de mon tiroir, mon répertoire d'amants et de maîtresses oubliés.

Je recontacte le vieux. J'ai besoin qu'on s'occupe de moi. Le vieux savait s'occuper de la petite fille vicieuse. Il m'a suffi d'un SMS très court pour qu'il me donne rdv. Il ne bande plus le vieux, mais il s'en fout, ça ne l'empêche pas de faire gicler les midinettes sur son parquet. Il excite les sens par des jeux vicieux.

Le vieux me paie le taxi et me demande de le rejoindre dans le onzième. Il me dit «on doit en prendre soin, d'une Rose, sinon elle s'abîme. Habille-toi comme j'aime que tu t'habilles».

Je monte dans le taxi. Je porte la petite jupe d'écolière, le chemisier blanc, mes mocassins vernis et mon imperméable noir. J'ai comme une grosse boule dans la gorge. J'ai comme un point dans mon cœur. Je regarde les trottoirs parisiens. Je voudrais y voir Alex marcher, m'arrêter et lui dire «je t'en prie, reviens, t'as assez souffert et j'ai assez souffert». Il ne sera pas sur les trottoirs avec son vieux sac à dos et ses baskets pourries. Le taxi s'arrête. Le chauffeur m'ouvre la porte.

Le vieux est là, Immobile, devant le kiosque qui se trouve devant le restaurant trop cher.

Je marche lentement, je suis fragile sur mes jambes frêles. Je tremble. J'arrive vers le vieux, j'attends un peu avant de me blottir dans ses bras. J'attends en le regardant de loin. J'ai l'impression d'avoir dormi trop longtemps.

Le vieux me serre fort dans ses bras. «Tu m'as manqué, mais je savais que tu reviendrais» me dit-il.

On s'installe en terrasse. Il me propose une cigarette. Il commande une bouteille de champagne.

Je reprends mes marques peu à peu. Il me parle de sa vie, des choses que j'ai loupées. Il me dit « tu aurais au moins pu prendre de mes nouvelles ». Oui j'aurais pu, mais je ne l'ai pas fait, car je n'avais pas le temps, car j'avais la tête remplie de trop de choses, car Alex n'aurait pas supporté. Puis il me dit « et toi Rose ? Raconte-moi ».

Je lui raconte ma rupture avec S ; je lui raconte la rencontre avec Alex. Il me sourit et hoche la tête. « Mon Dieu, que ta vie est décousue, ma pauvre Rose ».

Le serveur arrive. Le vieux me dit « tu veux manger ? ». Mon corps a faim, mais ma tête est anorexique.

– Il faut que tu manges, Rose, tu es maigre.

Il commande un plat pour lui. Il commande un plat pour moi. Il connaît mes goûts, je me laisse guider par le vieux.

Puis il y a les silences. Les silences où le vieux m'observe. Alex m'observait. Je n'aime plus qu'on m'observe. Le vieux dit « qu'est-ce que tu as fait à tes doigts ? Puis tes cheveux, ils sont moins lumineux et moins soignés. Qu'es-tu devenue, ma Rose ? ». Une larme coule sur ma joue, je suis épuisée. Mes ongles sont rongés au sang, mes cheveux attachés dans un chignon rapide.

Je cache mes mains abîmées sous mon pull. Le serveur apporte les plats. Le vieux ordonne « mange ».

Ça fait une éternité qu'on ne s'est pas occupé de moi. S s'occupait de moi. Elle coiffait mes cheveux, elle lavait mon corps ; elle m'enveloppait dans des serviettes éponge douces qui sentaient bon les fleurs sauvages.

Alex, lui, m'apportait parfois des croissants qu'il jetait sur le lit en rigolant « debout connasse, tu veux mon foutre en guise de glaçage ? ».

Je regarde une fois de plus mes doigts. Le vieux a raison. Qu'est-ce que j'ai fait de mes doigts ? De mes mains ? De mon corps ?

Je me suis oubliée. Je me suis oubliée dans l'autre, oubliée dans l'amour pour que l'autre puisse se trouver.

Le vieux racle sa gorge. Je reprends ma fourchette. Mes yeux coulent encore. Le vieux me dit « tu ne vas pas te mettre à pleurer chaque fois que je te dis quelque chose ? ». Je baisse la tête en reniflant.

Je lui raconte la douleur du cœur. Je lui raconte les jugements d'Alex, je lui raconte la souffrance des derniers mois. Je me plains parce que j'ai besoin de me plaindre. Je dis « ce n'est pas de la faute d'Alex, tout est de ma faute à moi, la souffrance endurée, je me la dois ».

Le vieux secoue la tête, il me dit « t'es pleine de conneries, t'es une doloris ».

Doloris, c'est presque poétique Doloris. « Je trouve ma joie dans les souffrances que j'endure pour vous[1]. »

Doloris, suis-je vraiment une « doloris » ? J'ai détesté souffrir dans cette relation, à moins qu'inconsciemment j'aie été attirée par Alex uniquement à cause de la souffrance qu'il m'infligeait ? Tout est lié à l'enfance.

J'ai envie de hurler comme le nouveau-né hurle lorsqu'il sort brutalement du ventre de sa mère.

Hurlement de naissance, hurlement de renaissance. Résurrection.

« Il essuiera toutes les larmes de leurs yeux, et la mort ne sera plus, et il y aura plus ni deuil, ni cri, ni douleur. Car les premières choses ont disparu[2]. »

J'ai aimé trop fort à m'en meurtrir le corps. Martyr déchiqueté.

Le vieux me dit « il t'a bien retourné le cerveau, celui-là, il est temps que je chamboule ton corps pour remettre les choses à leur place ».

Je regarde le vieux. Il me dit « viens, on va fumer une clope ». Il me prend par l'épaule. On va au fumoir, au fond du restaurant. Il y a une vieille femme dans le fumoir. Il y a un homme plus jeune et une chienne. Une belle chienne au pelage doré. Je n'ai pas eu besoin de parler. Le vieux a compris. Il a compris lorsqu'il a croisé mon regard qui se posait sur ses caresses, sur les mains dans le pelage luisant de la bête.

Je pose ma tête sur l'épaule du vieux. Le vieux me caresse les cheveux. Les poils de ma tête. Je couine un peu. Le vieux dit « un

1. Paul de Tarse.
2. Apocalypse 21 ; 4.

chien ne doit pas monter sur le tabouret». Je le regarde, surprise qu'il ose parler ainsi devant la vieille femme et l'homme un peu plus jeune. Je descends du tabouret. J'ai l'impression que je n'ai pas «joué» depuis des années. Je n'ai pas la force de lutter. Je suis habillée en petite fille. La petite fille va jouer à être le petit animal. L'homme un peu plus jeune dit «est-elle chienne ou chatte ?» Le vieux répond «ça dépend. Là, elle a besoin d'attention».

L'homme un peu plus jeune s'approche de moi. Il caresse à son tour les poils de ma tête. Il me gratte derrière les oreilles et, instinctivement, je me mets à quatre pattes sur le carrelage froid ; je m'approche de la vieille dame. La vieille dame me dit «tu es une gentille fille, tu ne vas pas me mordre». Le vieux dit «si elle mord, elle sait qu'elle sera punie».

Je grogne, je montre les dents à la vieille dame lorsqu'elle me pince un peu trop fort derrière les oreilles. Le vieux s'approche de moi ; il dit «vilain animal».

Le vieux fouille dans la poche de sa veste et en sort un tout petit collier de cuir.

Mes griffes grattent par réflexe le carrelage. Mon corps commence à onduler. Le jeu peut commencer. Et c'est en devenant l'animal que j'oublie mes souffrances, c'est en devenant l'animal que je ne pense plus à rien. Tout est enfin simple.

Le vieux s'approche de moi. Il prend ma gueule entre ses mains. Des mains vieilles, des mains flétries par l'âge. Des mains d'homme mûr.

Il passe le petit collier de cuir autour de mon cou.

Il dit à la vieille dame «venez dans deux heures trente. Il faut que je la nourrisse et que je la sorte».

Il dit à l'homme jeune «toi aussi, viens dans deux heures trente».

Le vieux me prend par l'arrière de ma chevelure. Il me dit «allez ma fille, on va rentrer maintenant, la balade est terminée».

Nous prenons un taxi. Je pose ma tête sur ses genoux. Je sais que le chauffeur nous regarde. Je suis à genoux devant le vieux, la tête posée sur ses cuisses. Le vieux me caresse la tête il me dit «tu es une gentille fille, tu vas rejoindre ton copain, il va être content de te voir».

Le vieux a un lévrier. Un grand et majestueux lévrier.

Le vieux, dans le taxi, me dit « enlève ta culotte, petite chienne, les animaux ne portent logiquement pas de vêtement et encore moins de culotte, à part lorsque les chiennes sont en chaleur… elle est en chaleur, ma petite chienne ? ».

Je couine et je remue « la queue ».

C'est le vieux qui enlève ma culotte. Nous sommes arrêtés à un feu. Je sens le regard du chauffeur de taxi. Ça m'excite. Je retrouve mes sens peu à peu.

Nous arrivons chez le vieux.

Nous descendons du taxi.

Il est presque deux heures du matin.

Nous montons dans l'ascenseur. Le vieux me déshabille dans l'ascenseur. Puis il met mes vêtements dans un plastique qu'il sort de son sac. Il garde sa veste et le sac en plastique à la main. Je suis nue dans l'ascenseur. « Tu es une gentille chienne. » Je frotte ma tête contre la jambe du vieux. Le vieux me dit « cambre-toi ». Je me cambre. Je suis nue dans l'ascenseur et j'ai peur qu'il s'arrête et qu'une personne me surprenne.

Nous sortons de l'ascenseur. Cinquième étage. Je reste à quatre pattes. Je marche à quatre pattes aux pieds de mon maître. Il se baisse pour caresser ma tête « qui c'est qui va revoir son copain ? ».

J'ai peur et je suis excitée. Je ne sais pas ce que le vieux me réserve. J'espère qu'il ne me fera pas prendre par son chien. Des idées, des fantasmes pervers et lubriques me viennent en tête.

Le vieux a dû deviner ce que je pensais « petite chienne salope, elle croit que je vais la faire prendre ce soir… je suis certain qu'elle en mouille sa petite chatte ». Il se penche, je lui présente mon cul. Il passe sa main entre mes cuisses. J'écarte mes « pattes ».

Il dit « c'est bien ce qu'il me semblait, regarde-moi ça, elle est trempée ». Nous sommes dans le couloir de l'immeuble. Je suis nue à quatre pattes dans le couloir de l'immeuble. Le vieux me tend ses doigts remplis de cyprine. « Lèche » m'ordonne-t-il. Je lape la mouille sur les doigts du vieux. Le vieux insère sa clef dans la serrure. Le chien du vieux aboie. Je reste à quatre pattes, je reste derrière le vieux ; il ouvre la porte. Le chien, le magnifique lévrier, lui saute dessus. « Arrière, Beggle, dit le vieux, laisse rentrer ta copine. » Je rentre doucement, toujours derrière le vieux, toujours à quatre pattes. Mon cœur bat la chamade et ma chatte dégouline le long de mes cuisses. Je rentre dans l'appartement. Le vieux tient son chien. Puis il ferme la porte. « Dis bonjour à ta copine, Beggle. » Le chien s'approche de moi. Il lèche mon visage. Il se positionne derrière moi. Je m'assois. Le vieux dit « les chiens se sentent le cul et se le lèchent parfois pour se dire bonjour, tu es une chienne, laisse-toi faire ».

Je me mets à quatre pattes, je laisse le chien me sentir. Je sens la truffe humide et chaude de Beggle me flairer. Je soupire, je frémis au contact de l'animal. Le vieux pose le sac à l'entrée. Il pose aussi son manteau. Et moi, je me fais sentir par l'animal aux poils longs.

« Nos amis vont bientôt arriver. Je vais te faire manger. » Il va dans la cuisine. J'entends les bruits de vie dans la cuisine, pendant que le chien continue de flairer mon cul, ma chatte. Je positionne ma tête sur mes bras croisés au sol, j'écarte mes pattes et je laisse le chien me laper.

Le vieux fredonne. Je commence à gémir, je sens l'orgasme monter lorsque le vieux se présente avec la gamelle.

« BEGGLE, AU PIED. » Le chien arrête de me lécher. Le vieux s'approche de moi, il me donne une violente tape sur le cul. « Vilaine chienne en chaleur… » Il me redonne un autre coup sur le cul. Puis il pose la gamelle sur le sol. Il dit « mange, après je te descendrai pour faire pipi avant que nos amis n'arrivent ». BEGGLE est assis à côté de moi.

Je me baisse, je me cambre et j'avale la bouillie préparée par le vieux. Je bois beaucoup d'eau de la gamelle. Le vieux est assis sur le canapé. J'ai envie de faire pipi. Je couine, je tourne en rond… « Attends un peu » me dit le vieux. Il est au téléphone. Je m'approche de lui. Je pose ma tête sur ses genoux. « Oui, parfait… bien entendu… je descends mes bêtes et je vous attends. »

Il pose son téléphone sur la table basse. Il met le collier à mon cou. Il accroche la laisse au collier. Il n'attache pas Beggle. Nous sortons. Le vieux prend un grand imperméable qu'il pose sur son bras.

Dehors, Beggle est libre, moi je suis au bout de la laisse. Je m'accroupis, le vieux me regarde. « Allez, pisse. » Je le regarde sans bouger. Le vieux se met à éclater de rire… « Oh, elle a envie de poser sa crotte, dépêche-toi donc. » Je suis un animal, un animal qui défèque dehors, un animal qui pisse dehors. Je ne pense pas, je ne pense plus lorsque je suis animal. Je baisse mon regard… je fais mes besoins comme l'animal fait ses besoins. Beggle arrive. « Regarde, Beggle va te nettoyer. »

Dans la pelouse, en bas des immeubles aux fenêtres allumées, je me fais lécher le cul par un lévrier.

Nous remontons. Quelques secondes plus tard, la vieille et le plus jeune arrivent. Il n'y a pas la jolie chienne avec eux. Le plus jeune se baisse à ma hauteur. Je me mets sur le dos, signe de soumission. « Belle fifille » me dit-il en me grattant le ventre et en caressant mes tétons. J'écarte mes jambes. La vieille s'approche « regarde ça, elle a la chatte bien luisante ». La vieille m'insère deux doigts dans la chatte et un dans le cul, sans ménagement. Elle s'approche ensuite de moi et me susurre « tu vas bien te faire prendre, petite salope… ». Je dégouline encore plus.

Le vieux, le plus jeune et la vieille sont dans la salle à manger. Je les entends discuter, je les entends boire du champagne. Je les rejoins dans la salle à manger. Son chien ne me lâche pas. « Tu dois être en chaleur » dit le vieux en riant. Je ne suis pas humaine, il me laisse dans ma condition d'animal. Beggle me sent encore. Je me tourne et je vois son énorme bite rose pointer sous son ventre. J'excite le chien. Ça m'excite et ça m'effraie. « Eh bien, petite chienne, elle excite mon Beggle… Viens ici. » Le plus jeune me regarde, me sourit. Le vieux tapote sur le canapé, il dit « tout à l'heure, cette sale chienne a failli jouir sous les coups de langue de Beggle ».

Je pose ma tête sur le canapé. Il caresse mon ventre. Il caresse mon dos. Beggle est assis à côté de moi. Le vieux écarte mon cul. Il prend quelque chose sur la table, je ne sais pas ce que c'est. Il met le « quelque chose » dans ma chatte. Je mouille encore plus. Il appelle son chien en tapotant sur mon cul : « Viens là, Beggle, viens chercher. » Je ne bouge pas, je reste le cul bien cambré, les jambes écartées avec le quelque chose dans ma chatte. Le chien me fouille, le chien me lèche, il me lape, il rentre sa langue au fond de mon trou. Je regarde le vieux. Il est concentré sur les coups de langue de son chien. « Tu peux être fière de toi, petite chienne, il est très difficile d'ordinaire. Ça me fait plaisir de te voir te faire lécher comme ça. Regarde ce que tu fais à ton maître » me dit-il en libérant son sexe de sous son pantalon. Il bande mou. Son chien lape ma chatte en faisant de petits bruits.

Je sens l'orgasme arriver. Le vieux dit « Beggle ça suffit, cette salope va jouir et j'aimerais bien un peu en profiter avant ». Il tapote de nouveau sur le canapé. Je monte sur le canapé. Je me positionne à quatre pattes, le cul vers le vieux. Je sens ses doigts rentrer en moi… les doigts font un bruit de succion lorsqu'ils rentrent et sortent. Le vieux s'adresse au plus jeune « tu veux la baiser un peu ? ». Le jeune s'approche. Il sort son dard, je me cambre un peu plus.

Je me trémousse, je gémis, j'ondule mon cul comme une chienne lubrique. J'entends Beggle renifler, flairer. Le vieux dit « je sais, mon bon vieux chien, t'as envie de la baiser toi aussi, mais chacun son tour… ». Je me fais buriner par le jeune. Le vieux se lève et s'assoit à côté de la vieille. La vieille porte une longue jupe. Elle a relevé la longue jupe et se fait peloter par le vieux. Elle dit « j'ai envie qu'elle vienne me lécher un peu ».

Le vieux me dit « viens ici, chienne… ».

Le plus jeune se retire, je m'avance vers la vieille dame et je commence à laper son sexe âpre. Son sexe ouvert, aux lèvres marron et pendantes ; j'aspire son énorme clitoris flétri. Elle est gerbante, mais je suis un animal, l'animal ne réfléchit pas.

Le plus jeune revient à la charge et me défonce de nouveau. Je regarde le vieux, suppliante. Le vieux dit au jeune « jouis dans son cul… Beggle la terminera. Je veux que mon sac de sperme soit bien rempli ».

Le jeune titille mon petit trou avec son doigt avant de le pénétrer, il me prépare doucement avant de me fourrer sa bite dans le cul. Je me cambre, je sens son sexe dur et long taper au fond de mes intestins. Je continue de lécher la vieille, elle gicle dans ma bouche en poussant des râles ; le jeune jouit au fond de mon cul, puis se retire… Le vieux dit « maintenant, au tour de mon Beggle ». Je ne me suis jamais fait prendre par un chien. J'ai le cul qui dégouline de sperme, la bouche pleine de cyprine odorante. Le vieux m'attrape par les cheveux, il me traîne jusqu'au centre de la pièce.

Il écarte mes cuisses ; il pince mes seins, je dégouline. Je ne pense plus à rien, je ne pense à rien à part à mon propre plaisir. Je commence à perdre pied, je commence à m'abandonner. Le vieux sait ce dont j'ai besoin et envie. Perte de contrôle. J'ai l'impression que ça fait des années que je n'ai pas ressenti la bascule. Je me laisse aller à être l'animal.

« Allez Beggle, viens ici. » Le vieux sort de sa poche une paire de chaussettes. Il met les chaussettes au chien. Il me dit « viens le sucer un peu ». Je passe la tête sous le ventre de Beggle, je le suce pendant que le vieux titille mon clitoris. Tout se passe sous le regard du jeune à la queue molle et de la vieille au goût âpre. Ils sourient et se chuchotent des mots à l'oreille. Le jeune sort son portable. Il fait une vidéo. Je regarde le vieux. Le vieux regarde le jeune et éclate de rire. « Tu te fais des souvenirs, mon cochon ? » Le jeune rigole… ça m'excite et ça m'effraie.

La queue du chien est bien tendue, rose et veinée de violet. Le vieux me dit « à quatre pattes, cul en l'air ». Je m'exécute. « Et surtout ne bouge pas, sinon il va te mordre. » Je suis effrayée, et pourtant ma chatte dégouline. Le chien me monte dessus. Je sens son souffle chaud sur ma nuque, je sens sa queue gonfler à l'intérieur de mon ventre. Il active son mouvement ; une chaleur intense parcourt ma colonne vertébrale et l'arrière de ma tête, un orgasme fulgurant secoue mon corps au moment où le chien décharge au fond de mes entrailles. Je sens les giclées taper au fond de mon utérus, je jouis fort, je jouis comme jamais je n'ai joui. Et je m'évanouis…

SUCRERIE

Il paraît qu'il faut se laisser aller à ce qu'on ressent, qu'il ne faut rien maîtriser, connerie. Je me blinde de nouveau, je suis mieux lorsque je ne ressens rien. Pendant des années, on m'a envoyé des décharges électriques dans le cerveau, Alex m'a donné ma dernière décharge.

Assise dans la salle à manger de Coco, je discute avec deux trois potes. Ça me fait du bien de me retrouver entre nanas. Johanne se pointe sur les coups d'une heure du mat, fraîche comme la rosée du matin… Ça faisait trois ans que je ne l'avais vue. On s'était bécotées lors d'une soirée organisée lorsque j'étais avec S. Je lui raconte la rupture et l'engagement avec Alex, sans rentrer dans les détails. Elle me dit « c'est pas possible, t'as quitté S pour t'foutre avec un tordu ? Tu regrettes pas ? ». Regretter ? À quoi ça sert de regretter ? Cette souffrance m'appartient, c'est moi qui me fous dans ces états-là.

Je regarde Johanne. Mon ventre s'affole, je salive en voyant sa bouche aux lèvres épaisses et son regard bleu turquoise. Ce que j'aime, lorsque je ne ressens aucun sentiment, c'est la facilité avec laquelle je peux jongler d'un corps à l'autre sans aucun complexe. C'est la bestiole qui a pris le contrôle, je peux reposer mon esprit. Je laisse la bête chasser et dévorer.

Jo me regarde avec insistance. Il y a des choses qu'on repère vite. Le désir est communicatif. C'est biologique tout ça. Il suffit d'ouvrir ses « chakras » pour sentir l'envie de l'autre. Les phéromones, ça pue à plein nez.

Son regard plein de sous-entendus me déshabille constamment. On se rapproche de plus en plus. Son bras frôle le mien, elle recherche le contact avec moi ; ses yeux brillent, sa bouche est humide et entrouverte. Elle me dit « tu m'as toujours intriguée, Rose, et en même temps tu me fais flipper ».

– … et je t'excite n'est-ce pas ? dis-je en vidant mon deuxième verre de rouge.

– Putain, t'es gonflée, Rose…

– Dis-moi que je t'excite pas, Jo…

Je ne la regarde même pas lorsque je lui dis ça. Je m'allume une clope en parfait connard. D'façon, faut pas se leurrer, les nanas aiment les connards. À croire qu'elles kiffent de recevoir des bleus au corps et à l'âme. Je continue de l'allumer en parfait goujat, et je la vois se tortiller sur le coussin du canapé.

– Tu m'impressionnes… t'as toujours super-confiance en toi, Mais comment fais-tu ? qu'elle me dit en baissant les yeux.

– Tu vois… c'est ça que je trouve chiant chez les nanas, cette façon qu'elles ont de se masturber continuellement le cerveau… alors que, franchement, y a des choses plus intéressantes à branler que les neurones…

C'est à ce moment-là que je la fixe dans les yeux, clope au bec, un petit sourire aux lèvres, une vraie connasse ; et là, Jo trépigne d'impatience, se fait du bien en toute discrétion en opérant quelques petites pressions en croisant ses jambes ; elle pince sa lèvre inférieure et m'envoie, par ondes cérébrales, « oh Rose, enfonce-moi tes doigts dans la chatte et fais-moi jouir comme une pute ». Elle joue les timides, les petites prudes, faut faire attention à ce que les gens pensent, et tout et tout. Elle est gouine, si en plus c'est une salope, une réputation ça va vite…

– … Ça te fait mouiller de languir… je lui dis en posant ma main sur sa cuisse.

– Oh Rose… mais…

– T'en peux plus…

Je m'approche d'elle, je lui chuchote à l'oreille que j'ai envie de la baiser et de l'entendre hurler de plaisir. Elle dodeline de la tête « oh Rose, oh Rose »… Ses yeux sont brillants et ça me fait juste sourire de voir le comportement des femmes et des hommes sous l'emprise du désir. Ils essaient de cacher leurs émotions, mais leur corps, leur regard parlent pour eux. Il suffit d'observer en fait, juste de pénétrer le cerveau pour faire vriller les gens. Il ne suffit pas seulement d'avoir une jolie gueule et un corps d'athlète pour permettre aux gens de basculer dans les sentiments ou dans le lâcher-prise. Tout est question de technique et de savoir-faire.

Coco est complètement bourrée, elle a gerbé sur le carrelage et sa meuf a couru lui chercher une bassine en s'excusant mille fois. Comme si c'était une honte de prendre une cuite de temps en temps. Elle en avait bien besoin, Coco, de cette cuite, avec toutes les merdes qu'elle cumule depuis quelques mois, la décompression était vitale. Je regarde la nana tenir les cheveux de son amoureuse en lui parlant tout bas… C'est à ce moment-là que je me lève, que je prends mon manteau, tends la main à Jo et lui dis « allez ma belle, viens, je t'enlève ».

Johanne et moi restons quelques secondes à discuter sur le perron de notre pote. Puis elle pince sa bouche. Elle me regarde. Me sourit, « putain mais on est complètement def ». J'appelle un taxi. Il vient nous chercher devant la baraque. Je lui donne mon adresse.

À l'arrière des taxis… Tostaki. J'ai quinze ans. Je pelote la petite poitrine de Johanne. Je passe mes mains dans ses cheveux « déstructurés ». Elle a la quarantaine comme moi, superbement bien conservée. Elle fait du sport à gogo. Un corps d'enfer, mais même si elle n'était pas terrible, je l'aurais sautée quand même. J'ai la dalle et c'était la seule célibataire de la soirée, j'suis pas du style à péter les couples. Elle a le même corps que S, bien dessiné. Des hanches pas trop prononcées et des seins minuscules, facilement dissimulables sous un débardeur trop serré.

J'arrive chez moi. Je lui dis « c'est le bordel ».

Je déblaye deux trois fringues empilées sur mon canapé. Je les fous en boule dans un coin. Je n'ai aucune honte alors que je devrais. Moi qui étais si maniaque, je suis devenue chaotique.

Je déplie mon canapé, je fous des draps propres. Elle me dit « on ne dort pas dans ton lit ? ». Je souris, je ne réponds pas.

Je balance un brin de musique. Je m'approche de ma sucrerie. Ça fait presque un an que je n'ai pas goûté à la douceur de la peau d'une femme et c'est en glissant ma langue le long de son cou que je me rends compte à quel point ça me manquait. Johanne me dit « c'est étrange de me retrouver près de toi… là comme ça ». Je pose un doigt sur sa bouche, « chut ». Elle rougit.

Johanne m'embrasse. J'embrasse Johanne. Nos langues se touchent et se mélangent, salive partagée. Je passe mes mains sous son pull, y a la rue qu'est maboule, jolie môme…

On se retrouve vite nues, nues sur les draps propres de mon canapé-lit. Je me lève, je me dirige vers la commode, j'ouvre le tiroir, je prends mon gode-ceinture. Je m'arme ; je ne lui demande pas son avis.

Ses cheveux sont suffisamment longs pour s'étaler un peu sur le drap blanc. Elle a mis à sa bouche le petit doigt de sa main gauche. Elle suce son petit doigt. Ses lèvres sont gonflées. Son sexe est rose. Elle écarte ses jambes et attend. Elle attend comme la femme attend l'homme qui met le préservatif.

Je me positionne entre ses cuisses. Je caresse ses jambes, son ventre, je ne touche pas le sexe affamé. Elle frissonne, elle se trémousse, elle se cambre. Elle me dit dans un soupir « Rose, s'il te plaît, je t'en prie ». Je jouis du plaisir de la frustration que je crée en elle. Elle ne connaît rien aux jeux de la frustration. Elle ne connaît pas la douleur qui libère, les mots qui font basculer. Elle demande juste quelque chose de nouveau qui excite les sens.

Je crache sur mes doigts sans aucune délicatesse, comme lorsque je faisais les concours de crachats avec les potes lorsque j'étais ado. Je commence à la pénétrer. Doucement, je recherche à tâtons la petite boule un peu plus grosse, la petite boule râpeuse à actionner, la pompe orgasmique à déclencher. J'enfonce un deuxième doigt. J'appuie. Elle pousse un gémissement. J'y suis. Je m'active un peu plus longtemps à l'endroit. Fameux point G que certains mettent des heures à trouver ou qu'ils ne trouveront jamais. Je m'active dans son ventre. Elle me dit « mon Dieu, mais que m'arrive-t-il, j'ai comme envie de pisser ».

Je continue. Elle me dit « non, non, Rose, je vais… je vais »… Je continue à activer mes doigts et je sens dans mon propre corps l'orgasme cérébral monter. Elle gicle sur mes draps, elle dit « j'ai honte, je ne sais pas c'qui m'arrive, mon Dieu, j'suis en train de pisser partout et j'peux pas me retenir, je t'en prie, Rose, arrête, arrête». Je la fais encore gicler deux trois fois en me marrant. Elle pose ses mains sur son visage, honteuse petite vicieuse.

Je lui dis «tourne-toi». Elle se met à quatre pattes. Je crache sur son cul. Je place à l'entrée de son anus mon sexe en plastique. Elle se tourne vers moi et me dit «mais Rose, je n'ai… jamais»… Je la rassure, je lui dis «ne t'inquiète pas… fais-moi confiance». Je titille son anus avec le bout de ma queue. Je l'ouvre avec mon majeur, elle se détend. Je rentre le majeur dans son cul. Elle m'aspire et se tortille. Je remets ma queue juste à l'entrée et pousse doucement. Elle commence à miauler et à se tortiller. Je lui dis «branle-toi…». Elle se caresse et je l'encule doucement. Je la pénètre lentement jusqu'à ce que ma queue disparaisse dans ses entrailles. Je ressors doucement, entre de nouveau et commence à la bourriner. La salope est remplie et en demande encore. Je la défonce. Elle se branle. La chaleur monte en moi. Orgasme par le cerveau ; le meilleur des orgasmes.

Hier, j'étais celle qui demandait et qui prenait, aujourd'hui je suis celle qui donne et qui prend le plaisir par la tête. Je continue mes allers et retours et son dos se cambre un peu plus. Elle bascule sa tête en arrière. J'empoigne ses reins des deux mains en la défonçant avec intensité. Elle jouit, elle jouit sur mes draps propres. Dans son dernier cri de jouissance, je sors de son corps. Je m'allonge sur son dos, je la caresse. Son corps est parcouru de spasmes. Elle s'allonge, je la prends dans mes bras. Je lui dis «tu vas voir, ta colonne va se libérer et tu vas avoir l'impression de flotter». Je dis les mots qu'Alex me disait… elle se met à pleurer, à rire… elle me serre contre elle.

C'est bien fait, le cerveau, petit disque dur qu'il faut par moments effacer pour éviter le bug cérébral. Tout ce qui peut me gêner ou me blesser dans l'histoire de ma vie, je l'oublie presque instinctivement, inconsciemment, parfois volontairement. De petites bribes me reviennent parfois, en rêve souvent. Petits souvenirs que j'oublie le matin, lorsque j'ouvre les yeux.

À quoi bon garder en mémoire ce qui nous fait mal à en crever et nous empêche d'avancer ? Alex me disait «il ne faut rien oublier, il faut tout garder». Je préfère oublier et passer rapidement à autre chose.

Je suis peut-être un être fait d'excès et de démesure, qu'importe. Mes histoires sont romancées, j'embellis souvent la vérité pour qu'elle soit plus supportable à vivre.

J'imagine, j'arrange. Je balaye, je chasse d'un coup de pied rapide et sec tout ce qui ne m'intéresse pas, tout ce qui m'emmerde, je jette tout sans état d'âme.

J'ai autre chose à foutre que de perdre mon temps à me poser moult questions qui empêchent bien souvent d'aller jusqu'au bout et au fond des choses. À trop réfléchir parfois, on se perd et on oublie l'essence même de nos sentiments primaires.

Animal… j'entends l'animal grogner au fond de moi. Et je regarde Jo étendue là, juste à côté, ses cheveux qui me chatouillent le nez. J'suis pas fatiguée.

CONVERSATION AVEC MOI-MÊME

Ne pas dire, ne pas faire, ne pas montrer, rester discret, ne pas hurler, ne pas mordre, ne pas griffer, rester calme et civilisé, ne pas s'exposer, ne pas se déshabiller, ne pas parler, ne pas baiser, rester correct, ne pas dénoncer, rester muet… paraître quelqu'un de sain aux yeux de la société, alors qu'on est complètement déboussolé.

Et la bête dit « lâche ton corps. Bâillonne-toi, reste à genoux devant cette société de détraqués, de culs serrés, de détracteurs, de mendiants des sentiments ».

C'est la mode, la soumission, tu seras à ta place. De toute façon, tout le monde mélange tout. C'est ça que tu veux, hein ? C'est ça que tu veux ?

Traîne-toi encore un peu, rampe. Supplie pour être un minimum acceptée et écoutée avant d'être persécutée et piétinée. Tu les aimes, les coups dans ta gueule, tu les aimes, les boomerangs sentimentaux, les bourreaux du cœur. Tu aimes ça, donner sans rien attendre de personne, alors que tout le monde attend tout de toi… Les genoux ensanglantés, je connais moi aussi, tu sais… Avec les jambes esquintées, on a du mal à avancer ; chaque fois qu'on pose un pied à terre, on morfle le martyre. Voilà, c'est ça. T'es un Jésus-Christ en fait. Tu portes ta croix, comme ils portent leur colère et leur haine. La douleur te rappellera ta condition d'esclave de la vie, après tout. C'est tout ça que tu veux ? Tu veux encore ramper, petite fille ? Tu veux encore pleurer, petite fille ?

Tu chutes, ok, c'est douloureux, mais à croire que tu kiffes de te vautrer dans ta douleur, petit scarabée. T'es bien là, à te meurtrir le cœur, le nez dans la poussière de tes souvenirs ? Ça ne te fait pas éternuer, toute cette merde cumulée ? Je suis allergique, pour ma part, aux lamentations perpétuelles. Puis les peines de cœur, ça forge le caractère, à force on s'endurcit, on voit les choses différemment. Exit les sentiments, t'en n'as pas b'soin, crois-moi.

Il y a des choses à faire. Bouge-toi, petite fille, prends ma main. Je te tiendrai pour n'pas que tu tombes. Et arrête d'écouter les charlatans, les voyous, les voleurs d'âme. Lâche, Ève, deviens Lilith. Et c'est toutes griffes dehors, en hurlant à la mort, que tu deviendras vivante plus que jamais.

Je te réapprendrai à dévorer, à avaler, à digérer, à vivre. Laisse mourir ce qui doit mourir. Je suis là maintenant. »

17 cicatrices sur son corps, et bien plus à mon âme. Creuse plus loin, Loup affamé.

Doloris Animae. Excès et démesure. Dévorer, avaler en mesure. Viscères et tripes à l'air, sentiments bipolaires. Un coup de l'« âme » dans son emprise. Beau psychodrame. Mais je maîtrise… Mais je maîtrise…

Je retrouve le sommeil, mais plus je dors et plus j'suis fatiguée. Les fringues sales s'empilent dans le coin de ma baraque désordonnée. Dans l'évier, la vaisselle sale, la poubelle dégueule ; cartons de pizzas, boîte de fast-food, ça pue la bouffe jap et le kebab avarié. Je fous mes mégots de clopes dans les tasses à café, plus de place dans les cendriers.

Je passe mon temps à gerber, la tête dans la cuvette des chiottes, bile au pinard mélangée.

Je n'ai goût à rien.

Puis j'entends de nouveau les bourdonnements, je vais me foutre en l'air, faites taire ce boucan.

VERTIGE DE L'AMOUR

On s'aimait très fort, on s'est aimés trop fort, trop vite. Sentiments vertigineux. On hurlait notre amour comme on hurlait notre détresse. On se serrait fort, très fort, trop fort à s'en briser les os, à déchirer la chair. On y croyait malgré tout, on y croyait malgré la douleur. Puis il y a eu la tempête, le naufrage, la pluie qui efface l'encre sur les murs. Puis il y a eu l'orage qui couvrait nos voix animales.

Je crache ma colère, mon impossible amour ; je vomis ma rage, j'arrache les étoiles du ciel, je détruis mes rêves…

Je ferme les yeux fort, très fort, suffisamment fort pour voir apparaître mille étoiles aux éclats de douleurs.

Je repense aux étreintes passionnées, et je souffre d'avoir trop aimé, d'avoir mal aimé. Et je laisse lentement s'évaporer l'amour, je le laisse partir en fumée.

On pense toujours qu'on ne s'en sortira jamais.

On pense toujours que personne ne pourra remplacer l'Être tant aimé et, pourtant, personne n'est irremplaçable.

On pense toujours qu'on est seul à vivre la désillusion, on pense toujours que personne ne pourra comprendre la douleur.

Il n'y a plus le poids de l'amour poison.

Je rends tout ça, bien entassé dans un carton. Et je reprends la vie où elle s'est arrêtée en me disant qu'après tout ce n'était pas si compliqué. Et c'est après le deuil que je pourrai me souvenir de lui en souriant. Et c'est après le deuil que je pourrai de nouveau regarder les photos et les vidéos stockées sur un disque dur externe étiqueté « à regarder après guérison ».

JOHN

Alex ne sort pas de ma tête, j'essaie mais je n'y parviens pas. Je ne veux pas me complaire dans le manque de lui, dans la détresse et la solitude. Je ne suis pas de celles qui se morfondent des heures sur un amour perdu en écoutant en boucle des chansons qui font pleurer. Non, Alex n'était pas « mon autre », Alex est l'homme qui m'a permis d'acquérir encore plus d'expérience. L'expérience de la douleur. C'est dans la douleur que je parviendrai au bonheur. Je ne veux plus tomber en amour. Pour personne.

J'avance, noyée dans le cercle vicieux de mille corps, en demandant constamment de la jouissance qui fait oublier.

John est un beau mec d'une trentaine d'années. Brun, yeux bleus. Rien à jeter. John fait partie de ces beaux mecs la tête bien pleine mais aussi bien perturbée. À croire que j'attire les torturés. Il passe son temps à fumer des pétards en refaisant le monde, le cul posé sur son canapé.

C'est lors d'une expo photos d'un de mes potes que je l'ai rencontré, il y a quelques années. Lorsque nos regards se sont croisés, je savais déjà que je me le ferais. Ce n'était pas compliqué pour moi. Il me bouffait du regard.

Ça c'est passé connement. On s'est revus dans un bar, comme quoi, les rencontres dans les bars…

Il m'a dit « hey, salut Rose ». On a discuté, mais je n'avais pas le temps de m'attarder. Alors je lui ai dit que j'appellerais.

On s'est contactés, on s'est envoyé des SMS banals à en crever avant de basculer dans des sextos enflammés.

Je prends la caisse d'un pote, direction 18e. Quartier mal famé. Rangers, baise-en-ville dans le coffre ; valise, bouteilles, appareil photo, princesse Rose dort. Je repense à S, au champagne, aux soirées mondaines. Je n'écris pas à S, même si elle me manque un peu parfois. J'espère toujours qu'elle me donnera de ses nouvelles, elle doit m'en vouloir terriblement, tant pis, si elle préfère bouffer son temps en rancune, c'est son problème. Quand je vois le peu de temps qu'il me reste à profiter de cette putain de vie, je me dis qu'il vaut mieux ne pas perdre de temps.

Elles sont bien les promesses qu'on se lâche quand on tombe en amour « jamais je ne t'abandonnerai ». Connerie. On abandonne toujours lorsqu'on est en désamour. S m'a lâchée, moi je l'ai abandonnée.

Hier, j'étais une poupée perchée sur quinze centimètres de talons aiguilles, aujourd'hui je suis une nana au look déglingué, une femme aux semelles de vent.

Je rejoins John dans son quartier pourri. Trois plombes pour trouver une place pour me garer, j'ai failli faire demi-tour, tellement ça m'a gonflée.

J'arrive chez lui. Petit appartement enfumé. Guitares, ordi allumé, musique trop forte. Bière, pétards, bordel comme chez moi. Bouquins et magazines en vrac sur le sol et sur les meubles.

J'ai envie d'un cigare et d'une coupe champagne. Trente ans, il a juste trente ans. Dix ans de différence, même si je ne les fais pas, l'âge se voit dans la tête. Il me fait marrer avec ses airs « j'ai tout vu, tout connu » alors qu'il commence tout juste à vivre. Il essaie même de me faire des leçons de vie. Moi je m'en fous, je bois. Il me dit « tu devrais te recentrer, tu mets de l'or dans tout ce que tu fais, tu es belle et tellement forte ». Forte ? Mon cul. Je ne suis pas forte. Quant à l'or, j'en aurais bien besoin pour donner à mon banquier.

Il parle lui aussi. Il parle trop ; je suis fatiguée de ces gens qui parlent pour meubler sans apprécier parfois les silences qui font du bien.

Il tremble lorsque je m'assois près de lui. Il me dit « mon Dieu, je n'y crois pas, là, je suis à côté de toi ».

Je n'ai pas mis de culotte sous ma robe trop courte. Robe, bas résille et rangers…

Il est beau. Il attire mon visage vers le sien. Son visage de jeune homme de moins de dix ans que moi. Il m'excite, on dirait un ange. Je ne le lâche pas du regard.

Il m'embrasse, on s'embrasse, début d'excitation des sens. Ma chatte palpite. J'écarte mes cuisses, j'ai envie de défonce intensive.

Il glisse sa main entre mes cuisses, il titille en tremblant mon clitoris. Je crains sa maladresse, peur de ne pas atteindre l'orgasme.

John plante deux de ses doigts dans mon ventre et trouve du premier coup la petite boule râpeuse du point G.

Il s'active, il active la pompe et je me déverse sur son canapé en sky.

Il est fier de lui. Il me dit « j'aime lorsque les femmes m'offrent leur plaisir en se déversant sur moi ».

John est un cérébral et fait partie de ces rares hommes qui jouissent en donnant la jouissance.

Je prends sa queue dans la bouche, je le suce, je le suce jusqu'à ce qu'il jouisse sur mon visage. Il me dit « je n'ai jamais joui sur le visage d'une femme ».

On s'installe dans les bras l'un de l'autre. Vanille.

On se remet à discuter en sirotant une bière et en fumant un joint.

Il me dit qu'il voudrait m'attacher. Je rigole. Il manque d'expérience. Je ne jouerai jamais avec une personne qui manque d'expérience. Il me dit « apprends-moi ». Je lui dis « il y a des choses qui s'apprennent effectivement, il faut savoir maîtriser avant de se lancer dans des jeux qui peuvent s'avérer dangereux sans maîtrise ». Je regarde une fois de plus l'appartement de l'artiste. Je me demande ce que je fais là. Faut que je remonte la pente, sinon je vais sombrer. Il faut que je me remette à bosser aussi ; on attire ce qu'on est, en ce moment je dois être complètement paumée.

Je regarde mes mains aux ongles rongés. J'ai essayé de m'endormir dans ses bras ; son odeur est fade, je me suis tournée de mon côté. Dans la nuit, j'ai senti une présence, senti son odeur et vu son ombre passer.

POLITICIEN

Soirée dans le bar d'un pote. Il est là, le politicien de gauche. Petit, brun, pas dégueulasse, mais ma braguette ne crie pas famine. Il a juste un truc dans le regard, évasif, qui me donne envie de le maîtriser. On a échangé deux trois mots, puis je lui ai laissé ma carte de visite, histoire qu'il m'appelle pour qu'on se fasse une bouffe.

Ce soir, il m'envoie un message « pourrais-je vous inviter à dîner ? ». Dix-neuf heures trente. Je prends une douche, je me rase rapidement à m'en faire saigner les guiboles ; d'façon il ne les verra pas, je n'ai plus de temps à perdre. Je lui réponds « passe me prendre à 20h30 ».

Il vient me chercher en cabriolet. Il me sort le grand numéro. J'ai envie d'éclater de rire devant son manque de maturité, son étalage de richesse. J'ai réussi à vendre deux trois photos, mon banquier est content et moi je peux reprendre une vie dans l'excès sans être dépendante de qui que ce soit. Je ne dois rien à personne, personne ne me doit rien et c'est bien comme ça.

Je le tutoie, il me vouvoie. Chacun à sa place.

On fait plusieurs bornes, il fout la musique à donf dans sa caisse. New wave. Le mec pense encore avoir vingt ans et, sous prétexte qu'il évolue dans la politique, il s'octroie le droit de tout, même de torcher des bières au volant. Il me dit « je m'en fous, les flics sont tous des potes ». Morbac le morpion, regardez comme il est mignon…

On s'arrête dans un petit restaurant sympa en banlieue.

Je ne me prive pas pour prendre ce dont j'ai envie, y compris le vin et le champagne le plus cher. Il boit beaucoup, il boit beaucoup trop ; je le regarde enquiller ses verres. Il n'ose pas me regarder en face. Il me dit « vous m'impressionnez, Madame ».

Il me parle de son programme politique, je m'en branle complètement. Il me parle de la société « *qui n'a que des problèmes* », il parle du Président qui ne tient pas ses promesses, je m'emmerde, alors je bois. J'ai la tête qui tourne, j'ai un peu la nausée, je me lève pour aller pisser et je le laisse seul avec ses tics nerveux.

Je commande un café en fin de repas et le patron du restau nous paie un digeo.

Après nous en être foutu plein la panse, nous allons à l'hôtel.

Je ne quitte pas mes escarpins. Le jeu commence enfin. Je lui dis « déshabille-toi ». Il quitte ses vêtements sans broncher. Qu'ils soient politiciens, avocats ou médecins, ils sont tous majoritairement en demande de bascule, en demande de perte de contrôle. Une vie professionnelle qui leur prend tout leur temps, souvent maman et enfants à la maison qui les attendent. Tout est sous contrôle encore et encore. Alors, dans le sexe, il leur faut un moyen de s'évader de cette vie trop stressante et oppressante. Alors, dans le sexe, ils ont besoin d'être dirigés et contrôlés.

Je prends mon sac. J'ouvre mon sac, je sors une robe trop courte, un porte-jarretelles et un string noir. Lui, de son côté, pose ses vêtements imposés par la société sur le lit encore fait. Il ne sait pas ce que je lui réserve.

Il pose la veste de costume, le pantalon à pinces et la chemise tout en les pliant afin d'éviter les mauvais plis.

Je m'approche de lui doucement. Je lui dis « reste debout ». Je fais le tour de mon politicien. Je caresse son dos. Je caresse son cul. Il a mis ses mains devant sa queue. J'enlève ses mains. Je regarde sa bite qui commence à danser. Je lui dis « tu veux bien me faire plaisir ? ». Il me répond « tout ce que vous voudrez, Madame ». Je lui dis « tu vas porter les vêtements que je viens de poser sur le lit ». Il regarde les vêtements, il me regarde. Il hésite. « Je croyais que tu voulais me faire plaisir. Ce n'est pas le cas ? Dois-je appeler un taxi pour rentrer chez moi ? »

Il se jette sur les vêtements « non Madame, je vous en prie, restez ».

Je m'assois sur le lit. Je le regarde faire glisser sur sa peau poilue les bas, je le regarde enfiler le string. « Le string se met en dernier, idiotE » que je lui dis. Il rougit. Il enfile le porte-jarretelles et le string par-dessus. Il fait de petites manières de femme lorsqu'il s'habille, il s'approprie son rôle.

Une fois qu'il s'est habillé, il se relève. Je le regarde ; je lui dis « tourne-toi un peu que je t'observe ». Il tourne sur lui-même. Je lui dis « baisse-toi, cambre-toi… touche le sol avec tes mains en gardant le cul en l'air et ne bouge plus ».

Je fais des allers-retours dans la chambre. Mes talons claquent sur le carrelage. Je marche lentement. Je prends ma trousse à maquillage dans mon sac. Je retourne sur le lit. Sans le regarder, je lui dis « viens donc t'installer ici, à genoux devant moi ». Il ondule son cul en marchant. Je le trouve limite ridicule avec ses poils et sa tenue de femelle en chaleur.

Il s'agenouille devant moi. Il pose ses mains sur ses cuisses. Je pince ses tétons à travers le tissu de la robe. Il réagit vite. L'homme soumis réagit toujours lorsqu'on lui pince un peu trop fort la pointe des seins. Sa queue danse sous le tissu tendu de la robe.

J'ouvre la trousse de maquillage. Je prends le fond de teint et en dépose une bonne noisette dans la main ; assez pour recouvrir son visage. Peu à peu, il se détend, devient vulnérable, friable, plus rien n'existe. Il devient ma poupée, ma tête à coiffer et à maquiller.

J'étale consciencieusement le produit qui efface les imperfections. Je maquille ses yeux et sa bouche avec un rouge à lèvres vulgaire. Je lui dis « si quelque chose te dérange, si tu veux arrêter le jeu, il te suffira de dire mon prénom "Rose" et tout s'arrêtera instantanément, et définitivement, suis-je bien claire ?
– Oui Madame. »

Je lui dis « c'est le bordel ici, mets-y un peu d'ordre ». Il ne sait pas par quoi commencer, je le vois tourner comme un chien qui cherche sa place dans son panier. J'éclate de rire : « Mais que fais-tu ? Commence, par exemple, par ranger le maquillage dans la trousse. »

Je me mets sur le lit. Je consulte mes messages, je vais faire un tour sur mon réseau social. Je lui dis « j'ai soif ».

Il va me chercher un verre d'eau dans la salle de bains. Quand il me l'apporte, je le bouscule volontairement. De l'eau tombe sur mon bras. Je me lève d'un bond. Je me poste face à lui. Je le gifle. Ma main fourmille. Je ne sais pas ce qu'il aime, je ne sais pas ce qu'il déteste, j'agis à l'instinct. Ses yeux remplis de reconnaissance se posent sur moi. Le politicien en robe de salope aime les claques. Je lui chuchote à l'oreille « pose tes mains sur le lit ». Il se cambre comme j'aime que les hommes se cambrent, il se cambre comme une femme qui attend pour se faire défoncer.

Je claque ma main sur son cul, doucement, avant de le fesser de plus en plus fort. Il dit « merci Madame ». Je continue, encore. Je touche sa queue du bout des doigts. Il mouille et bande comme un porc. Il se tortille, il ondule du bassin. Je le fesse encore.

J'écarte son cul, je dis « tu mouilles, petite salope ». Il gémit « oui Madame ». Je touche son anus, je le titille doucement. J'adore enculer. Je crache sur son trou du cul, j'enfonce mon doigt. Je dis « mais tu m'aspires, tu t'ouvres, sale avaleuse de bite. Dis-moi que t'es une avaleuse de bite ».

– J'suis une avaleuse de bite, Madame…

– T'es une salope, une chienne en manque, regarde-moi ça… un doigt, ce n'est pas suffisant, c'est ma main entière que tu réclames, petite pute…

– Je n'sais pas, Madame.

– Tu n'sais pas quoi ?

– Pour la main.

– Eh bien, nous allons vérifier ça…

Je vais prendre dans mon sac un gant médical que j'enfile juste à côté de lui en le faisant claquer sur ma main. Il frissonne. J'enduis de lubrifiant le gant en latex. Je dis « écarte ton cul avec tes mains ». J'enfonce un doigt, un deuxième doigt, un troisième, un quatrième, puis le pouce. Le plus difficile à faire passer, c'est la partie juste avant le poignet.

– Aspire-moi, traînée…

– Oui, Madame…

Son trou s'ouvre de plus en plus. Ma tête chauffe, je commence à remplir son ventre avec ma main que je visse dans son intimité. La partie avant du poignet rentre d'un coup comme, inversement, l'enfant qui sort du ventre de sa mère. Je remplis le ventre de l'homme. Je remplis l'homme d'une partie de moi. Je commence à faire des allers-retours dans son cul. Il gémit :

– Oh mon Dieu, Madame, je… je…

– Si tu jouis, je t'défonce encore plus…

– Madame, je vous en prie, non, je sens que je…

– Tu n'sens rien, c'est moi qui te contrôle… c'est moi qui te dirai quand tu peux jouir ou non ; ton corps m'appartient, ton plaisir avec.

– Madame… Madame…

– Je veux t'entendre gémir comme une chienne.

Il râle, il glousse, il couine, il se tortille et sa bite est reliée au matelas par de longs filets de liquide séminal ; il mouille comme la pire des salopes. Je ralentis mes mouvements, puis le défonce de nouveau avant d'extraire ma main et de presser son périnée.

Je me relève. Je caresse son dos. Son corps est parcouru de spasmes. Je me dirige vers le fond de la chambre. Je dis « viens ici, contre ce mur ».

Il se dirige vers moi. Je dis « à quatre pattes, les animaux ne marchent pas sur deux pattes, idiotE ».

Je dis « ondule ton cul, chienne ». Il arrive vers moi, puis se positionne contre le mur, le cul offert. « Regarde-moi ça… elle veut encore de la défonce, cette sale pute, t'as pas honte de montrer ton cul comme ça et de réclamer que je te remplisse ? »

– Oh Madame… pardon… que dois-je faire ?

– Mets-toi debout, mains contre le mur… j'ai envie de laisser mes marques sur ta chair.

Je prends le martinet et la badine dans mon sac. Je m'approche. Je caresse son dos et son cul. Je fais glisser le haut de sa robe jusqu'à ses chevilles. Il est en porte-jarretelles, ridiculement positionné, demandeur. Il frissonne. Je commence à chauffer sa peau avec les lanières de cuir du martinet. Il gémit, il couine, il bascule son corps de droite à gauche, il se trémousse. Je tape un peu plus fort. Je tape sur son dos, je tape sur son cul, je tape sur ses cuisses. Je dis « dis-moi que t'es une salope ».

– J'suis une salope, Madame.

– Dis-moi que t'aimes te faire défoncer.

– J'aime me faire défoncer, Madame.

– Dis-moi que tu veux être mon sac à foutre.

– Je veux être votre… sac à foutre, Madame.

Je continue à le martyriser. Je laisse les lanières de cuir s'abattre sur la peau de ses couilles et frôler sa queue dressée sur son ventre. Son dos se zèbre peu à peu de traces rouges. Je caresse son dos, « c'est bien p'tite salope, je vais te terminer maintenant. Retourne sur le lit, quatre pattes, offerte ».

Il commence à remonter sa robe. « Non, laisse ta robe et avance vers le lit. » Il avance en démarche pingouin. J'éclate de rire. « Regarde-moi ça, qu't'es ridicule, mon pauvre… faudrait que je te filme pour te montrer à quel point t'es ridicule. » Je sors mon iPhone. J'actionne la vidéo. « Clic ». Il entend le bruit de l'enregistrement. Il dit « non, Madame, pitié… »

– Tu sais que si tu trouves que je suis trop méchante avec toi, tu peux dire le mot qui stoppe le jeu.

– Non Madame, je ne veux pas dire…

– Alors, marche dans la pièce, la jupe sur les chevilles. Ondule ton cul. Je me marrerai en regardant la vidéo, je la montrerai à mes potes et on rigolera de toi. Continue de marcher.

Il marche, il marche en ondulant, la queue raide comme un bâton, dégoulinante de liquide transparent. « Non Madame, non Madame. »

– Ta gueule… danse maintenant. Danse avec la robe sur tes chevilles…

Il commence à onduler du bassin. Je dis « attends, il te manque quelque chose ». Je prends le martinet. Je m'avance vers lui. J'enduis le manche de vaseline. J'écarte son cul « il te manque un truc dans le cul, grosse pute vicieuse ». J'enfonce le manche du martinet dans son cul, il gémit « non Madame ». Il a peur pour sa carrière, il a peur que je montre la vidéo sur Internet, il a peur que je dévoile ce qu'il fait en privé. Je joue avec sa peur. Sa peur qui l'excite. C'est l'excitation et l'envie d'aller plus loin qui l'empêchent de dire mon prénom. Demain, lorsqu'il se réveillera au côté de sa femme, le cul en chou-fleur, il regrettera d'avoir passé la soirée avec moi.

Le voilà la robe sur les chevilles, le manche du martinet planté dans le cul. « Danse maintenant, salope. Danse et chante pour moi. Danse et chante “c’est la danse des canards”. J’ai envie de rire. »

Il se tortille. « C’est la… danse des… canards… »

– Plus fort…

– … qui en sortant de la mare…

– Tortille ton cul, tends-le vers moi…

Il chante, tortille son cul vers moi. J’éclate de rire « que t’as l’air con… mes copines vont se régaler de te voir ainsi… allez ça suffit, tu me dégoûtes… va sur le lit, quatre pattes, j’ai envie de te défoncer. »

Il va vers le lit, la robe toujours sur ses chevilles.

Il s’installe sur le lit à quatre pattes. Je prends mon gode-ceinture. Je m’arme. Je m’approche de son visage, je tiens le tube de lubrifiant dans ma main droite. Je m’approche de sa bouche. « Suce salope. » Le bougre s’active sur ma queue en plastique, il aspire, suce, lèche. Je baise sa bouche. Il a des haut-le-cœur, à plusieurs reprises j’ai cru qu’il allait me gerber sur la bite. Je me retire. J’enduis mon sexe en plastique de lubrifiant. J’essuie le reste du produit sur son trou du cul. J’en profite pour insérer deux de mes doigts avant de mettre à l’entrée de sa cavité anale le bout de mon gland. Je pousse doucement, doucement, avant de voir disparaître centimètre par centimètre le jouet sexuel. Une fois qu’il a tout avalé, je peux commencer à le bourriner. « T’aimes ça, la défonce, salope ? – Oui Madame. » Il se cambre, il s’enfonce sur mon engin, je tape au fond de ses intestins. Je lui dis « branle-toi ». Il passe sa main droite sous son ventre et commence à s’astiquer. « Madame, Madame, puis-je jouir, s’il vous plaît ? – Arrête de réclamer, petite conne. »

Je le défonce encore encore… au bout de dix minutes, je lui dis « jouis, jouis et étale ton foutre sur le matelas ».

Il jouit, il se déverse sur le matelas. Je me retire. Il se met à genoux, la tête baissée, le corps rempli de spasmes nerveux et de soulagement. Il soupire. Il a les yeux remplis de larmes. Les yeux rouges de l’abandon. Je le regarde. Je lui dis « regarde, gros dégueulasse, tu en as foutu de partout, lèche, nettoie, avale». Il soupire une fois de plus; il pose son visage dans sa souillure, il sort sa langue et lape son sperme en chuchotant «merci Madame».

Il se remet à genoux devant moi. Je le prends dans mes bras. Je le serre fort, il me dit «merci merci» en pleurant.

Je ne ressens plus rien... Je prends de la distance avec tout ce que je fais, avec tous ceux que je rencontre. Je vis tout en spectatrice, je ne suis plus actrice de ma vie.

Et je consomme en me consumant. Abus d'obus qui explosent et éclatent le ventre. Zombie de l'amour. Va marcher, toi, avec une moitié de toi amputée. Sur un seul pied, on met plus de temps à avancer.

FUCKING GIRL

Les jours passent, les semaines défilent, je ne vois pas le temps passer, c'est bon signe. J'additionne les rencontres, les défis, les expériences de vie. Je m'inscris sur un site de rencontres. Par expérience, par jeu. Un site de rencontres pour les femmes. J'échange des messages sans aucun intérêt avec des nanas en manque de relations, des nanas en manque d'amour, de douceur et de tendresse. Des nanas qui ne m'intéressent pas.

J'ai envie de sexe, juste de sexe, juste de cyprine, de chatte, de seins, de jeux.

Je m'installe devant mon ordi avec un bon verre de vin rouge. Je consulte les profils des nanas en manque de tout. Je me roule une clope, je traîne en culotte, torse nu. J'ai la flemme de bouger ce soir, c'est pour ça que je reste le cul posé sur ma chaise de bureau, à pianoter avec des gonzesses écervelées en espérant qu'une puisse sortir du lot.

Morgane, brune, un mètre soixante-dix, hôtesse de l'air ; elle aime la lecture, la philo et le sexe. Elle a trente-cinq ans. Deux trois échanges de banalité « salut, ça va ? Pourquoi t'es inscrite sur ce site de rencontres ? – Pour faire des rencontres ». Question conne réponse débile.

Il est vingt et une heures trente. Morgane habite à trente minutes de chez moi. Je garde ça dans un coin de ma tête. Il est vingt-deux heures trente quand je lui écris « ça te dirait de passer chez moi boire un café ? ». Elle compose son message « 0625313000 appelle-moi avant ».

Mademoiselle est prudente, elle a raison, je pourrais être un mec tordu. Je ne suis pas un mec, mais que je suis quand même complètement tordue.

Elle est mon casse-croûte du soir, si elle ne vient pas, j'irai piocher la dernière tranche de jambon dans mon frigo.

– Salut Morgane, rassurée ? Ma voix n'est pas trop testostéronée ?

– Moqueuse. Je préfère être prudente.

– Parce qu'entendre la voix d'une nana au téléphone, c'est prudent pour toi ? Qui t'dit que je n'suis pas avec une bande de potes, là ?

– Pfff, t'es bête.

– Tu flippes ?

– … non… pas du tout…

– Alors viens, prends le risque de me rejoindre. Je t'envoie mon adresse par SMS.

Je raccroche sans lui laisser le temps de répondre. Lui laisser le temps de répondre, c'est lui laisser le temps de réfléchir ; si elle réfléchit, elle fera jouer son cerveau et non plus le bas de son ventre.

Je lui envoie mon adresse par SMS. Elle me répond « à tout de suite ». Je fonce sous la douche, je me fais saigner les jambes en me rasant. Je repense aux coups de fouet de H, aux coups de martinet de S, au bondage étouffant d'Alex. Je regarde le sang glisser sur ma peau blafarde. Absence. Je m'évade quelques secondes ou quelques minutes, je n'ai pas la notion du temps lorsque je fais des absences. Elles sont de plus en plus présentes en ce moment, comme les bourdonnements qui n'ont de cesse de remplir ma tête. J'ai la tête penchée sur mes jambes, sur mes coupures, j'ai le rasoir dans la main droite.

Je me sèche, je coiffe rapidement mes longs cheveux, un coup de crayon noir sous mes yeux bleus, un débardeur, un jean, des bougies dans la salle à manger, un peu de musique lounge pour qu'elle « s'allounge ».

Je prends ma boîte de sextoys et l'apporte près du canapé, prête à l'emploi. Je ne baiserai pas dans mon lit, je la baiserai sur le canapé et sur mon plancher. Je baisais avec Alex dans mon lit. Je ne dormirai avec personne dans mon lit, mes draps portent encore l'odeur du corps du Loup.

Sonnerie. Je vais ouvrir. Je n'ai pas peur qu'elle ne me plaise pas, peu importe son physique, j'ai juste besoin de son corps.

Mais Morgane est belle, brune, les cheveux longs, menue, toute menue. Yeux bleus et bouche pulpeuse, un appel au baiser langoureux. Une fée.

Elle me regarde, bafouille un « bonsoir » timide. Je prends la bouteille qu'elle me tend. Je ne parle pas. Je n'ai pas envie de parler. Elle marche derrière moi, elle me dit « il n'y a pas de circulation à cette heure-là... puis c'est pratique d'avoir une voiture. Le métro la nuit ça me fait peur... je ne pensais pas que je sort... »

Je la regarde, je lui dis « chut... tais-toi ».

Nous arrivons dans le salon. Je lui dis « assieds-toi ». Elle regarde le canapé « prêt à l'emploi ».

Je vais dans la cuisine et je la laisse seule assise au salon. Elle a les mains posées sur ses cuisses, le corps près du canapé transformé en lit, elle est prête à s'enfuir. Petite proie est effrayée, petite proie est excitée. Je reviens avec deux verres. Je suis S. Je suis S, le premier soir de notre rencontre. Je me revois, un peu tremblante. Ce soir, c'est moi qui prends le contrôle de tout. Ma carapace est dure, mon armure indestructible. J'emmagasine, j'emprisonne les maux.

J'ouvre la bouteille, je remplis les deux verres. Je ne parle toujours pas. Je lui tends un verre. « À notre rencontre. » Nous trinquons. Elle trempe ses lèvres dans le verre. Elle ne me regarde pas. Je prends son verre, je le pose sur la table, je pose le mien. Je prends son visage entre mes mains. Je plonge mon regard dans ses grands yeux clairs, elle soupire. Ça m'excite de savoir que, dans quelques instants, Morgane s'abandonnera à moi alors qu'elle-même n'en a pas encore conscience. « *Il y a des choses qui se sentent.* »

Je l'embrasse, elle soupire de nouveau. Je sens son corps se contracter et se relâcher. Je passe ma main entre ses cuisses, par-dessus son jean. J'appuie un peu, je presse son intimité, elle gémit. Tout en l'embrassant, je déboutonne son pantalon, je passe ma main sur naissance de son sexe. Elle lève son bassin. Elle tire sur son jean pour le faire glisser à terre. Elle ne porte pas de culotte. Elle se retrouve presque nue, offerte sur mon canapé. Elle se retrouve presque nue, avec comme seul vêtement son chemisier transparent sous lequel pointent ses deux tétons dressés.

Je la fixe, elle baisse son regard. Je lui dis « regarde-moi, ne me quitte pas des yeux, c'est bien compris ? ».

J'arrache les boutons de son chemisier transparent. Les boutons sont expulsés, quelques-uns rebondissent sur le parquet. Elle me regarde surprise, « mais je n'ai rien d'autre à me mettre ».

Je lui dis « écarte tes cuisses et tais-toi, tu parles trop ». Je m'assois face à elle, le cul posé sur la table basse de la salle à manger. Je chuchote « écarte mieux que ça. Pose tes pieds sur le canapé et offre-toi ». Je rapproche un peu la table basse de façon à pouvoir toucher son sexe en tendant le bras. « C'est bien, maintenant, écarte ta chatte avec tes mains ». Ses yeux s'écarquillent, ses joues rosissent, sa bouche se gonfle de désir ; hésitante, elle pose ses mains de part et d'autre de son sexe déjà gonflé de désir et d'excitation. Elle m'offre sa chatte aux lèvres roses et appétissantes, au clitoris à peine visible. Je souris. Je l'observe. Je la laisse ainsi quelques secondes. Elle tourne la tête sur le côté, les deux mains écartant sa chatte trempée. Je lui dis « t'as honte ? Ça t'excite pourtant… reste comme ça, ne bouge pas. Et garde bien cette position jusqu'à ce que je revienne ».

Je me lève. Je la laisse ainsi, les deux mains tenant son sexe affamé.

« Bouge pas, petite salope. » Je prends mon appareil photo. Morgane m'inspire. Je me rassois sur la table basse. Je lui tends son verre. Elle le prend. Elle serre ses jambes. Je lui dis « qui t'a dit de serrer les cuisses ? ». Elle écarte de nouveau ses jambes. J'écarte sa chemise transparente aux boutons arrachés. Je la prends en photo. Elle frissonne. Je m'approche un peu plus près de son corps et prends son sexe en photo. Elle dégouline. Elle me tend son verre. Je le pose sur la table basse.

– Tu veux bien me faire plaisir ? lui demandé-je.

– Oui.

– Mets-toi à quatre pattes sur le canapé.

Elle se tourne. Elle est belle.

– Cambre-toi.

Je me positionne à l'arrière, juste près de son cul. Je lui dis « pose ta tête sur tes mains ». Je passe ma main entre ses cuisses. « T'es trempée, petite salope. Dis-moi, t'aimerais que j'te défonce, là ? »

– Oh oui.
– Demande-moi… donne-moi envie de te défoncer.
– S'il te plaît, Rose, défonce-moi…
– Ondule ton cul…

J'enfonce deux doigts dans son méat trempé et j'active rapidement le mouvement. Elle gémit encore plus fort. Elle gicle sur le canapé. Je reprends mon appareil photo. « Ne bouge pas, t'en as foutu partout… t'es une vraie cochonne, toi ». Je rigole en prenant quelques clichés. Elle tourne son visage empourpré vers moi. Elle est belle quand elle est animale. Elle m'excite. Je pose mon appareil sur la table basse. Elle reste le cul en l'air.

– Couche-toi sur le dos » lui dis-je en prenant quelques ustensiles dans mon coffre à jouets.

Elle me regarde, elle écarquille les yeux et sourit un peu gênée.

– Ne joue pas les prudes, petite fille… je sais que tu es une petite vicieuse.

Elle met sa main sur son visage. Je passe entre ses cuisses. J'active le vibro que je pose sur son clito, elle frémit. « Je suis qu'à la vitesse minimum et déjà tu t'agites ? » Elle a posé son bras sur ses yeux et elle sourit. Je laisse le vibromasseur sur son clitoris qui grossit petit à petit… Je garde la position, j'active juste les vibrations. J'attends. Je patiente. Elle coule, elle coule doucement sur les draps. Elle gémit « mon Dieu, mon Dieu, je… je… ».

– … Tu te pisses dessus, vicieuse.
– J'ai honte… je vais…
– T'as honte, et pourtant t'en demandes encore…
– Je vais… je vais… j…
– Non… tu ne jouiras certainement pas…

Je retire le vibromasseur. Je lui caresse le ventre. J'enfonce mes doigts dans son ventre, antre de velours… elle est trempée, chaude… je me couche sur elle. Je garde mes doigts dans sa chatte et je les active doucement tout en titillant son clito avec mon pouce. Je la regarde, j'embrasse son cou, j'embrasse ses lèvres brûlantes. Elle sort sa langue et l'enfourne dans ma bouche en gémissant. Elle ondule son bassin. Elle me chuchote « je t'en prie, Rose, prends-moi, défonce-moi… ».

Je me relève. Je prends mon gode-ceinture. Je prends un préservatif. J'enfile mon arme, je mets la capote sur ma queue. Elle me regarde, le regard de braise, les joues roses… Je la prends, je la tourne sur le côté. Je me mets à l'arrière. Je prends ma bite et l'enfonce dans son sexe dégoulinant de désir. Elle plaque son cul contre mon ventre et avale le gode en entier. Je sors. Je la repositionne à quatre pattes. Je lui dis « j'ai des voisins, mets ta tête dans l'oreiller, je ne veux pas t'entendre hurler ». Elle pose son visage dans l'oreiller. Elle s'exprime dans le coussin, elle hurle quand je la culbute. J'agrippe son cul, je la défonce. Les mouvements dans sa chatte frottent la ceinture du gode contre mon sexe. Je sens la jouissance monter lorsqu'elle se relève d'un coup pour hurler son orgasme. Je jouis en silence, la cyprine coule le long de mes jambes. Je m'allonge sur son dos, je caresse ses cheveux, je me retire.

Je prends Morgane dans mes bras. Elle commence à m'embrasser, à faire glisser ses baisers le long de mon corps, à faire glisser ses mains sur mon ventre et entre mes cuisses. Je prends sa main « non, je suis fatiguée, Morgane ». Elle s'endort, la tête posée sur ma poitrine.

Le lendemain matin au réveil, elle me demande ce que je fais ce soir, si c'est possible qu'on se revoie. Je lui réponds que je serai à la soirée de ma pote au *Lighter*. Elle me demande si elle peut venir. Elle est libre de faire ce qu'elle veut, je l'avertis cependant qu'ça sera pas la peine de me coller toute la soirée, que je serai avec mes potes et que j'n'ai pas envie de m'emmerder avec une nana. Colère, elle est partie de chez moi, je ne la verrai pas ce soir…

Je ne ressens rien au contact des corps qui s'abandonnent contre moi. Je ne ressens rien lorsqu'on me dit de jolies phrases. Je trouve les gens fades à en crever. Ils se ressemblent tous, photocopie du corps et de l'esprit. Personne ne sort du lot. Ils sont tous de gentils petits moutons, de gentilles petites fourmis. La vie est fade comme un plat sans sel.

J'essaie de trouver un intérêt quelconque, de trouver des distractions qui me permettraient de tenir encore quelques années. Quatre cents mois à tenir avant de passer de l'autre côté. Ne rien regretter.

TAVERNIER

Il est presque minuit. Je ne suis pas fatiguée. Je m'arrête au bar d'un de mes potes, Sylvain. Ça fait presque quatre ans que je le connais. Il ne m'attire pas. Petit gros, presque soixante ans. Il me dit « Rose, ça fait plaisir de te voir, ça fait une paie ». Il n'a pas changé. Il me dit « je vais fermer le bar, tu restes avec nous ? ». « Nous », c'est lui, c'est lui et un de ses potes pas mal du tout, grand mince au regard de chien battu. Je reste avec « nous ». Sylvain me paie une coupette, puis une autre. J'enquille les verres les uns après les autres, jusqu'à ressentir le vertige. L'ami de Sylvain s'appelle Michel. Michel s'approche de moi. Il me dit « Rose, vous êtes tellement belle ». Il approche sa bouche de mon cou. Je me tourne et je lui tire une claque. Je lui tire une claque, car j'ai vu dans son regard qu'il cherchait l'humiliation ; une chance sur deux. Ses yeux s'illuminent, j'ai tapé au bon endroit. Je lui dis « qui t'a autorisé ? ».

– Pardon Madame…

Il se met à genoux. Sylvain a dû lui parler de mes pratiques. J'ai envie de lui faire mal. Il faut que je fasse attention. Il ne faut pas que je mélange haine, colère et jeux. Sylvain m'observe de loin en souriant, en essuyant les verres. Quelque chose m'attire dans le regard vicieux de Sylvain. Je laisse Michel à terre, les genoux posés sur le carrelage. Je lui dis « pas bouger ». J'ai envie de me faire défoncer.

Je m'approche de Sylvain. Sylvain pose son torchon sur le bar. Je ne vois plus son gros ventre, je ne vois plus son physique ingrat. Je ne vois que ses yeux, un appel au sexe. Je regarde Michel, je dis « viens ici et paie-nous une bouteille ». Michel obéit en baissant les yeux. Michel est avocat. Michel a de l'argent.

Sylvain débouche la bouteille de champagne et nous sert. Puis Sylvain vient se mettre près de moi. Je m'allume une clope. Michel tend sa main pour prendre une cigarette dans mon paquet. Je le fixe, je lui dis « qu'est ce que tu fous ? ».

– Je peux ? S'il vous plaît ?

– Non.

Je propose une cigarette à Sylvain. Nous buvons tous les trois la bouteille de champagne. Le champagne m'euphorise. Je suis dans un bar avec deux mecs.

C'est moi aujourd'hui qui donne le mal aux hommes. Je n'ai pas peur des hommes qui ont trop bu. Je ne suis plus une petite fille.

Je regarde Sylvain. La chaleur envahit mes sens, ma chatte dégouline. Sylvain s'approche de moi. Il agrippe l'arrière de ma chevelure et m'embrasse. Il me dit « viens, allons sur un des canapés ». Nous allons sur le canapé, au fond du café, Michel nous suit, gentil petit chienchien.

Je m'assois sur un canapé avec Sylvain.

Je dis à Michel « installe-toi en face, j'ai envie que tu nous mates ». Sylvain me susurre à l'oreille « t'es une vicieuse, Rose, et j'adore ça ».

Je fixe Michel, je fixe la bosse sous le pantalon de Michel. Sylvain regarde Michel en faisant descendre mon fute à terre. Sylvain dit à Michel « t'as vu ça un peu, t'aimerais être à ma place… ».

Puis il passe ses mains sur ma chatte, écarte un peu mes jambes.

« Regarde, Michel, sa chatte est trempée, je suis certain que tu voudrais laper » dit Sylvain.

Je commence à me laisser aller. Je commence à mouiller de plus en plus. Je commence à avoir envie de me faire défoncer comme une pute lubrique.

Sylvain m'enlève mon débardeur.

Je suis à poil sur le canapé. À poil, les jambes écartées devant un mec qui crève d'envie de me sauter et un autre qui va me baiser. Sylvain pince mes seins, je frissonne. Il enfourne ses doigts dans mon ventre, je gémis. Je dis à Sylvain « fais lécher tes doigts au chien». Sylvain appelle Michel qui arrive à quatre pattes. Michel lèche les doigts de Sylvain. Sylvain sort sa bite. Sylvain regarde Michel.

– Tu ne vas pas baiser Rose, c'est moi qui vais le faire, mais j'ai envie que tu suces ma bite…

Michel s'approche de la queue de Sylvain. Je reste à regarder la bouche de Michel engloutir la queue de Sylvain. Je me branle en regardant le spectacle. Je dis à Michel «déshabille-toi». Ils sont tous les deux à poil avec leurs chaussettes aux pieds, ringards jusqu'au bout.

Michel est à genoux. Moi je me fous à quatre pattes, le cul vers Sylvain. «Sylvain, défonce-moi…». Sylvain sort une capote de la poche de son pantalon en boule sur le sol. Il me prend sans ménagement. Je dis à Michel «branle-toi».

Michel secoue sa queue, Sylvain me défonce. Il me faut pas plus de cinq minutes pour jouir en me déversant sur le canapé du bar. Je me rassois. Je dis à Sylvain «défonce-le et jouis dans son cul».

Sylvain change de capote. Michel se positionne au sol à quatre pattes. Je m'approche de Michel, je m'assois sur sa nuque pour le tenir à terre. «Défonce-le» dis-je à Sylvain. Sans préparation aucune, Sylvain fait disparaître sa queue dans le cul de Michel. Michel branle sa bite. Et moi je frotte ma chatte sur ses cheveux.

«Je vais venir» dit Sylvain.

Je me relève, Sylvain pousse un râle sauvage avant de s'avachir de tout son poids sur le dos de Michel. Il sort son sexe ramolli. Je lui dis «donne-moi ta capote». Il me tend le condom rempli de liquide blanc.

Je dis à Michel «fous-toi à genoux et bascule ta tête à l'arrière». Il obéit. «Ouvre ta bouche». Je prends la capote, je la tourne en pinçant pour ne pas que le sperme sorte de suite. Michel a la gueule ouverte, les yeux fermés. Je vide la capote dans sa bouche: «avale-tout»…

Il avale tout en grimaçant.

J'ai cru qu'il allait gerber sur mes pieds.

On se rhabille en se marrant, complètement bourrés. On se termine au champagne car faut rien gaspiller. Michel se fait un rail de coke, Sylvain se roule un bédo et moi j'ai envie d'un Doliprane.

Je termine la soirée à gerber, la tête baissée dans la cuvette des w.-c., Sylvain qui me tient les cheveux en se marrant pendant que Michel chante et danse dans le bar.

J' suis pas bien… j'suis malade…

LES AMANTS

Dix-neuf heures… Je bois un café à la terrasse d'un bar, toujours la clope au bec.

Il y a près de moi deux futurs amants. Ils n'ont pas encore « consommé ». Ça se voit de suite, les gens qui ont ou pas consommé. Ils sont affamés et leur appétit se lit dans leur regard. Les futurs amants s'embrassent à pleine bouche. Je vois leurs langues s'emmêler, je vois leurs salives se mélanger. Ils ne se cachent pas, car ils se pensent seuls. J'envie leur bulle d'amour. La mienne a éclaté en mille morceaux de douleur. Les futurs amants sont enveloppés, enfermés dans un monde à part, une bulle qu'ils pensent indestructible, une bulle « cadenassée » par les émotions.

Lui, il donne la caresse sur la joue. L'autre cligne des yeux et pince sa lèvre inférieure. Les futurs amants boivent du vin. Ils boivent le vin, face à face, les corps en contact permanent ; contact main-main, pied-pied, main-bras… les futurs amants s'embrassent encore. Synesthésie. Je ressens leur désir, j'entends leurs battements de cœur, sentiments en perpétuelle mutation.

Les futurs amants viennent de terminer la bouteille de vin. Les gens autour d'eux partent peu à peu, et moi, je reste là à observer les futurs amants qui ne me voient pas. Tachycardie permanente.

Je suis le témoin de leur amour naissant. Ils ne connaissent pas encore les tempêtes,

Ils ne connaissent pas encore les colères, ni les larmes, ni la détresse, ni la jalousie. Ils parlent le même langage. Ils ne connaissent pas encore la douleur. Ils ne connaissent pas encore la déchirure. Ils ne connaissent pas encore les silences et les mots qui torturent.

Alex ne reviendra pas. Je me contenterai d'ersatz. La vie n'est pas un roman, la vie n'est qu'un cauchemar permanent. Il vaut mieux être lecteur, on peut changer de bouquin quand l'envie nous prend.

Je ne sais pas si je parviendrai un jour à me poser avec quelqu'un. Je me fais une raison. Je me console. D'façon, la vie d'artiste…

Vivre avec un artiste, qu'il soit chanteur, peintre ou troubadour, c'est accepter de vivre avec une personne versatile, hypersensible, égoïste, solitaire, en constant désordre sentimental.

Vivre avec un artiste, c'est accepter ses moments de joie et de peine, ses ascensions comme ses chutes morales,

C'est savoir se retirer quand il faut,

C'est apprendre à aimer ses silences, à respecter ses décisions, ses indécisions, ses peurs,

C'est prendre le risque de vivre en marge de cette société de pseudo-bien-pensants,

Prendre le risque de vivre en décalé, en démesure, en perpétuel changement,

Vivre avec l'artiste, c'est accepter de ne pas être le centre de sa vie,

C'est apprendre à rester muse ou pygmalion,

C'est faire preuve de patience, d'amour, de tendresse, de compréhension…

C'est l'aider lorsqu'il voit noir,

C'est l'épauler lorsque tout s'effondre,

C'est apprendre à comprendre les larmes, les maux derrière les cris, les hurlements…

C'est sourire lorsqu'il est joyeux,

Le recadrer lorsqu'il part en couilles,

S'imposer en douceur pour ne pas lui faire peur,

Lui raconter des histoires qui nourrissent ses rêves

Accepter sa liberté, panser ses ailes blessées…

Je terminerai ma vie seule, avec un peu de chance j'aurai un chat pour me tenir chaud les soirs d'hiver, ou un chien pour me consoler lorsque je chuterai.

Je sais que je finirai seule, car je ne veux plus aimer.

L'amour, c'est l'enfermement. L'amour, c'est l'art d'être seul à deux. L'amour, c'est la sentence, le coup de foudre qui brise la solitude, qui brise la liberté, qui brise l'indépendance.

Vivre à deux, c'est la difficulté.

Vivre à deux, c'est la déconstruction de l'être pour ne former plus qu'une seule et même personne.

L'amour, c'est l'oubli de soi pour le bien-être de l'autre.

L'amour, c'est apprendre à vivre avec l'étranger qui devient l'amoureux.

L'amour, c'est supporter la porte des chiottes ouverte, le nez qui coule un soir d'hiver, c'est supporter les jérémiades, les coups de blues, les coups de sang, les coups de mou.

Vivre à deux, c'est la mort de la séduction.

Vivre à deux, c'est la mort de l'amour.

Un coup en haut, un coup en bas. Un coup en bas, un coup en haut.

Au début, on me dédicace « J'ai attrapé un coup de soleil » de Cocciante, et à la fin on m'envoie « Fuck you » d'Archive.

L'amour, ça ralentit.

Parfois, on y croit à toutes ces histoires d'amour merdiques qu'on lit dans les romans à l'eau de rose, Harlequin champion de l'amour. Alors on teste l'amour romancé, on essaie de mettre en pratique les actes manqués.

Puis on se réveille en se cassant la gueule du lit et en se tordant le petit orteil contre l'angle de la commode. Ça fait mal, mais on retient ses cris en faisant la grimace qui défigure.

Distraction, étreintes multiples, j'embrasse des gens, je baise des gens. Je suis vide, mon ventre est le tonneau des Danaïdes, le trou abyssal. Ma curiosité est insatiable.

Le cœur en vrac, démembrée, démantibulée, cassée, brisée, je ne parviens plus à aimer. Encore faudrait-il que j'aie envie d'aimer.

J'admirais Alex, j'admirais ses vices, ses perversités, ses maux, ses névroses. Aveuglée par les sentiments, je me suis minimisée pour qu'il puisse grandir chaque jour un peu plus. Nous avons vécu l'illusion éphémère de l'amour.

LE FLIC

Mag me présente un de ses potes, Ludo. Il mesure un mètre quatre-vingt-cinq, il est musclé, flic, plutôt beau gosse, divorcé, deux enfants… La femme célibataire se doit d'avoir plusieurs amants, question pratique : un plombier, un garagiste, un flic et un avocat…

Ludo m'avait passé sa carte de visite lors de notre première rencontre. « Commissaire » ; je l'avais zappé durant quelques jours et je suis retombée sur sa carte un beau matin, par hasard.

Je dois aller voir le médecin. Examen de routine, frottis et tout le tintouin, histoire de me rassurer et de ne pas donner une merde à l'une de mes conquêtes, question de respect.

Avec Alex, on ne se protégeait pas.

SMS : « salut Ludo, c'est Rose, je me demandais si à tout hasard tu étais pris ce soir ? »

Il me répond dans la minute qui suit « j'attendais ton message, je suis disponible, je t'invite à dîner ? ».

Rendez-vous sur la place du marché à dix-neuf heures trente. Place du marché, j'arrive en jean et talons aiguilles.

Ludo sourit, les mains dans la poche de sa veste. On s'arrête dans un bar avant d'aller au resto. On parle de son divorce qui n'en finit pas ; il me parle de ses gosses, de sa maison qu'il met en vente. J'ai envie de baiser.

Il me dit que ce n'est pas facile de terminer une relation, même si on s'entend bien. Puis il me regarde, il me dit « j'aime ton regard ». On boit une bouteille de Saint Jo, puis une bouteille de champagne qu'on terminera dans la chambre. Chambre 37. Je lui dis « j'ai des pratiques sexuelles un peu particulières ». Il sourit et me répond « et moi je suis un homme très curieux. »

Ludo est gentil, banal. Il me caresse comme Fred, comme certains amants au parfum de vanille. Des caresses douces, fragiles et timides.

Je m'allonge sur le lit, nue. Je me suis déshabillée pendant qu'il se déshabillait. On s'est déshabillés comme on se déshabille lorsqu'on est un couple établi. Je défais le lit et je m'installe sur le drap frais. Roulage de pelles, caresses, préliminaires pipe-cuni, préparation du vagin avec les doigts immobiles au fond du ventre, simulation, bite qui prend la place des doigts dans le vagin. Réception du sexe masculin par le sexe féminin. Petits gémissements pour éviter qu'il se sente nul au pieu, pour flatter son ego de mâle.

Mon corps a toujours mal lorsqu'une queue s'enfonce dans mes entrailles. Souvenir douloureux d'un amour perdu. Je bois entre deux pauses. Je bois pour endolorir le corps, pour endolorir la tête, je bois pour ne plus penser et laisser enfin ma chatte vivre et avaler.

J'ai trop bu, j'ai la tête qui tourne. Je me fous à quatre pattes sur le lit. Il me défonce. Je lui dis « parle-moi, insulte-moi ». Il s'active dans ma chatte et me dit « tu aimes ça, ma coquine », j'ai étouffé un début de fou rire. Je lui dis « non, lâche-toi, traite-moi de salope ». Il sort sa queue de mon ventre, s'assoit sur le lit. Sa queue est ramollie. Il me dit « je ne sais pas si je pourrais t'insulter de la sorte, tu m'impressionnes trop, je n'ai jamais traité une femme comme ça ».

Puis il me raconte sa vie avec sa femme. Puis il me raconte le sexe « normal » avec sa femme. Je le regarde, mes yeux se ferment peu à peu et moi je n'ai pas eu d'orgasme. Extrasystoles, hallucination auditive, sensation d'étouffement, sueur, l'arrière de la tête qui chauffe… Je suis en état de manque comme une accro au crack qui n'a pas eu sa dose de merde…

Mes doigts se posent instinctivement sur mon clitoris. J'écarte mes jambes devant l'homme qui se confie. J'écarte les jambes et j'agrippe mon sexe à pleine main. Je commence à gémir. Il me dit « tu m'excites, mais je ne sais pas quoi faire, j'ai peur d'être ridicule ». Je lui réponds « place juste tes doigts dans mon ventre et défonce-moi quand je te dirai de me défoncer… ».

Il se met à genoux entre mes jambes, il obéit. Il n'arrête pas de me dire que je l'excite, que jamais il n'a connu une femme comme moi. Je ne l'écoute pas. J'imagine Alex en train de baiser avec une femme devant moi. J'imagine qu'il me dit « tu vois, maintenant je baise avec une autre que toi ». Je grimpe en dix minutes. Je jouis en éjaculant sur les doigts de Ludo qui change de visage. Il écarquille les yeux, il ouvre grand la bouche comme un enfant devant le plus beau cadeau qu'il rêvait d'avoir. Il veut me prendre dans ses bras. Je me couche sur le ventre. Je m'endors.

R

Direction Lyon, enfin le Sud. « Notre ville ». Ce soir, il y a une soirée BDSM, je me suis engagée à prendre deux trois clichés de la soirée.

Je propose à Mag de venir. Je l'ai avertie, je lui ai dit « si tu fais un pas dans ce milieu-là, peu de chance que tu puisses revenir en arrière, surtout si t'aimes ça. »

Elle veut goûter à tout, elle est curieuse, Mag.

On s'est pris une chambre d'hôtel près du lieu de la soirée, au moins si on se bourre la gueule, pas besoin de prendre la caisse. Il est vingt et une heures. J'enfile le shorty en vinyle noir, j'enfile le bustier en vinyle noir, j'enfile le porte-jarretelles et les bas résille.

Mag porte le corset trop serré en cuir sur la chemise transparente noire qui laisse apparaître ses seins lourds et appétissants. Elle porte le pantalon de cuir noir et les talons trop hauts. Elle est excitée, comme une gosse à Euro Disney, elle me pose mille questions. Mille questions que j'ai moi aussi posées.

Je ne sais pas si je fais bien de l'emmener dans cet univers. Elle risque de le préférer à celui dans lequel elle vit depuis qu'elle est venue au monde.

Elle prend le risque de trouver les soirées traditionnelles chiantes à en crever.

Elle prend le risque de trouver les gens qui l'entourent, dans sa vie réelle, inintéressants.

Elle prend le risque de devenir addict à certaines situations.

Elle prend le risque de ne plus apprécier la présence de certains amants trop « conventionnels ».

Peut-être m'en voudra-t-elle de l'avoir attirée dans cet univers aux mille nuances de vice.

Nous poussons la lourde porte en bois. La lourde porte en bois qui mène au long couloir sombre. Le long couloir sombre qui mène à l'univers décadent. Alice glisse et court après le lapin blanc.

Nous voilà dans le septième monde. Il y a la musique Rammstein, Oomph, Marylin Manson, univers décalé. Il y a les gens déguisés, les masques de cuir, les cochons, les chiens, les esclaves, les déesses, les dominas, les Messeigneurs, les pirates, les commandants, les prisonniers ; il y a les gens qui se transforment, les gens qui deviennent autres pour sortir de la réalité qui oppresse.

Un soumis, nu, un collier autour du cou, une laisse qui pend au collier, passe à côté de Mag. Il lui sourit et baisse le regard. Mag est imposante. Mag ne sourit pas. Mag crée peu à peu son personnage, elle devient le personnage, celui qui lui permettra de s'évader du monde réel.

Mag est une femme qui aime garder le pouvoir sur l'homme, non pas pour se venger, non pas parce qu'elle déteste les hommes et qu'elle a des comptes à régler avec eux ; juste parce qu'elle les aime d'être faibles par moments ; juste parce que leur plaisir devient sien.

Au loin, il y a un homme de soixante ans qui s'approche de nous. Plus petit que moi, mais imposant. Il a un fouet dans la main. Mon corps frémit. Il y a tellement longtemps que je n'ai pas ressenti la douleur qui libère. Je reste donc là, immobile, l'appareil photo pendu autour de mon cou. Je regarde l'homme, je lui souris. L'homme me dit « je vous connais jeune fille ».

– Peut-être, lui répondis-je timidement.

– Si, je vous connais, nous nous sommes rencontrés lors de vos expos, c'était à Paris il y a trois ou quatre ans, je crois…

– Peut-être…

L'homme ressemble étrangement à H. Puis nous discutons, l'homme et moi. Je pose les questions, les questions sur sa pratique, sur son expérience, il parle technique, il parle pratique. Il pourrait me donner la douleur qui libère. L'homme fait partie de l'univers décadent depuis plus de quarante ans. L'homme a l'expérience des sens. J'ai besoin de ressentir la bascule, de partir dans la bulle qui fait oublier les problèmes de vie, d'existence et de ressenti. Je dis « R, mon corps et ma tête réclament les coups ». R sourit… il me prend la main. Il me dirige au centre d'une petite alcôve. Il y a des gens qui nous ont suivis, des gens qui s'installent contre le mur, en spectateurs. R me dit « ne bouge pas, tu vas être l'attraction de la soirée ». Je frissonne. R me dit « déshabille-toi ». R est le docteur et je suis la patiente malade.

Je reste nue, immobile, les mains posées sur le poteau, le corps prêt à recevoir.

J'entends le bruit du martinet, le bruit des lanières de cuir, le bruit du ventilateur manuel. Frissons. R commence à chauffer mon dos ; il chauffe mon dos en fouettant ma peau avec les lanières de cuir des martinets. Moulinets. Je prends, je reçois. Je me souviens des mots d'Alex « tu n'es pas résistante, on m'a menti sur le produit fini ». Je serre les dents, « promenons-nous dans les bois »… Je commence à jouir des brûlures. Je reçois encore. Je ne sens plus les lanières de cuir sur mon dos, je ne sens plus la douleur, je ne sens que du plaisir. R tape plus fort encore. Les coups résonnent dans ma tête et de ma chatte s'échappent des jets de jouissance.

Puis R s'approche de moi, caresse mon dos, me dit « les gens te regardent, tu es résistante, on va passer aux choses sérieuses. T'es prête ? » Je lui susurre un « oui » reconnaissant.

Il y a le bruit du sifflement, j'ai reconnu le serpent qui danse dans les airs. J'ai reconnu l'animal que j'aime autant que je hais. Premier coup sur mon corps, petite déchirure de peau ; je commence à chanter la comptine pour enfant, la clef de ma bascule. Je chante la comptine et le serpent mord ma chair. Je sens le liquide de jouissance couler entre mes jambes. R, souvent, vient me caresser le dos. Il ne touche jamais mon intimité, il ne s'occupe pas de mon plaisir orgasmique par le sexe, il s'occupe de mon plaisir orgasmique par la libération d'hormones.

Je laisse R gérer, car j'ai confiance en lui, car mon corps l'accueille, car mon cerveau se met en pause.

Il continue de me lacérer le dos, et j'ondule comme un animal sauvage, comme l'étalon épuisé à force de s'être trop fait monter.

J'ondule et le serpent me mord, encore et encore. Claquement. Déchirure de ma chair, je sens le sang et les gouttes de transpiration perler le long de mes échines. Je ne défaille pas. Je laisse le serpent se nourrir. Et je me vide peu à peu, je me vide de mes douleurs accumulées. Je ne pleure pas. J'encaisse. Un nouveau coup, une nouvelle déchirure, je frissonne. Je chante encore la comptine pour enfant. Je sens les regards sur moi. R revient vers moi, il me caresse une fois de plus le dos. Il me dit « je suis fière de toi ». Il me donne des coups de plus en plus fort. Jusqu'au moment où mon corps cède, mes jambes m'abandonnent, je me retrouve à terre. R, doucement, dit « relève toi… ». Je lève le bras et baisse la tête. Il me dit « relève-toi, tu peux encore supporter ». Alors je me relève. Je sais qu'il a raison. R me pousse au-delà de mes limites, il me pousse comme H me poussait. Je me remets en position. Je me remets les bras posés sur le poteau, nue, offerte aux regards des gens qui ressentent l'émotion palpable de l'envolée des maux.

R dit « je vais te donner encore cinq coups que tu vas compter avec moi » ; je ne veux pas que ça se termine, je voudrais rester là encore, les mains posées sur le poteau. « 1 », je bascule la tête en arrière. « 2 », coup encore plus violent, mon corps commence à faiblir. « 3 ». « 4 ». « 5 », déchirure, plaie ouverte, je tombe à terre la main levée. Je ne pleure pas. Je me relève. Je me mets près du poteau, prête à encaisser de nouveaux coups qui me donneraient la libération, la bascule. R vient vers moi, il me dit « c'est terminé ». Je lui dis « non, donne-m'en encore. Frappe-moi jusqu'à ce que je pleure ».

Il me dit « prends tes vêtements, viens avec moi, tes larmes vont arriver, fais-moi confiance ».

Je reste près du poteau. Je lui dis « recommence ». Il prend mes mains, les baisse. Il prend mes vêtements posés sur le sol, il me prend le bras, il me dit « viens, tes larmes vont arriver ».

Je me pose sur le banc, je me pose et commence par enfiler mes bas. R est debout devant moi. Il me dit « t'encaisses bien, gamine, tu m'as rendu fier ». Une larme commence à couler. J'enfile mon deuxième bas. R me dit « personne n'a le droit de dire que tu n'es rien, personne n'a le droit de dire que tu es un produit avec un vice de forme». Deuxième larme. Je prends mon porte-jarretelles, je l'attache à la taille. R dit «t'es pas une soumise en fait, tu fais partie de celles qui ont besoin de ressentir le mal pour être bien». Je défaille, mon corps ne répond plus et s'affaisse complètement. J'éclate en sanglots. Je me mets aux pieds de celui qui m'a donné la douleur qui libère. Je pleure et je le regarde en lui disant mille mercis. Il caresse ma tête… Il me dit «je t'avais dit que ça viendrait… parfois, faut pas s'attendre à ce que ça te tombe dessus facilement… parfois ça arrive par surprise».

Je porte les traces sur mon dos, les traces de mes douleurs, de mes maux, de la déchirure de mon âme. J'exhibe fièrement les traces qui signifient que je suis en vie, qui signifient que je suis forte. Les traces qui montrent ma puissance mentale.

Les stries de vie sont ancrées dans mes chairs. J'exhibe le tableau vivant, j'exhibe la toile de maître R.

Il n'a pas besoin de pinceau, il a juste besoin de lanières de cuir, juste besoin de dresser sur ma peau le serpent qui danse dans les airs.

Je suis de celles qui ont besoin de ressentir par le corps la douleur pour libérer les maux de leur subconscient.

Je suis de celles qui se servent de la douleur comme d'un médicament. Je vois la vie de plus en plus sombre.

J'erre dans un long couloir sans fin. Un long couloir enfumé, je cherche la sortie pour pouvoir respirer. Je manque d'air, je suffoque. J'avance encore, je ne m'arrêterai pas. Je ne sais pas où me mène le long couloir sombre enfumé.

Puis je repense à mes marques. Au début à vif, rouges, boursouflées. Je passe les doigts sur les stries dessinées sur ma peau blafarde. C'est beau. Le serpent m'a mordue plusieurs fois, il m'a laissé le venin de la vie. Dans les jours à venir, je pourrai observer le changement, l'évolution des couleurs.

La peau transforme et modifie les formes qui cicatrisent; modifie les traces laissées par la morsure du serpent.

La cicatrisation sera un peu plus longue que prévu. Jaune, bleu, violet, noir…

GREG

Greg se maquille les yeux en soirée, il se maquille les yeux comme les femmes. Il est à la fois fort, sauvage, fragile et sensible…

Les animaux se reconnaissent entre eux, j'ai reconnu Greg au premier regard. Greg, le loup sauvage et domptable, un Croc Blanc…

Installés sur le canapé d'angle de la salle à manger, Greg, Mag et moi discutons en sirotant du champagne. Greg sait recevoir, il a passé sa journée à nous concocter petites verrines, pizzas et quiches maison. L'appart de Greg, grand loft au parquet ciré avec d'immenses baies vitrées, est beau, propre, décoré avec beaucoup de goût.

Mag et moi sommes complètement avachies sur le canapé, un peu bourrées, on regarde Greg danser sur de la musique lounge ; il bouge bien, il remue son bassin, nous regarde langoureusement, caresse son corps et la boursouflure de son entrejambe. Mag me chuchote « putain, s'il continue comme ça, je vais devenir dingue… ». Je lui dis qu'elle n'a qu'à se lever et danser avec lui. Elle me dit « ouais t'as raison, j'ai qu'une vie, merde ». Je me marre en repensant à nos années lycée avec Mag, si on nous avait dit à quinze ans qu'on se taperait des soirées comme celles qu'on est en train de passer, on n'y aurait pas cru.

Tout est rapide, non contrôlé, non décidé, non réfléchi.

Mag me lance de petits regards complices en se frottant contre Greg. Ils s'embrassent. Je reste avachie, pas envie de danser, si je me lève, je dégueule. J'attends que Greg s'approche de moi. Il se penche, il me dit « j'ai envie de baiser ». Alors baisons, Garçon, baisons…

Je suis déjà nue, Mag est presque nue, Greg ne porte qu'un caleçon et un tee-shirt.

Mag caresse Greg, Greg me caresse et moi, je me laisse faire en regardant les mains de Mag parcourir le corps de Greg, et les mains de Greg parcourir mon corps.

Greg embrasse Mag, puis m'embrasse avant que j'embrasse Mag. Je roule des patins à ma pote pendant que l'homme caresse les seins lourds de mon amie.

Nous ne parlons plus. Nous laissons les corps s'exprimer. Nous respirons, nous soupirons, nous gémissons, petit concert à trois voix.

Greg met son nez dans mon cou, il me sent comme l'animal sent, par à-coups. Mag passe sa main sous le caleçon pour sortir la queue de Greg. Elle passe la main avant d'y déposer sa bouche. J'entends les bruits de succion. Je regarde la bouche de Mag aspirer l'engin de Greg ; je regarde ses lèvres ; je regarde sa langue faire le tour de son gland ; je regarde sa salive dégouliner le long de son bâton de chair.

Je sens l'odeur du sexe de Greg mélangée à la salive de Mag. Greg fouille entre mes cuisses. Il plante ses doigts dans mon ventre pendant que Mag le dévore par petits bouts.

Nous nous embrassons. Mag s'occupe de Greg, Greg s'occupe de moi, et moi j'observe encore les actes de chair.

Je me laisse aller sous les caresses de Greg en regardant la bouche de Mag aller et venir sur la queue de Greg. Je regarde la main de Mag presser la bite de Greg pour faire sortir la larme de l'excitation.

Mag se relève, elle embrasse Greg, elle m'embrasse. Troc de baisers. Greg s'allonge sur le dos. Mag pose sa chatte sur le visage de Greg. Je me mets entre les cuisses de l'homme et je regarde le cul de mon amie onduler sur la langue habile du mâle en rut.

Je caresse les couilles de Greg, je les malaxe, je malaxe le sexe. De ma main droite, je caresse le périnée. Je crache sur les parties intimes de Greg. Il gémit. Délicatement, j'insère un de mes doigts dans son cul, pour voir comment il va m'accueillir. J'peux pas lutter, les trous d'cul m'appellent. Il s'ouvre peu à peu. Il serre un peu les fesses et me laisse de nouveau entrer en ondulant son bassin. Je repense au cul offert d'Alex, à son anus qui avalait ma main. Greg m'avale. J'insère un second doigt doucement. Je plie mes deux doigts pour atteindre la petite boule prostatique. Il se cambre. Je dis « branle-toi ».

Il lèche la chatte de mon amie, moi je commence à l'enculer pendant qu'il se masturbe. Son sexe bave, comme bave le sexe des femmes. Je continue la stimulation. Je sens monter en moi une douce chaleur. Elle commence de la racine de mes cheveux, fait battre mon cœur, descend dans mon ventre, explose dans mon sexe. Je jouis par le cerveau. Je jouis en donnant le plaisir à l'homme. Greg dit « je vais venir », il le dit, la bouche remplie du sexe dégoulinant de Mag. Il le dit, étouffé par la chatte de mon amie.

Je le défonce, je ferme les yeux, je sens l'orgasme qui apaise commencer à monter. Mag se déverse dans la bouche de Greg. « Je jouis » hurle-t-elle. Greg éjacule sur son ventre poilu et moi j'orgasme, j'orgasme par le cérébral en aspirant la jouissance de mes deux amis.

Mag se retire du visage de Greg en éclatant de rire. Elle me regarde, sereine, la bouche gonflée, les joues roses, les yeux brillants. Greg a toujours sa main posée sur sa queue, son corps est rempli de spasmes. Et entre mes cuisses, des fils transparents me lient à sa cuisse. Greg se marre. Il dit entre deux gloussements « c'est la première fois que je me fais enculer.... si on m'avait dit qu'à six heures du mat j'aurais droit à une coloscopie, j'y aurais pas cru ».

PSAUMES ET IDÉAL

Quand tu sens un danger potentiel, barre-toi.

Peu importe ce que tu as dit ; peu importe ce que tu as promis, barre-toi.

Fais confiance à l'instinct ; fais confiance à l'animal qui grogne à l'intérieur.

Il faut écouter l'animal qui grogne et qui vit dans l'âme.

Il ne faut pas écouter le cerveau, cerveau formaté et lobotomisé,

Les pensées sont biaisées par l'instruction, l'éducation,

Les pensées sont embrouillées par le « politiquement correct ».

La personne civilisée ne sait plus chasser, elle fait des courses à Intermarché.

La personne civilisée achète les bêtes mortes emballées dans du fil alimentaire bon marché.

La personne civilisée ne sait plus écouter, ne sait plus voir, plus sentir.

L'animal existe dans la caverne de l'âme.

L'animal existe, il est vrai et authentique.

La personne civilisée fait semblant, elle joue le rôle du politiquement correct.

L'animal se moque du politiquement correct,

L'animal, c'est celui qui nous fait hurler, danser, dévorer, chanter…

Il faut toujours écouter l'animal qui vit dans la caverne de l'âme.

L'animal qui dit « chasse, dévore, survis ».

Je m'exorcise chaque jour dans les bras de mes amants. Je caresse les corps comme on caresse les pièces de tissu sur un étal un jour de marché.

Amour de pacotille, société de merde, consommation excessive de plaisir et de sexe comme on consomme le papier cul, comme on gaspille la flotte et la bouffe, la matière et les services. « Je te prends, je te jette, à quoi bon se connaître ? »

On est tous là à attendre comme des cons une personne capable de combler nos manques, Danaïdes en constante attente d'un joint pour réparer la fuite du tonneau. Usée à force de tomber ridiculement en amour, je me suis ramassée la gueule sur le parvis, je suis devenue con, j'ai mis les copains de côté.

J'ai étouffé l'ego en rampant sur des genoux blessés. Je suis devenue la larve baveuse, l'insecte bruyant, la sangsue affamée, en espérant combler l'insatisfait animal qui hurlait « nourris-moi de ton sang, nourris-moi de tes peurs, de ton amour ».

CONATUS

Il y a le flacon d'urine posé sur l'étagère entre le jambon et le poulet sous cellophane. On bouffe de la merde ; on boit comme des trous ; on avale la fumée qui empoisonne.

Sérodiagnostic, vitesse de sédimentation, sérologie des hépatites, thyréostimuline.

On est tous condamnés, condamnés à crever la bouche ouverte, la peau sur les os… marche ou crève. On ne nous laisse le choix de rien. On nous blinde le cerveau de merde qu'on ingurgite sans rien dire. On bosse trop pour gagner moins. Esclave d'un monde qui ne sera pas meilleur.

On s'enferme dans des petites cases de vie. Des cases de plus en plus petites. Des cases qui étouffent. On crèvera par le cul ou par la bouche…

Il y a les maladies du corps, puis celles de l'esprit. Il y a le bourdonnement dans les oreilles. Il y a le sexe comme drogue. Il y a la souffrance que j'extermine à coups de douleurs infligées.

Prise de sang. Prise de médoc. Tous égaux, tous malades de la tête ou du corps.

J'empile mes maux dans un verre d'eau, je noie mon chagrin dans des bouteilles de vin ; je vais me taper un burn-out, c'est certain.

Faut que je sorte, faut que j'oublie, faut que j'avale… j'ai besoin de mon rail d'orgasmes.

Je ne peux pas avoir de relations virtuelles qui durent trop longtemps. J'ai besoin de sentir, de toucher, de baiser, et le « tantrisme virtuel », ce n'est pas mon trip.

Le virtuel, ça va vite… on a commencé par échanger des banalités, puis on est devenus intimes. Période de libération d'ocytocine.

Le mec avec qui je diale, Mathieu, devient addict à mes mots, à ma voix, il est dans l'attente constante du rapprochement physique, cérébral et viscéral.

Lorsque je connaîtrai ses envies et désirs sur le bout de mes doigts, je m'amuserai à faire vibrer sa braguette et son cerveau.

Il veut caresser ma peau, je désire meurtrir sa chair et fouiller ses viscères. J'ai envie de l'entendre gémir sous mes caresses, le faire languir à lui en donner des maux de ventre. J'ai envie de le voir lutter pour ne pas laisser exploser sa jouissance, le faire jouir dans son pantalon et le sortir, ainsi souillé, sans que personne ne se doute qu'il a le calbute rempli de semence.

J'ai rendez-vous avec Mathieu. On s'attend devant le métro Belleville. J'enfile mes rangos, je fous mon casque sur les oreilles, je le rejoins.

Gabardine, grand, il est beau.

On boit un coup dans un bar… les bars sont un peu ma vie. Mon père m'amenait souvent dans les bars. Je commandais un jus d'abricot pendant qu'il se bourrait la gueule à la gnole. Quand il était bien blindé, il me faisait prendre le volant, il disait « allez, petit pétale de Rose, je vais te faire conduire un peu, monte sur les genoux de papa… oui, juste ici… là… et bouge un peu de temps en temps, tu sais combien papa aime quand tu danses sur ses genoux ». Alors, je prenais le volant et je rigolais aux éclats quand la voiture faisait des écarts. Je riais aux éclats en dansant sur les genoux de papa dans la petite LNA.

Il fait gris dehors, mais nous sommes en terrasse. Il ne fait pas froid. Je prends un Perrier tranche, i'faut que je me purge. Je regarde sa main, elle tremble. Il a les yeux verts, très clairs. Il me regarde dans les yeux. Il sourit. Il tremble. Il est ému, il est intimidé. Sa fragilité me flatte. Son regard est doux. Il pose sa main sur mon bras, je frissonne, le courant passe encore mieux que prévu. Il devient l'exutoire, il devient le tremplin des sentiments. Oublier le mâle qui a fait du mal et plonger dans un mâle qui me veut du bien.

Il me dit « tu veux faire quoi ? Te balader où on rentre ? ». Je lui réponds « comme tu veux », il me dit « je veux t'enlever, avec ton consentement, bien sûr ».

On va chez lui à une heure en TER de Paris. Une heure de train, ensemble. Nous choisissons un endroit calme, un peu isolé, le petit box sur la gauche, quatre places. Il n'y a personne dans le box.

On parle de tout et de rien. J'aime sa façon de penser, de parler. Sa voix est calme, sa voix est posée. On s'embrasse, on partage notre salive, langue contre langue. Je passe ma main dans ses cheveux, je les agrippe, je les tire.

Puis je pose ma main sur sa queue, prisonnière de son jean. Je l'embrasse encore, je lui mordille le cou. Je déboutonne sa braguette doucement. Je sors sa queue tendue. Elle bave. Elle coule. Il a envie que je lui donne la jouissance. Il ferme ses yeux. Il tremble encore.

Je me sens belle, forte, fière. Je regarde devant moi ; au fond dans le couloir, une femme de cinquante ans, les cheveux tirés dans un chignon danseuse. Elle lit un journal. Elle est guindée de la tête aux pieds. Petite bourgeoise qui prend le TER après une journée de travail. Petite-bourgeoise qui va rejoindre sa jolie famille. Ses enfants ont dû partir de la maison, elle rejoindra son mari avec qui elle ne baise plus. Son mari qui doit avoir une maîtresse, comme elle, elle doit avoir un amant. Mon bras monte et descend. Et moi je regarde la femme dans les yeux. La femme hoche la tête et se replonge dans son journal.

Je continue de branler Mathieu. Je regarde Mathieu dans les yeux. Il baisse le regard instinctivement. J'ai envie de lui donner le mal. Je presse et comprime son gland. Je monte et je descends sur son bâton de chair. Il soupire, il gémit. Il pose sa main sur la mienne. Il dit « non arrête… arrête, je vais jouir ». Je lui réponds « oui, tu vas jouir dans ton pantalon… fais-moi plaisir ». Il bascule sa tête à l'arrière. Il grimace. La veine de sa queue gonfle, son corps est parcouru de spasmes, et il jouit, et il se déverse sur son ventre. J'étale le sperme, puis je lui fais lécher mon doigt. Il boutonne son pantalon, remet sa ceinture. Il soupire en souriant. Il me dit « c'est notre arrêt ».

Nous marchons dans la ruelle. Il me parle, mais je ne l'écoute pas. Je regarde par moments son pantalon. Je sais que là, sous le tissu, son sperme est étalé. Et nous croisons les gens. Et les gens ne savent pas que Mathieu a éjaculé dans son fute.

En arrivant chez lui, je découvre sa cabane de vie. Parquet en bois, bordel complet. Des magazines, des livres en vrac, des fringues partout, des chaussettes, des calbutes, de la vaisselle empilée. Mathieu est célibataire. À croire que j'attire les mecs en construction personnelle.

J'aime le parfum de Mathieu. Je découvre son corps, nu. Je suis excitée comme une gosse à qui on offre un cadeau emballé. Ma bête est vivante plus que jamais, mon animal assoiffé. Sortir et oser toutes les libertés, tous les vices, toutes les perversions dont je suis capable.

Je lui dis « mets-toi à quatre pattes, je veux voir ton cul ». J'ai envie de le posséder, de le remplir. J'ai envie de l'avilir, il est beau dans sa faiblesse, il est touchant dans sa dévotion.

Je crache sur son cul. Un doigt, deux doigts, puis la main entière, son anus m'appelle et me gobe entièrement. Il me dit « vas-y, n'aie pas peur »… Tout m'aspire. Il me dit « je t'avais dit que mon cul était gourmand ». Je lui remplis le ventre. Il y a une partie de moi dans son corps. Le poing fermé, je le pilonne. Encore plus fort. Il se tortille il me dit « défonce-moi encore ». J'y vais encore plus fort, ma main jusqu'au poignet dans ses intestins. J'y vais encore et encore, jusqu'à ce que je sente un liquide visqueux couler le long de mon bras. Le sang mélangé au lubrifiant. Il me hurle de continuer de le défoncer. Je le défonce encore, je le défonce dans le sang, dans la blessure, dans les veines qui éclatent. Il me dit « j'ai mal, mais je vais jouir, je viens, je viens ». Je jouis de sa jouissance.

ENTRACTE

Une bascule impromptue juste au moment où je m'y attends le moins. Je me pèle dans ma piaule. Je suis frigorifiée. Je jette sur mes épaules le vieux plaid en couverture polaire. Je m'emmitoufle dedans. Je ne sais pas combien de temps je suis restée ainsi, immobile à regarder la tapisserie. Je trouve tout moche et sans intérêt. La chambre entière me fout la gerbe. La chambre ressemble à ma vie ; pauvre, grise, vieille, sale.

Je me suis levée pour me préparer un café. Je tiens le verre de liquide brûlant. Ça réchauffe un peu mes doigts. Je regarde toujours par la fenêtre. Il fait gris, il fait froid, j'ai l'impression que le soleil ne percera jamais, l'impression que les nuages sont trop épais.

Mon portable vibre.

« J'espère que je ne te dérange pas ? »

Numéro que je ne connais pas. Je m'emmerde. Je réponds « non pas du tout, j'étais en train de boire un café, et toi ça va ? ».

Numéro inconnu : « Un café ? »

Je ne sais pas s'il s'agit d'un homme ou d'une femme, je m'en branle. Je ne sais pas s'il s'agit d'un vieux ou d'un jeune, je m'en branle. Je ne sais pas s'il ou elle est beau ou laid, je m'en branle.

Moi : « Oui, je bois un café… et toi, que fais-tu ? »

Je pose mon portable sur mon bureau. Je m'allume une clope. Le portable vibre de nouveau. Je regarde par la fenêtre, il n'y a personne dehors. Ville fantôme.

Je pense à tout et à rien. Tout s'emmêle. Mes pensées se bousculent ; je passe des factures à payer au rdv loupé ; du plan cul foireux à l'ex pompeux ; des distractions que j'enchaîne aux dépressions qui traînent. Ras-le-cul.

Je laisse passer quelques minutes avant de me lever pour reprendre mon portable.

Numéro inconnu : « T'es habillée comment ? »

En deux secondes, mes sens s'éveillent. Cette personne pense parler à une proche, elle ne sait pas qu'elle s'est trompée de numéro. J'ai l'impression d'être une voleuse de vie, c'est excitant.

Moi : « Je porte juste une nuisette de satin blanc. »

C'est faux, je porte un vieux jean destroy, un pull destroy. Je n'ai pas encore pris ma douche, mes cheveux sont en vrac et le rimmel d'hier coule sur mes joues creusées.

Numéro inconnu : « Celle que je t'ai offerte ? »

Moi : « Évidemment. »

Numéro inconnu : « T'attends quelqu'un ? »

Moi : « Non. »

Numéro inconnu : « Bien. Je préfère ça, sinon il aurait fallu que je vienne te démonter. »

Moi : « J'ai menti, j'attends quelqu'un, viens me défoncer. »

Numéro inconnu : « T'es joueuse, tu sais bien que je ne peux pas venir ce soir… mais j'en crève d'envie… t'as l'air chaude, ma chérie… »

Moi : « Tu ne te doutes pas à quel point… »

Numéro inconnu : « Va chercher ton jouet, j'ai envie que tu te *godes* pour moi. »

Mon jouet ? Merde. J'ai laissé la plupart de mes toys à mon ex quand je l'ai plaquée.

J'aurais dû tout récupérer, ça m'aurait évité d'avoir à tout racheter. Ça coûte une blinde, ces merdes… Je sors un gode noir de taille moyenne, celui dont je me sers lorsque je baise des mecs ou des nanas.

Moi : « J'ai mon toy… tu veux que je fasse quoi maintenant ? »

Numéro inconnu : « À ton avis ? »

Moi : « Je me suis allongée sur le lit, je suis quasi nue, j'ai les jambes écartées, je branle mon clitoris et enfonce doucement le gode dans ma chatte, je suis déjà trempée, ça rentre tout seul. »

Numéro inconnu : « Tu me surprends, je ne t'ai jamais sentie aussi chienne et chatte à la fois, tu me plais beaucoup, ma chérie.

Continue de te caresser. Je voudrais t'appeler, je sais qu'il y a ta coloc avec toi, mais je ne te demande pas de parler, juste de m'écouter et de me faire écouter ton souffle s'accélérer. »

Moi : « Oui… »

Il m'appelle. Sa voix est suave, chaude, bandante. Il me dit « tu vas jouir pour moi, je suis en train de me branler, ma bite est dure comme un bâton. Je vais t'envoyer des photos. J'ai envie de jouir sur toi, jouir dans ta gueule de salope et t'en foutre plein les nichons… mmm j'ai envie de te défoncer… »

Il me parle comme on tripote, rapidement, sans précaution. Tout doit être rapide, même l'orgasme. Il me dit « j'ai envie de te retourner et de te péter le cul, ma belle salope, je vois déjà ta petite chatte dégouliner et ton cul me gober. Je t'entends soupirer… j'aime quand tu soupires. Soupire un peu plus fort… je suis certain que ça t'excite de savoir que ta coloc est à côté de toi… oui, je sais que ça t'excite… tu sais qu'hier j'ai rêvé que je vous défonçais toutes les deux ?… Oh ! j'entends à ton souffle que tu aimerais que je me la tape, hein ? Devant toi ? Petite salope… je la ferais mouiller et je la foutrais sur ta gueule, debout… oui… tu sais comme je te fais dégouliner quand tu es debout… oui tu le sais… ta respiration s'accélère, ça te rend chaude, ma petite pute… oui, je m'astique le manche en imaginant ta petite coloc se déverser dans ta gueule… je crois que je vais venir, oui je vais jouir… je vous en foutrai plein la tronche à vous deux, et ensuite vous vous baiserez devant moi… oui, je viens… j'entends que tu viens toi aussi… »

Je jouis, je jouis en imaginant Alex baiser avec moi et avec une autre femme. Je jouis comme je jouis en regardant un film porno… je jouis très vite. Ma chatte palpite, le gode rempli de cyprine est expulsé. Je reçois une photo de sa bite… et en légende « à demain, ma salope, hâte de venir te défoncer ».

J'enfile une culotte en coton, je m'installe sur mon canapé, ma chatte dégouline encore. Je mate la télé, le truc qui me permet de ne pas penser.

Intra cérébral ; drogue dure légalisée qu'on s'injecte en wifi ; je me laisse lobotomiser, comme les autres personnes seules derrière leur écran ; on idéalise la vie, on idéalise l'amour « escarrisé », le cul posé sur notre chaise de bureau ou avachi sur notre canapé. Cheveux en vrac, clope aux lèvres, crottes aux yeux, on sent fort devant notre petit écran, mais on fait croire à l'impeccable tout le temps. On s'invente des vies, on s'invente des voyages, on poste des photos d'instants qui n'existent pas.

On gueule quand on est en colère,

On se plaint quand on est malheureux,

On insulte, juge, lorsqu'on se sent attaqué,

On poste l'amour lorsqu'on pense aimer.

On crache sa haine ou son bonheur à la gueule des contacts qu'on ne connaît majoritairement pas.

Je suis fatiguée de toutes ces merdes qui me polluent l'esprit.

J'ai une gastro sociétale.

LES PROMESSES

Ne jamais rien attendre des gens, sinon c'est la déception assurée.

Il n'y aura pas, tous les jours, de rose sur le plateau du petit déjeuner, le matin.

Il n'y aura pas, tous les jours, de viennoiseries, de jus d'orange frais ni de café au lait. Tout ça, c'est au début, c'est juste durant les premiers jours, lorsque l'autre veut devenir le centre d'intérêt ; lorsque l'autre est dans la période de séduction et achète une rose une fois par semaine. La rose, aujourd'hui, tu peux directement te la planter dans le cul.

« Je serai toujours là pour toi », ce ne sont que des mots, des promesses qui s'évaporent à la moindre déchirure ou séparation du corps.

Personne il est beau, personne il est gentil. Tous des pourris en décomposition intérieure, putréfaction du cœur, zombie de l'amour. « Je t'aime », c'est lâché trop vite, ça ne veut plus rien dire du tout. Il ne faut jamais croire aux premiers « je t'aime ». On dit « je t'aime » comme on dit « j'ai envie de chier ».

Non, on ne se réveillera pas un matin la tête dans le cul pour aller ouvrir la porte et voir son amoureux un sourire aux lèvres, un amoureux qui nous aura fait la surprise de venir nous voir lorsqu'on s'y attend le moins.

Peu de chance non plus qu'on vive une histoire d'amour à la « Fanfan » ; faire durer les sentiments sans consommer la chair.

Non, on ne rencontrera jamais l'amour « Impulse » au coin d'une rue en faisant tomber nos courses sur le trottoir devant un inconnu. Au pire des cas, le gars nous adressera un regard dédaigneux et dira « connasse, t'aurais pas pu faire attention ? ».

Non, jamais on ne tombera sur un beau millionnaire qui voudra nous faire faire un tour en hélicoptère avant de nous faire atteindre le septième ciel.

Lorsqu'on baise sur la plage, rien ne se fait au ralenti comme dans les clips ou les séries romantiques. On baisera sur la plage à s'en gratter le derrière et s'en choper des mycoses.

Lorsqu'on se sépare de notre aimé alors qu'on s'aime encore, autant ne pas s'attendre à ce qu'il ou elle coure vers nous pour nous rejoindre ; non, il ne grimpera pas sur les voitures dans les bouchons en pleine rue de Londres pour nous hurler son amour. Il vaut mieux s'attendre à le choper en train de galocher notre meilleure pote.

Les montagnes ne se déplacent pas,
La lune ne se décroche pas,
Les perles de pluie n'ont jamais existé.

Il vaut mieux vite oublier toutes ces conneries romantiques qu'on nous a foutues dans la tronche depuis des années.

Si au fond de nous hurle la petite voix de celle qui espère encore, il vaut mieux très vite la bâillonner ; et si elle hurle trop fort, autant la séquestrer.

On a passé l'âge de chialer en *morvant* sur l'épaule de notre meilleure amie ou de notre « môman ». Non, je ne suis pas dure ni sans cœur, je suis juste réalité.

TRANSFERT

Les psys sont remboursés par la Sécu. Freud, papa de la psychiatrie, cocaïnomane de surcroît, voulait baiser sa mère, alors il a inventé le complexe d'Œdipe, ça lui permettait de se déculpabiliser. Pas con le gars… Tous les enfants dorénavant tomberaient amoureux de leurs parents.

Les psys guérissent les maux de l'âme pour ceux qui croient en eux. Les psys sont aux patients ce que Dieu est au chrétien. On y croit, on pense que ça fonctionne… une sorte de miracle. Tout le monde se fait suivre aujourd'hui. Ça doit sécuriser de se faire suivre. Personnellement, ça me fait flipper. Les gens sains se font suivre car ils se font chier dans leur vie, alors ils s'inventent des névroses, histoire d'être écoutés.

Tout est susceptible d'être névrose ou psychose… et ça ensuque le cerveau à coups de médoc et de séances de quarante-cinq minutes à cinquante euros.

À bien y réfléchir, je me dis que le BDSM devrait être remboursé par la Sécu.

La pratique des jeux en tant que soumis, en tant que dominant, ou tantôt l'un et tantôt l'autre, permet d'exorciser certaines peurs, permet de dépasser certaines limites, de guérir certaines phobies, d'apprivoiser nos erreurs, notre timidité, jalousie ou tout autre sentiment parasite. Lorsque je suis dominante, j'expose la personne à ses peurs, ses doutes, ses croyances, ses tabous… je la rassure aussi et lui permets de se transcender.

Il s'agit d'une relation particulière, il ne s'agit ni d'amour ni d'amitié, juste d'un lien puissant et fort basé sur le respect, l'écoute, l'empathie, l'anticipation.

Je joue avec Mathieu. Avec Mathieu, on a mis carte sur table. On switchE avec aisance.

Notion de transfert, ça vaut pour nous également. On pense aimer, mais on n'aime pas. On aime ce que l'autre nous fait ressentir; on aime l'autre car il a la maîtrise, le contrôle. Le dominant est la bouée de sauvetage.

Le dominant doit préparer le jeu, être à l'écoute du soumis, il doit scénariser les situations. Le soumis, lui, attend. Il vaut mieux être soumis que dominant. Le soumis mène la danse, gouverne… le soumis veut le lâcher-prise, le dominant contrôle continuellement.

Nous ne sommes pas des malades. Nous sommes même de meilleure santé mentale que les autres qui se privent, qui se restreignent et qui ne connaissent pas le lâcher-prise.

Nous ne sommes pas frustrés, car nous pouvons réaliser à satiété tout fantasme et idée mal placée…

L'HOMME RAT

Nous ne sommes pas uniques, nous nous ressemblons tous. Nous avons tous les mêmes façons de nous comporter, elles diffèrent en fonction de nos propres expériences de vie. J'exhibe fièrement la mutation perpétuelle de mon « moi ». Ce « moi » si semblable à celui des autres. Pauvres cons que ceux qui se pensent uniques.

J'ai discuté avec un autre mec sur un site libertin à deux balles. On tombe majoritairement que sur des branques et ça me fait marrer d'analyser le comportement de certains couillons… j'en avais choisi un moche mais pas mal cultivé, ça compensait avec son physique ingrat.

On s'est donné rendez-vous gare de Lyon. J'ai attendu, juste un peu. Je porte un pantalon de tailleur, mes talons aiguilles, mes cheveux sont lâchés. Mes yeux et ma bouche maquillés. Un vieux vient m'accoster pour me demander une cigarette. Je lui dis « je ne fume plus ». Il a regardé mon sac ouvert sur deux paquets de clopes déjà entamés. Je me suis fait accoster comme ça, à deux trois reprises, et pourtant, je ne porte pas de jupe ras du cul, je ne porte pas de décolleté. Putain de chacals.

Le boudin du site de rencontre m'écrit « imperméable beige », pour que je le reconnaisse. J'ai envie de lui répondre « je m'en branle ». C'est lui qui me reconnaîtra. Je vois arriver le gars, de loin, il aurait presque pu être baisable ; un mètre quatre-vingts, brun, mince ; j'ai des problèmes de vision, de près il ressemble à une souris, je vois les gens comme des animaux en ce moment, entre les loups, les souris, les chiennes, je vais être bonne pour remplir l'arche de Noé.

Il commence à me parler ou plutôt à couiner. Il voulait m'embrasser, j'ai tourné la tête pour taper la bise sur sa gueule de rongeur.

Il a un museau, de petites dents pointues, il ne couine pas mais il fait de drôles de bruits avec sa gorge : « grr grr ». J'ai un drôle de pressentiment. Il est gentil, avenant, gentleman, trop gentil, trop avenant, trop gentleman. Il faut que les femmes se méfient de l'homme trop gentil. Il veut me sauter, juste me sauter ; il est en chaleur, en rut, en période de reproduction.

Je décide quand même de l'accompagner à une expo. J'ai rien à faire de ma soirée et j'n'ai pas envie de glander seule devant un porno.

Après l'expo, on marche dans la rue bras dessus, bras dessous. Il me raconte des histoires du XVe siècle, il me raconte l'histoire d'Abélard et Héloïse ; il me raconte *La Nouvelle rêvée* d'Arthur Schnitzler. Il gesticule quand il parle, il bouge ses petites pattes rapidement, il couine toujours, il racle sa gorge, il en fait trop. Je dis « j'adore quand tu parles, je pourrais passer des heures à t'écouter parler ». Je dis ce qu'il veut entendre, juste pour flatter son ego. Je propose le petit morceau de fromage au rat qui, à force, devient obéissant.

J'étudie le comportement de la petite bestiole en imper beige.

On continue de marcher et je continue de l'observer ; l'air est trop froid lorsqu'il s'engouffre dans les ruelles. Le rat dit « on va prendre un taxi, ça ira plus vite et au moins on aura moins froid ». La course fait 14 euros 70. Le rat attendra la monnaie lorsqu'il tendra un billet de dix et un de cinq. Le rat ouvre son petit porte-monnaie et laisse tomber les petites pièces jaunes. « Au revoir et bonne journée. » J'ai un peu honte. Le chauffeur me sourit, je lui souris, sans même se parler on s'est compris.

Je reçois en même temps des sextos de Mathieu ; des sextos qui me font rêver ; des messages où il m'envoie des photos de sa queue encagée, je préférerais jouer avec lui plutôt que de me taper ratboy. Mais bon, quand on est affamé, on bouffe n'importe quoi… Mathieu n'était pas dispo ce soir-là.

La souris me dit « mais qui t'écrit ? ». Je lui réponds « ça ne te regarde pas ». Il me dit « ce n'est pas poli de garder son portable ». Je lui réponds « je ne suis pas quelqu'un de poli, tu le sauras petit animal ». Il a aimé que je l'appelle « petit animal ». Quel con !

J'observe la souris, j'observe les mimiques de la souris, trop sage, trop gentille…

Je me promène dans les rues de Paris avec un rat, avec un rat aux pattes qui se retiennent de se balader sur ma nuque ou sur mon cul, un rat habillé en humain. Un rat qui fait semblant d'être élégant et civilisé, mais il reste un simple rat, un animal des égouts, animal rampant se nourrissant de cadavres putrides, se nourrissant de pourritures et d'excréments… Je me demande dans quelle catégorie je me trouve…

On se balade encore, et je regarde sa bouche aux petites dents écartées. Je ne l'entends plus parler, je l'entends couiner, couiner et grogner, grogner ; mots gutturaux.

Je ne parle pas le langage des rongeurs.

Nous continuons encore de marcher, et nous allons voir une pièce de théâtre. Rat des villes et rat des champs. Rat des villes regarde le spectacle des humains. Je sens sa main sur la mienne, sa petite patte moite qui tâtonne, qui cherche. Il passe ses callosités plantaires sur ma nuque. J'observe l'animal se rapprocher à tâtons.

Après le spectacle, il m'invite à boire une coupe de champagne. Lorsque l'animal mange de la nourriture d'humain, il laisse des miettes sur sa gueule, il laisse des miettes sur ses poils, il ronge les chips, il ronge le pain, il ronge l'aliment d'humain. Je le regarde, je l'observe « ronger » les aliments. Je me demande comment l'animal a réussi à s'intégrer et trouver sa place chez les humains. Puis nous allons dans son appartement, sa cage de survie ; et je continue à faire mon expérience comme si j'étudiais le comportement des animaux en milieu domestique.

Il n'a rien préparé à manger, un animal ne prépare pas à manger, un animal va chercher la nourriture prête à être consommée. Je n'ai pas trop faim. Je ne boirai pas d'alcool. Seul l'animal boit l'alcool et grignote les plats à emporter. Il ronge, il mâche et il couine, grogne.

Je dis à l'animal « pas envie de baiser ce soir ». J'ai vu le visage de l'animal changer. J'ai vu ses yeux s'obscurcir, j'ai vu sa gueule se pincer. « Quoi ? » me dit-il. Je ressens un immense plaisir à refuser sa queue de rat, je ressens un immense plaisir à ressentir sa frustration grandissante. Je prends un immense plaisir à le remettre à sa place.

Il couine, il grogne encore plus fort. Son comportement change. Le comportement des animaux change lorsqu'ils sont en colère, frustrés ou affamés. Ils sont tout gentils lorsqu'ils pensent obtenir, et ils deviennent atrocement laids et féroces lorsqu'ils n'obtiennent pas.

Je lui dis « je vais prendre une douche ». Je resterai dans la cage pour étudier le comportement de l'animal frustré. Je prends une douche, j'enfile un pyjama. Je mets du parfum dans mes cheveux. Je sens l'œstrogène, les phéromones qui excitent les humains mais plus encore les animaux. J'en ai pleinement conscience. Je dis à l'animal « je veux juste que tu me prennes dans tes bras, sans me baiser ». L'animal racle sa gorge, couine et dit entre deux raclements « je n'ai jamais dormi avec une femme habillée, jamais dormi avec une femme sans baiser ». Je lui réponds « il faut un début à tout ».

Je jouis, je jouis de la frustration que je crée en lui ; je sais que je me mets en danger, car l'animal au bord de l'explosion du désir peut devenir violent. Le rat est plus fort que la femme que je suis, il pourrait lui prendre l'envie de me mordre, si l'animal me mord, il peut avoir la rage.

Il me dit « éteins la lumière ». J'éteins la lumière et je souris lorsque je me plaque contre son corps. Je suis dans l'égout avec le rat. Je sens sa respiration s'accélérer, il soupire. Je reste encore contre lui. Je sens l'animal lutter contre l'envie de me retourner pour me pénétrer de sa petite queue. La pine des rats est sur leur ventre. Les couilles qui représentent un cinquième de leur corps près de l'anus… il doit avoir la bite à la place du nombril. Le rat n'est majoritairement que testicules.

Je m'endors contre l'animal frustré. L'animal à la bite à la place du nombril.

LES BILLES

Me voilà en banlieue parisienne avec mon beau Mathieu. Je me fais la promesse de ne plus jamais me taper de souris, ni de larves, ni de sangsues…

Mathieu prépare le repas du soir. Mathieu me sert, Mathieu me coiffe les cheveux, me lit des histoires le soir. Il est nu sous son tablier de cuisinier. Il parle en coupant en petits dés les pommes de terre et l'herbe qui donne le goût. Il ouvre une autre bouteille de vin rouge. Nous buvons le vin rouge en mangeant les pommes de terre aromatisées aux herbes qui donnent du goût.

Après le repas, nous nous embrassons. Je lui dis « j'aime comme tu t'occupes de moi, je suis fier de toi… Tu m'as dit que tu avais des billes ? Si on s'faisait une p'tite partie ? ».

Dans ses yeux, la lueur lubrique. Il saute du canapé. Il me dit « mais je n'ai pas fait de lavement… ». Je lui dis « va dans la salle de bains. Commence à te faire le premier lavement et je viendrai m'occuper du deuxième ». Je vais jouer avec la honte, je vais jouer avec l'avilissement.

Mathieu est dans la salle de bains. Il m'appelle « Madame, je suis prêt ». Il est à quatre pattes, le tuyau de la douche dans le cul. « Madame n'a plus qu'à ouvrir le robinet pour mon deuxième lavement. »

Je le regarde ainsi offert. J'ouvre doucement le robinet. Le ventre de Mathieu se remplit peu à peu. Il glousse. Il me dit « je crois que je suis rempli ». Je lui réponds « non pas encore assez ». Je laisse le tuyau dans son cul. L'eau déborde, je retire le tuyau. Il me dit « je vais me vider ». Je lui réponds « non, laisse-moi voir ton ventre gros comme celui de la femme enceinte ». Il est à genoux dans la baignoire. Il pose ses mains sur son ventre. Il grimace. Je vois des filets d'eau sortir de son cul.

Je lui dis « mets-toi à quatre pattes et laisse couler ».

Il se met à quatre pattes. L'eau sort de son anus ; puis il y a les pets et les morceaux d'excréments qui tombent dans la baignoire. « Pardon Madame… » me dit-il honteux. Je lui dis « t'es un gros dégueulasse, t'es en train de chier dans la baignoire ». Il baisse la tête. Je pensais que je serais dégoûtée, mais il n'en est rien, son avilissement m'excite. Je le laisse se vider, je laisse l'eau et les excréments tomber au fond de la baignoire en émail blanc. La matière fécale mélangée à l'eau n'a presque pas d'odeur. Mathieu a la tête toujours baissée et il se vide doucement en poussant de petits gloussements de honte.

Il me dit « je crois que je n'ai plus rien, Madame ».

Je prends la savonnette carrée, une grosse savonnette carrée. J'écarte les fesses de Mathieu, j'enfonce la savonnette dans le cul de Mathieu. Il ondule du bassin, je lui dis « comme ça, tu auras le cul bien propre ». Je vois la savonnette disparaître entièrement dans son ventre. Il ondule du bassin. Il reste encore un peu d'eau dans ses intestins. Je lui dis « maintenant, pousse ». Je regarde la savonnette sortir petit à petit de son rectum, puis il y a un tout petit reste de merde mélangée à l'eau qui dégouline le long de ses jambes. Il me dit « pardon, j'ai honte ». Puis je branle sa bite raide au gland gluant. Je lui dis « maintenant que tu as le cul propre, je vais pouvoir jouer avec toi ».

Il me dit « je ne suis pas complètement propre, Madame ».

– Je suis fatiguée d'attendre que tu te vides de ta merde. Sors de là et viens me donner ton trou, que je joue avec.

Je vais dans le salon, sur le canapé-lit. J'ai la petite boîte de billes qui m'attend sur la table. Je dis « Mathieu, avant de venir, mets les bas et le porte-jarretelles, s'il te plaît, ainsi que les talons hauts ». Je regarde Mathieu se transformer en femme, rien de tel pour me faire bander. Je regarde son visage s'adoucir, ses manières s'accentuer, je le regarde mettre le bas et la robe de salope, les talons trop hauts. Il avance vers moi telle une naïade.

Mathieu arrive, il marche comme une femme. Il vient doucement, comme une chatte en chaleur. Il se positionne sur le dos, je me mets entre ses cuisses. Il ferme les yeux. Je lui dis « je t'interdis de fermer les yeux, je te l'ai déjà dit, me semble-t-il ».

– Pardon Madame.

– Si tu refermes les yeux encore une fois, j'serai obligé d'arrêter de jouer avec toi, c'est clair ?

J'enfile un gant de latex. Il ferme de nouveau les yeux. Je lui dis « Mathieu, il faut que tu gardes les yeux ouverts pour que je puisse capter ton âme ».

– J'ai besoin de fermer les yeux pour jouer la fragilité.

– Tu « joues » la fragilité ?

– Oui, Madame.

– Je t'interdis de jouer la fragilité avec moi. Je veux que tu vives la fragilité. Garde tes yeux ouverts.

Mathieu garde les yeux ouverts.

J'insère ma main dans son sphincter serré, je fais les va-et-vient. Il y a des restes d'excréments sur le gant, je dis « tu es vraiment un gros dégueulasse, tu me chies dessus ». Il rougit et dit « pardon Madame ». Sa queue devient de plus en plus raide. Elle dégouline de mouille. Je prends une bille. Je le regarde droit dans les yeux. J'enfile une bille dans son trou béant. Puis je prends une seconde, une troisième, une quatrième, puis trois billes plus grosses. Je le regarde, ses yeux se révulsent. Je suis à quinze billes dans son cul. Il me dit « Madame, je les sens dans mon ventre ». Je remets ma main dans son cul. Je sens les billes bouger dans les intestins. Je le bourrine avec les billes. Je ressors ma main et insère dix autres billes… puis je recommence à fourrer ma main. J'aime le contact de la matière dure dans la matière organique.

Je ressors ma main et en insère quinze de plus. Il pousse des gémissements des « ouf… wouaouh, je me sens rempli ». Une bille ressort, je la remets. Je l'observe. Je lui dis « branle-toi, mon cochon, et sors les billes en poussant à chaque fois… mais avant… »

Je mets une serviette blanche sous le cul de Mathieu. Je lui dis « regarde, la serviette est blanche, bientôt elle sera recouverte de billes et de ta merde… »

Il se branle, il pousse sur son sphincter. Les billes sortent les unes après les autres pour se poser sur la serviette blanche. Il éjacule sur son ventre, les jambes écartées. Il me dit « demain je vais chier des billes ».

TRUC

Un homme m'a contactée pour que je le domine ; voilà plusieurs mois qu'il était derrière moi à me harceler gentiment. Il me demande une scène de perte de contrôle. Il me dit « je vous paierai, Madame ». L'occasion de se faire de la tune sans trop en faire. J'appelle Mag, je lui propose de m'accompagner. Elle se marre, elle me dit « t'es barge Rose, j'adore, bien entendu que je vais venir avec toi, j'ai tellement de choses à apprendre et cet univers m'excite et m'attire ».

J'envoie un message à l'homme qui m'a contactée. Je lui demande sa liste de tabous et je lui fais remplir la fameuse check-list, histoire de ne pas faire fausse route. Alex, lui, a tout transgressé.

Je lui écris « tu m'attendras à genoux sur une bâche, dans ton salon. Tu porteras une robe, des bas et des talons. Tes yeux seront bandés. Sur la table seront posées des sextoys, des gants, des préservatifs, du lubrifiant, deux verres, une bouteille d'eau et l'enveloppe avec les deux cents euros en liquide. Le jeu commence à partir de maintenant ».

Mag me dit « nous sommes en retard ». Je lui dis « ce n'est pas grave, son rôle est d'attendre, je suis déesse, je décide, fumons une cigarette ». Je sais que l'homme qui m'a contactée patiente à genoux dans la salle à manger. Je sais qu'il est en train de se faire son petit film cérébral, je sais également qu'il commence à appréhender, mélange d'excitation et de stress. Je dis à Mag « il ne faut pas qu'il sache de suite que tu es avec moi, tu marcheras doucement, c'est après, lorsque je te le dirai, que tu feras claquer tes talons sur le sol ». Mag hoche la tête de haut en bas. Elle me sourit, elle me dit « j'aime ce que je découvre ».

J'ouvre la porte du domicile de l'homme qui m'a contactée. La maison est sombre. Les volets sont fermés. En fond sonore, une musique d'ambiance. Il y a des bougies allumées, délicatement parfumées. Il est là, l'homme, exactement dans la posture et les vêtements que je lui ai demandé de porter.

Je m'approche de l'homme. Je caresse ses épaules, je vérifie qu'il ne voit rien en passant ma main devant ses yeux. Je me penche à ses oreilles. Je chuchote « ça va ? ». Il hoche la tête de haut en bas. Je lui dis « je n'ai pas entendu ! Ça va ? »

– Oui…

– Oui ?

– Oui Madame…

– Alors, tu n'as aucune limite ?

– Je ne sais pas, Madame…

– C'est pourtant ce que tu m'as écrit.

– Oui Madame.

– Nous allons donc voir si tu n'as aucune limite.

Je caresse de nouveau son dos. J'observe autour de moi. Sur ma droite, la table basse. Sur la table basse, quatre godes de tailles différentes, un harnais, un lubrifiant, un martinet, une cravache, des préservatifs, l'enveloppe blanche. Je prends l'enveloppe, je vérifie le montant. Je pose l'enveloppe dans mon sac. Je prends la cravache. Mes talons claquent sur le sol. Mag s'est assise sur le canapé, elle m'observe en souriant, les yeux débordant de vice. Je contourne mon « client ». « Client », il s'agit bien d'un « client » puisque je viens de mettre l'enveloppe avec l'argent dans mon sac. « Prostitution ». Est-ce bien de la « prostitution » ? Non, je ne donnerai pas mon sexe. Je devrais lui demander sa carte Vitale.

Je vais aider l'homme à se libérer. Je dis « mets-toi à quatre pattes ». Je ne me lasse pas de voir l'homme animal, cambré comme une salope, offerte comme une femme docile. Je touche son cul. Je regarde sur la table, je lui dis « je n'ai pas de gants ! ? ».

Après un silence, l'homme me dit « pardon Madame, je n'ai pas eu le temps ».

– Tu n'as pas eu le temps ?

– Pardon…

– Tu voulais me priver du plaisir de te fister ?

– Non Madame, pardon…

J'abats, sans chauffer le cuir de la peau de l'homme qui m'a contactée, la cravache sur son cul blanc. Premier trait rouge. J'abats une seconde fois la cravache. L'homme se cambre. Je prends le martinet et je fais sentir les lanières de cuir à l'homme. Il frissonne. Je tends le martinet à Mag. Elle me chuchote « j'ai peur de ne pas savoir faire ». L'homme entend les chuchotements et frissonne de nouveau.

– Ça ne te dérange pas, « Truc », qu'une amie soit avec moi ? Et ça ne te dérange pas que je t'appelle Truc ?

– Non Madame, ça ne me dérange pas.

Mag a le martinet en main. Je prends la main de Mag et je lui dis « fais-toi confiance ». Elle commence à abattre les lanières de cuir sur le dos et le cul du client. Mag a le sourire qui se fige, presque le sourire fixe, le sourire qui ne bouge pas ; le sourire de la satisfaction, de la perversité.

Elle continue à faire claquer les lanières de cuir.

Moi, je m'assois sur le canapé. Je m'assois sur le canapé et j'allume une cigarette. Je laisse faire Mag, je la laisse s'entraîner sur le corps du client. Le client se cambre, gémit. Je dis « ferme ta gueule, je ne veux pas t'entendre ».

Je regarde le visage du client qui grimace, son bandeau sur les yeux.

Puis je regarde le visage de celle qui donne la douleur dans la concentration. Elle s'applique, elle claque, elle aime voir les frissons sur la peau, elle aime deviner l'extase qui monte. Elle jouit du pouvoir que lui offre l'homme-client.

J'écrase ma cigarette dans le cendrier.

Je dis à Truc « maintenant tu vas dire merci à Madame Mag ». Il dit « merci Madame Mag ». Mag donne une tape légère sur le cul de Truc. Je dis à Truc « allonge-toi sur la bâche, sur le dos, jambes écartées, je vais apprendre à Madame Mag comment te remplir ».

– Madame, je n'ai jamais…

– Et alors ? Obéis…

Truc se tourne, il se met sur le dos, il écarte ses jambes.

Je dis « bon, comme tu as oublié les gants, je vais prendre une capote et si ça te fait mal, c'est ton problème, je ne veux pas t'entendre gémir ou broncher pendant que je donne mes cours ».

– Oui Madame.

Je prends une capote, je mets la capote sur ma main. Je dis à Mag « viens juste à côté de moi. Regarde… regarde ce petit trou de pucelle. Tu commences par titiller, hop, il se contracte. Tiens, touche un peu dessus… ». Mag appuie, elle sourit. Je continue. Je dis à Mag « tu commences par lubrifier, n'hésite pas à en mettre… regarde comme elle ondule du cul, cette salope ».

Je passe du lubrifiant sur les doigts de Mag et je badigeonne la rondelle de truc.

Je dis à Mag « tu enfonces doucement un doigt, puis deux, puis trois, bon, comme ce soir, nous n'avons pas de gants et qu'il est responsable, on va enfoncer les cinq doigts d'un coup… De toute façon, on ne peut pas faire autrement puisque tes doigts sont comprimés dans la capote… Vas-y doucement… C'est son anus qui va t'aspirer… tu sens comme il t'avale ? ».

– Oui… il aspire bien… c'est chaud… c'est…

– Oui je sais… continue, encore un peu… il va un peu forcer. Oui là… ça force…

– Oui, juste à la moitié de la main…

– Exactement… juste à la moitié… là, tu vas doucement, tu visses un peu… vas-y… encore un peu… doucement… encore…

– Je sens qu'elle rentre… il m'aspire.

– Oui, tu vas voir, tu vas bientôt arriver au poignet… la salope, elle t'avale bien pour quelqu'un qui n'a jamais pratiqué le fist.

Puis je prends les cheveux de Truc, je dis « t'es sûr que tu ne t'es jamais faite fister, salope ? ».

– Non Madame, jamais.

– Et tu aimes ça ?

– Oui Madame…

– Oui quoi ?

– Oui Madame, j'aime ça…

– Tu aimes quoi ?

– … j'aime… j'aime…

– Tu aimes te faire remplir, c'est ça ?

– Oui Madame…

– Tu sais que je vais faire de toi mon sac fourre-tout ?

– …

– Tu ne réponds plus ?

– Oui Madame… oh Madame, je me sens bien rempli… j'aime ça… j'aime ça… oh Madame.

Je regarde Mag, je lui dis « défonce-le… défonce-le bien fort… ». Mag transpire, elle a toujours le sourire sur ses lèvres. Elle me dit « j'aime ça, le défoncer ». Je lui souris. Elle accélère les mouvements. Je regarde Truc, je dis « tu veux qu'elle te fasse jouir, sale pute ? ».

– S'il vous plaît Madame, oui je veux… je viens, je viens.

– Qui t'a donné la permission ? dis-je en posant ma main sur l'avant-bras de Mag pour la stopper.

– Pardon Madame, pardon.

– Madame Mag va te défoncer, je t'autorise à jouir…

– Merci… merci Madame… merci.

Mag défonce Truc, et moi je regarde la scène, en simple spectatrice. Je retourne m'asseoir, je laisse mon amie bourriner l'homme qui veut jouir par le cul. Je l'observe… je suis là, sans être là. Ma vie ressemble à un film drama. J'ai évolué rapidement. J'ai évolué en quelques mois. Ma vision sur le monde change une fois de plus. Je tire une taffe sur ma cigarette. Je crache la fumée lentement. Je fais tout lentement. L'homme allongé sur le dos, les jambes écartées ; l'homme habillé en femme est devant moi, une main dans le cul ; l'homme ondule, crie, gémit ; et la femme derrière lui, mon amie étrangère, sourit en faisant disparaître sa main dans son ventre.

Tout me paraît tout à coup étrange. Je ne ressens plus ni douleur, ni bien-être, ni rien du tout. Je suis vide. Vide de toute sensation, de tout sentiment.

Je regarde la scène vivante, comme je regarde un film sans grand intérêt à la télé.

Les gens… les gens qui m'entourent, même ceux qui m'aiment, même ceux qui sont mes amis, je ne les reconnais plus. Je ne reconnais pas le visage déformé par le vice de Mag.

Je me lève. Je suis scénariste et spectatrice du film drama aux couleurs chaudes à s'en brûler les pupilles.

Je retire le bandeau des yeux de Truc. Il a la tête sur la bâche. Je me positionne accroupie sur son visage. Je lui dis « ne regarde pas ma chatte, sens-la juste, gros porc ». Il respire mon intimité. Et au moment où sa bite commence à gonfler, je lui pisse dessus. Je me relève et continue de lui pisser dessus, la jupe relevée jusqu'aux fesses. Et je rigole, Mag rigole. Mag sort sa main et dit « moi aussi, j'ai envie de pisser ». Je termine d'uriner sur l'homme qui vient de jouir sur son ventre. Je dis à l'homme, « tourne-toi, plaque ta tête sur le sol et lève un max ton bassin, on va t'ouvrir un peu et Mag va pisser dans ton ventre ».

– Non Madame, non…

– Ah, tu as donc des limites ?

L'homme se tourne… Je dis « et n'oublie pas d'écarter ton cul ».

Mag se met au-dessus du bassin de Truc. Je dis « … regarde ce qu'il a sorti, ce gros vicieux… ».

Je prends l'écarteur qui se trouve sur la table… Je prends l'écarteur et je le mets dans l'anus de Truc. J'écarte son trou… il s'élargit. Mag rigole, elle rigole en tenant sa culotte écartée sur le côté, prête à décharger.

Elle se met au-dessus du trou de Truc… je sors mon téléphone, je mets en route la vidéo. Je dis « vas-y Mag, remplis-nous cette truie ».

Et Mag rigole aux éclats, elle rigole en remplissant le ventre au trou béant de Truc. Je dis « regarde, ça le fait bander. ». Mag ne remet pas sa culotte en place. Mag s'allonge devant la gueule de Truc. Elle dit « essuie ma chatte en bon chien, j'ai envie de jouir ». Mag me fait un clin d'œil ; sa chatte est gonflée. Elle a besoin d'un orgasme pour se calmer.

Je regarde la scène. Je sens le plaisir de Mag, et je vois la langue de Truc se diriger vers le sexe de mon amie « étrangère ». Elle bascule sa tête en arrière.

– Oh bon chien… vas-y, lèche ta maîtresse, oh oui, lèche bien… lèche et remue ton cul plein de pisse.

Mag devient vulgaire. Mag se lâche et Truc a l'air heureux. Je me lève, je prends un verre sur la table basse. Je me sers de l'eau. Je sors de l'appartement de l'homme-client.

Il fera beau demain, il y a plein d'étoiles dans le ciel.

CAMPING

Il est à peine huit heures du mat. Je suis partie à quatre heures ce matin. Je n'ai pas dormi de la nuit. J'ai tourné et retourné, et je me suis mise à mater des séries débiles à la télé. J'ai bouffé un bol de céréales, j'ai surfé sur Internet. Ça fait plusieurs jours que je ne dors que deux trois heures. Ça doit venir de la chaleur. Le temps passe si vite. Puis j'ai préparé mon sac. Puis j'ai décidé de me casser quelques jours pour décompresser.

Il y a du monde sur l'autoroute. Il y a tous ces gens qui ont mis de côté pour se payer deux, trois semaines de congés payés. Ils se sont privés, puis ils ont blindé leur caisse d'un merdier indispensable.

Ils ont mis les valises remplies de fringues, de pompes qu'ils ne mettront pas, de conneries inutiles, au fond du coffre, ils empilent, Tétris. Madame a sûrement pris deux trois bouquins, histoire de faire son intello sur la plage. Monsieur n'a pas pris de bouquin, il dit que les vacances sont faites pour se reposer. Les gosses vont brailler au bout de deux heures « je veux faire pipi, c'est quand qu'on arrive ? ».

J'ai pris avec moi mes bouquins, mes fringues que j'ai entassés dans une grosse valise. Je ne sais pas encore où je vais aller. Je veux descendre sur la côte et voir la mer.

Onze heures du mat. Je m'arrête dans un petit camping. Je me pointe à l'accueil avec mon teint blafard, mes cernes qui font la moitié de mon visage. Je suis ravagée, j'ai besoin de me reposer.

Je fais un break, je m'éloigne des distractions quand les autres s'éloignent du monde du travail et de leur train-train quotidien. Eux, ils cherchent les distractions et moi, je veux juste du silence.

La nana de l'accueil me dit « vous restez la semaine complète ? On a un petit bungalow au fond du camping, il est à deux pas de la plage ». Je donne l'argent, la pièce d'identité. Je remplis la fiche d'inscription.

La petite nana de l'accueil prend des clefs derrière elle ; les clefs sont suspendues à un panneau de bois. Elle me sourit. Elle me dit « je vais vous appeler le gardien, il va vous accompagner ».

Je patiente dans le préfabriqué, dans le petit bureau où la chaleur étouffante fait pleurer les fronts.

Un mec se pointe, pas dégueulasse, la quarantaine, la peau cramée par le soleil « bonjour Madame »… Je plonge mon regard dans le sien. Je le suis. Il me dit « vous pourrez venir chercher votre voiture une fois que nous aurons fait le tour du bungalow ».

Je le suis dans l'allée. Je le suis et j'écoute le bruit de mes pas qui foulent le gravier. Il porte des tongs, un bermuda et un débardeur. Il a un tatouage sur l'épaule droite. Joli petit cul. Je le regarde marcher. Nous avançons encore.

Nous arrivons au bout du camping, allée 7. Au bout du camping, il y a mon bungalow et il y a sur la droite un petit chemin sableux. L'homme se tourne vers moi et me dit avec un accent chantant « le matin vous pourrez aller directement à la plage, Madame ». Il a le soleil dans la voix, il a le soleil dans le regard.

Nous entrons dans le bungalow. Il me dit « ce n'est pas grand, nous aurons vite fait le tour ». Puis je passe devant lui pour voir l'état de la chambre. En passant devant lui, je le frôle et je le fixe droit dans les yeux. Il a un parfum frais comme les champs de lavande. J'ai le cœur qui tambourine au fond de mon ventre. Puis je vois la bosse sous le bermuda. Je regarde la chambre. Il est derrière moi. Je me baisse un peu et fais mine de ramasser quelque chose au sol. Je sens son regard sur moi. Je ne porte pas de culotte sous ma jupe trop courte. Je l'entends soupirer. Je me tourne vers lui. Je passe ma langue sur mes lèvres. Je m'approche de lui. Je le coince contre la porte des chiottes et passe ma main sur son calbute tendu. « Tu bandes ? » lui demandé-je.

– Madame, s'il vous plaît… jamais avec…

– … les clientes ?

– Oui, jamais avec les clientes…

– Personne n'en saura rien, je te demande juste de me faire jouir.

– …

Il balbutie quelques mots que je ne comprends pas. Je dénoue le nœud de son cordon. Je baisse son caleçon pour en sortir sa queue. Quinze centimètres à vue d'œil, gland bien prédominant, sexe raide et tendu. Je me mets à genoux et je commence à le sucer. Sa normalité m'excite. Il commence à geindre, il commence à soupirer, il commence à couiner. Je continue d'aspirer sa bite. Je passe ma main droite entre mes cuisses. Je le suce en le regardant et en me branlant avec insolence.

– Tu veux me baiser ! ? …

Je me relève. Je mets mes seins et mon ventre contre la petite table. Je relève ma jupe.

– Prends-moi.

Il ne sait pas quoi faire, il ne sait pas s'il doit venir ou me laisser là, dégoulinante de plaisir. J'ondule mon bassin, j'écarte les cuisses. Je lui dis « viens vite… ».

Il s'approche de moi. Je pose mon visage sur mes mains croisées sur la table. Je me cambre. Avant de sentir sa queue me pénétrer, je sens son souffle sur ma nuque, ses baisers dans mon dos. Je lui répète « prends-moi ».

Maladroitement, en tremblant, il enfonce au fond de ma chatte sa demi-molle. Il commence des allers-retours en douceur, avant de me défoncer en poussant de petits râles de plaisir. Il dit « je vais jouir, je vais jouir ». Je lui réponds « sors ta queue et jouis-moi sur le cul ». Il continue quelques va-et-vient. Il commence à pousser un long râle, sort sa bite de mon ventre. Il s'astique le manche pendant que je me branle, je jouis en sentant les premières gouttes de sperme toucher la peau de mes fesses.

Il s'effondre sur moi, juste quelques instants. Puis il range son bordel. Je remets ma jupe en place.

Je reste quelques jours dans mon bungalow. Je me fais mater par les poivrots du bar dans l'angle du camping lorsque je passe devant. Je les imagine à poil, avec leurs ventres bedonnants, leur petite queue rentrée dans la coquille. Je les imagine nus, transpirants, en chaussettes, banane autour de la taille.

L'air marin me fait du bien. Le soleil commence à faire brunir ma peau.

J'observe. J'écoute les bruits de vie… Je me recentre sur moi, sur mes envies.

Je suis dans mon lit, il est dix-neuf heures, j'ai chaud. J'ai terriblement chaud.

Excitation incontrôlée. C'est lorsque mon cœur bat trop vite dans ma poitrine, lorsque ma chatte a des impatiences, lorsque ma tête bout. La fenêtre de mon bungalow est ouverte.

J'ai les jambes écartées, le corps en sueur. Je laisse glisser ma main sur mon sexe humide. Je commence à me masturber en imaginant l'un des vieux pervers du bar me prendre en levrette. Mes yeux sont fermés, je me laisse aller à mon fantasme. Lorsque j'ouvre les yeux, je vois deux ombres derrière la fenêtre. Puis j'entends deux chuchotements. Je fais mine de ne rien entendre, de ne rien voir. Ça m'excite encore plus. Au moment où je me mets à quatre pattes, je vois l'un de mes voyeurs. Il ne doit pas avoir plus de dix-sept ans.

Une fois à quatre pattes, je me cambre et offre à mes deux petits cochons une vue imprenable sur mon intimité. Je commence à gémir. Je me masturbe de plus en plus fort, des gouttes de plaisir tombent sur les draps ; je remue mon cul comme une chienne en chaleur. Je gémis… puis je me tourne de nouveau. Je vois les deux jeunes hommes ; ils sont statiques. Ils ouvrent de grands yeux. Je leur souris. Je leur dis « venez ». Ils ne parlent pas. Ils ont la bouche ouverte, ils se contentent de hocher la tête de bas en haut. Je me lève.

J'ouvre la porte du bungalow. Mon corps est recouvert de sueur.

Ils sont beaux. Torse nu en caleçon de bain. Ils sont jeunes, frais. L'un est brun, de grands yeux verts innocents ; l'autre a les cheveux blonds comme les blés. Starsky et Hutch.

Je commence à embrasser le beau brun pendant que ma main se balade sur le calbute du blond. Ils ont tout juste dix-huit ans. Deux geeks qui passent leur temps à se branler sur Youporn sans avoir osé passer le cap du dépucelage.

Le blond dit « je peux vous toucher, Madame ? ». J'ai trouvé sa timidité touchante. Je lui dis « oui, tu peux… vous avez déjà fait l'amour avec une femme ? ». Après un court silence, ils se sont regardés, ils ont dit « non, Madame… ». Je m'allonge sur le lit. Je dis « venez, mon corps est à vous… touchez, pincez, mordez… explorez »

Ils viennent vers moi… Je dis « je vais vous montrer comment faire jouir une femme. Mon corps vous servira de support… ».

J'écarte mes jambes… j'écarte mon sexe. Les deux gosses sont devant moi, le caleçon tendu. Je commence à toucher mon petit capuchon. Je dis « c'est le clitoris… venez plus près ». Ils se mettent à genoux entre mes cuisses. Je dis « touchez mon clitoris… doucement, du bout des doigts pour commencer ».

Le blond s'approche. Il pose son doigt sur mon clitoris et commence à faire de petits cercles, doucement. Je gémis « oui, encore, continue, tu es très doué… si tu veux, tu peux me doigter ». J'explique comment atteindre le point G. J'explique les doigts à mettre dans le vagin, comment les recourber, comment actionner la pompe orgasmique.

Le brun enfonce un doigt, puis deux. Le brun dit « vous dégoulinez, Madame, vous en mettez de partout ». Je dis « ça vous plaît ! ? ».

– Oh oui Madame…

– Madame ? J'aimerais que vous vous mettiez à quatre pattes, pour voir votre cul comme tout à l'heure, me dit le brun.

Le blond se met en face de moi pendant que le brun reste à l'arrière. Le brun dit « vous nous avez dit qu'on pouvait tout faire avec vous, n'est-ce pas ? ».

– Oui… tout faire… mais je veux que vous sachiez qu'il est important que votre partenaire soit consentante. Avec moi, faites tout ce qui vous passe par la tête. Mais vos amantes méritent tout votre respect. Avant que je vous serve d'objet, promettez-moi de ne pas abuser des femmes et de leur offrir tout le plaisir qu'elles méritent.

– Oui Madame, bien sûr…

Je me cambre pour offrir mon cul au brun qui commence à bien titiller mon clito tout en enfonçant ses doigts dans mon ventre. Je bouge un peu, j'ondule je dis « c'est bon, j'aime ça… ». Le blond vient de sortir sa queue. Il me dit « suce-moi ». Je le regarde, je lui souris. Je prends sa bite dans ma bouche pendant que son copain continue de jouer avec ma chatte. Je l'aspire, je le lèche, et en deux minutes il me jouit dans la bouche…

« Pardon Madame. »

Dans mes gémissements, je lui réponds « non ce n'est pas grave, c'est normal. Tu vas rebander dans deux minutes, occupe-toi de mes seins en attendant ». Il passe ses mains sous mes seins et commence à les pétrir. Je dis « pince-les plus fort, pince les tétons… oui, comme ça… ».

Le brun pose ses mains sur mon cul, je sens qu'il commence à forcer l'entrée de mon anus. Je dis « attends… à côté de toi il y a un tiroir, il y a des capotes dedans, mets-en une ».

Le tiroir s'ouvre, le blond me trait les seins, je me cambre encore un peu et la bite du brun commence à forcer l'entrée de mon anus. Je dis « crache dessus ». Le brun crache sur ma petite rondelle. Le blond m'embrasse le dos, les épaules, il embrasse ma bouche en s'occupant de ma menue poitrine. Il se remet à bander. Il reprend sa bite et la fourre dans ma bouche. Le brun commence à m'enculer avec force. Avant qu'il ne jouisse, je le retire de mon ventre.

– Viens t'allonger sur le dos, dis-je au blond.

Le blond s'allonge sur le dos. Je prends une capote dans le tiroir. Je mets la capote sur la bite du blond et le chevauche, je me tourne vers le brun « encule-moi comme tout à l'heure, je veux me sentir bien remplie par mes deux étalons ». Mon cul est rempli de la bite du brun, ma chatte de la bite du blond.

Les deux jeunes garçons transpirent, leurs jeunes corps d'éphèbe sont tout luisants. Le blond me regarde, je l'embrasse, il me chuchote « je vais encore jouir Madame ». Je me tourne vers le brun, « moi aussi Madame, je vais jouir ».

– Attendez… dis-je dans un soupir.

Je me mets à genoux sur le lit.

– Inondez-moi de sperme, les garçons.

Je me masturbe en les regardant ôter leur capote avant de s'astiquer le manche devant moi. Je me branle de plus en plus fort en cambrant mon corps… Le blond dit « t'aime ça, salope ? ».

Il s'est aventuré à m'insulter, je le regarde, je lui souris. « Oui j'aime ça. » Les yeux du brun se révulsent, il prend ma tête par les cheveux « ouvre ta bouche je vais jouir ». J'ouvre ma bouche, il se déverse dedans. Le blond dit « attends, moi aussi je veux la remplir ». Il se met à éjaculer à son tour dans ma bouche. Je dégouline de sperme et je jouis en éjaculant sur mon lit. Les deux jeunes rangent leur queue. Je m'essuie la bouche, je souris.

– Merci Madame…

Je reste quelques minutes avec mes deux jeunes garçons. Ils me racontent qu'ils se connaissent depuis la maternelle. Ils me parlent des heures passées sur leur ordinateur sans jamais oser passer le cap de la rencontre avec une femme. Ils me racontent qu'ils avaient peur d'être maladroits. Ils me remercient encore… Je m'allonge sur le lit, les deux jeunes sont partis.

Mon téléphone sonne. Lili. Lili, c'est une amie que j'ai rencontrée avec S dans une soirée libertine. Elle me propose de la rejoindre dans son appartement au Cap. Je partirai demain…

LILI

Je suis à peine à une heure du Cap, je décolle vers vingt-trois heures, histoire de ne pas me taper les embouteillages.

Lili vient me chercher à l'extérieur du Village. Elle ressemble à une pute de loin, petite robe courte et talons aiguilles. Elle se dandine en me faisant de grands signes comme si on pouvait la louper. Je la fais monter dans ma caisse, elle me tend son passe pour entrer dans le village.

Elle me dit « mais tu étais où, tu es toute bronzée ».

– Dans un camping familial, pendant une semaine, pas très loin de là.

– Pourquoi t'es pas venue directement ? T'as dû te faire chier.

– J'avais besoin de prendre l'air et de donner des vacances à mon corps.

– Et ça a marché ?

– Je me suis tapé le gardien et deux ados…

– Rose, tu es mon modèle…

Lili me raconte ses histoires de cul dans l'appartement des pirates, des Blacks entre vingt et quarante ans, au service de ces dames.

Elle parle avec des mots crus, ça me fait rire. Elle est belle, Lili, petite brune, de faux airs de Victoria Beckham. Prof de philo le jour, salope la nuit. Elle s'assume parfaitement, elle est juste un peu effrayée car elle ne connaît pas ses limites. Elle a quitté son mari l'an dernier. Pourtant, son mari la laissait libre de vivre toutes les expériences qu'elle voulait. En même temps, il n'avait pas le choix le pauvre, c'était ça où le cocufiage à mort. J'ai toujours eu un coup de cœur pour Lili. Il nous arrive de baiser quelquefois ensemble, en bonnes « copines ». Elle m'excite. Son corps, sa voix, son visage d'ange, sa perversité, ses vices…

Elle me raconte les grosses bites des Blacks qui ont défoncé sa chatte. Elle écarte les jambes à côté de moi pendant que je cherche une place dans le Village pour me garer. Elle me dit « regarde Rose, j'ai la chatte explosée». Et elle part dans un fou rire. Sa chatte épilée, bien bronzée, est toute gonflée.

Elle me dit « demain on se fait la dune ? ». Je ne sais pas de quoi j'aurai envie demain. Je lui souris. Elle me dit « t'es fracassée Rose, hein ? ». Je hoche la tête.

Je trouve une place pour me garer. Son appartement est à quelques mètres plus loin; il y a du monde dans les rues du Village. Il y a les femmes nues ou court vêtues, il y a des maigres, des grandes, des petites, des grosses, des jeunes, des vieilles… Il y a toutes sortes de corps, toutes sortes de physiques; il y a toutes sortes de pratiques; il y a des gens qui se font promener en laisse, il y a tout; le Village libertin est une aire de jeuX pour grands enfants en mal d'adrénaline, de sexe et de sensations fortes. Je suis à la fête foraine du cul.

On passe devant un bar. Lili s'arrête à une table pour rejoindre une femme blonde d'une cinquantaine d'années, accompagnée d'un beau jeune homme de vingt ans. Lili dit «vous voulez venir à la maison ? J'ai du bon champagne». Je regarde la femme, puis je regarde son amant. On dirait une mère et son fils. Elle, elle porte une robe courte et moulante, ses bourrelets dépassent, et le gosse un costard, il a une gueule de niais. La vieille dit à son jeune, en lui tendant une black-card, «allez va payer, que tu serves à quelque chose». Pendant que le gamin se lève, elle s'approche de nous et dit «je les aime jeunes et endurants, belle bite, belle gueule, et i'me font pas chier. J'les supporte plus, les mecs de mon âge, avec leurs problèmes de santé, leur ceinture lombaire et leur bite molle».

Le couple incestueux nous accompagne chez Lili. La soirée promet d'être longue. Fait chier, je voulais me pieuter. En arrivant à l'appartement, je pose ma valise remplie de bordel de vie dans sa chambre. J'ouvre la valise, je commence à ranger mes fringues dans le placard aux portes coulissantes. J'entends le couple et Lili discuter dans la salle à manger. Je passe par la salle de bains, j'arrange mes boucles brunes. Je prends une douche vite fait, histoire de me laver le cul et de me raser les deux trois poils des mollets. J'enfile une petite robe fine, je reste pieds nus et je rejoins les trois compères. Ils ont déjà attaqué le champagne. Lili me tend une coupette. La femme parle beaucoup, le mec reste muet. Il doit faire partie de ces mecs qui trouvent une vieille pour se faire entretenir ; égalité des sexes.

Il sourit bêtement, il hoche la tête de temps en temps et quand Madame demande quelque chose, il court chercher comme un chien bien dressé.

La femme raconte ses histoires de cul ; elle raconte comment elle s'est fait baiser par une bande de minets. Elle raconte le nombre de bites qu'elle a sucées. Elle dit que ça lui fait du bien de s'extraire du monde, de la folie quotidienne, de son boulot qui lui prend la tête. Elle dit « je sais que je vais tomber en dépression dans deux semaines, quand il va falloir que je retourne bosser ». Le Village est une sorte de paradis du sexe, un endroit coupé du monde ; une bulle où chacun a le droit d'exposer librement sa façon d'être, de se vêtir, sa façon d'aimer et de jouir. J'écoute sans prendre la parole. J'observe le mec. Il prend son portable, il a l'air de se faire chier. La vieille s'appelle Violette, ou du moins, Violette c'est le prénom qu'elle a choisi de porter, ici. Le jeune doit se la taper le soir, il doit la faire jouir même lorsqu'il n'a pas envie. Violette est blond platine, la peau cramée et abîmée par le soleil. Elle porte sur son visage les marques du temps. Sa minijupe laisse découvrir des cuisses rondes remplies de cellulite. Dans le « monde » réel, elle se ferait traiter de pute. Elle aime l'or, Violette, ou du moins ce qui ressemble à de l'or. Elle est blindée de tune et pourrait arrêter de bosser, mais ça lui donne un statut social de bosser. Responsable de mon cul dans une grande entreprise.

Lili et Violette discutent. Puis Lili se rapproche de Violette. Elle dit « je me suis fait démonter par les pirates à plusieurs reprises… ». Lili raconte ce qu'elle m'a raconté dans la voiture. Puis elle remonte sa jupe, elle écarte ses cuisses et montre sa chatte à Violette. « Regarde, elle est complètement explosée… elle a besoin d'attention, de tendresse et d'une langue habile ». La vieille commence à caresser le sexe de mon amie Lili, elle dit « je vais m'en occuper… Lili, tu es déjà trempée… ».

Les deux femmes se rapprochent devant le regard du jeune qui n'a d'yeux que pour Lili. Il s'aventure à jeter de temps en temps un coup d'œil sur mon décolleté. Je n'ai pas envie de me faire défoncer, mais je commence à être excitée. Je glisse ma main sous ma jupe en regardant les deux filles se gougnotter. Le jeune ne bouge toujours pas. Lili me regarde, elle me dit « tu veux te joindre à nous, Rose ? ».

– Non, amusez-vous à m'exciter, je préfère me branler ce soir, lui dis-je les jambes écartées, le sexe offert.

– Comme tu veux… j'aime bien quand tu te branles, tu sais à quel point ça m'excite.

La vieille branle ma copine, ses ongles sont longs et manucurés. Elle fait disparaître ses ongles dans le ventre de mon amie qui commence à gémir. Puis la vieille se fout à genoux devant Lili, le cul cambré. Elle se tourne vers le « gamin », elle dit « viens donc ici et occupe-toi de maman, mon petit branleur ».

Le jeune homme se lève. Lentement, il s'approche du cul de la vieille et la caresse doucement. Je regarde le trio prendre forme. Lili a la tête renversée en arrière. La vieille a la tête entre les jambes de Lili et lui bouffe la chatte en faisant des bruits de succion. Le jeune sort sa queue et laboure le cul de la vieille. J'observe, je ressens, je me focalise sur mon propre plaisir.

Le jeune s'active de plus en plus. Puis la vieille se relève. Elle regarde le jeune, elle dit « prends ma copine, elle est prête ». Le jeune homme, et sa demi-molle, s'approchent de Lili. Lili écarte ses jambes, Lili a la bouche gonflée, les yeux brillants de vice. Elle dit « je vais jouir rapidement… ». Le jeune lui sourit, sa bite se dresse, il sort une capote et s'empresse de la mettre, il s'empresse tellement qu'elle lui échappe des mains. La vieille dit « t'es vraiment débile, mon pauvre. Passe-m'en une autre ». Elle s'approche de la queue aux veines saillantes et au gland développé du gamin, elle place la capote d'une main. Elle dit « allez, fais jouir ma copine… ».

Il enfonce son sexe dans le ventre de mon amie, l'embrasse, lui pince les seins. Lili dit « je vais jouir, je vais jouir ». Elle m'excite,

Lili. Elle me regarde, elle dit « je viens… ». C'est en la regardant droit dans les yeux en train de se faire bourrer par le jeune que je laisse éclater ma propre jouissance… La vieille gicle sur le canapé en se doigtant et en poussant des râles de truie à l'abattoir. Le gamin reste quelques minutes, le corps secoué de spasmes, dans le corps de Lili.

Il est cinq heures du matin. Le jour commence à se lever.

LA NIÈCE

Je me réveille en nage. Lili dans le creux de mon bras. J'ai entendu les bruits dans ma tête, les chuchotements du manque, puis j'ai vu l'ombre furtive et j'ai senti le parfum du Loup affamé. Il n'y avait personne. Ma tête n'est pas assez vide. Lorsque j'étais gosse, toutes les nuits, il y avait la main au gant tantôt blanc, tantôt noir, qui venait me toucher sous les draps, et il y avait les chuchotements. Il ne fallait pas que je fasse de bruit. La main remontait le long de mon corps, me touchait, me palpait. Les adultes disaient que je rêvais…

Lili est belle avec ses cheveux emmêlés, sa peau brune, sa bouche pulpeuse. Lentement, je prends sa tête et la pose à côté de moi, en faisant bien attention de ne pas la réveiller. Elle se tourne, marmonne deux trois mots, ouvre les yeux, me sourit et s'endort de nouveau.

Je regarde l'heure sur mon portable. Neuf heures trente. Je voudrais pouvoir, comme Lili, dormir un peu plus longtemps ; dormir comme les jeunes et me lever à quatorze heures trente du « mat ».

Je vais me faire un café, je le bois sur la petite terrasse en bois et je regarde le Village se réveiller.

Je trempe mes lèvres dans ma tasse, je respire… Je prends juste mes essentielles et inoubliables « deux secondes pour respirer ».

– Bonjour…

Sur la terrasse voisine, séparée de la mienne par des canisses, se trouve une jolie petite tête blonde… une pépette déjà maquillée et apprêtée. Elle doit avoir à peine vingt piges.

– Salut… dis-je.

– Je m'appelle Lilith…

– Enchantée Lilith, je m'appelle Rose…
– Une belle journée s'annonce, n'est-ce pas ?
– Oui… je pense…
– Je suis ici avec mon oncle… dit-elle sur un ton enfantin.
– Avec ton oncle ?
– Oui… Il a voulu m'emmener en vacances, mais mes parents ne savent pas que c'est ici, ils pensent qu'on est dans un camping avec des vieux et des gosses qui courent partout…

Elle éclate de rire. Un rire cristallin, un rire pur… Je m'approche de Lilith. Elle a les yeux d'un bleu azur, des lèvres bien dessinées. Sa peau est délicate et n'a pas encore eu la morsure du soleil. Elle est pâle, fragile et appétissante.

– Vous voulez que je vous raconte mon histoire, Rose ?
– Pourquoi pas. Je vais me refaire un café, t'en veux un ?
– Non merci, je ne bois jamais de café…

Je reviens avec une nouvelle tasse de café, je m'allume une clope, Lilith ne fume pas non plus. Puis Lilith me regarde, petite fille perverse me raconte…

Je lui dis « continue, non, tu ne me choques pas ». Elle s'arrête quelques instants pour regarder derrière elle.

– Faut qu'je fasse attention, continue-t-elle, mon oncle peut se réveiller à tout moment. Et je voudrais pouvoir tout vous raconter, Rose. Voulez-vous que je continue ? Je n'ai pas envie de vous ennuyer… il paraît que je parle trop…

– Non, je te trouve touchante. Ton histoire me plaît, continue.

Son regard est vif, elle sourit…

– À ma majorité, il a organisé une réunion avec deux trois de ses copains qui devaient avoir entre quarante et soixante ans. Mon oncle m'avait acheté un plug queue, j'sais plus comment ça s'appelle. Il m'a foutue à quatre pattes. Il avait écrit sur mon corps « je suis une salope, un sac à foutre, une pute gratuite qui aime se faire défoncer ». Attends, je reviens…

Lilith rentre dans son appartement et revient une minute plus tard…

– J'suis allée vérifier qu'il dormait. Qu'est-ce qu'il ronfle… Bon après, il a mis de la crème qui chauffe sur ma chatte, et pour le coup j'ai commencé la soirée en me frottant contre le pied d'une chaise. Il m'avait interdit de me branler. Puis ses copains m'ont remplie de foutre. Ça te dérange si je me touche pendant que je te raconte ça, Rose ? Ça m'excite de me souvenir de tout ça…

– Mais je t'en prie, ne te gêne pas pour moi, dis-je en éclatant de rire.

Je devine la main de Lilith passer sous sa petite chemise de nuit, elle bouge le bras quand elle me parle et ferme les yeux par moments. Sa bouche se gonfle, ses joues rosissent, elle me fait bander comme un porc, la salope.

– J'adore me caresser devant quelqu'un… bref, c'est mon oncle qui m'a ordonné de prendre la pilule, il m'a dit qu'il ne voulait pas utiliser de capotes avec moi. Il fait toujours attention aux gens qui me sautent pour pas que je chope de maladie. Il aime voir le sperme couler le long de mes jambes ; quand je me fais remplir par les mecs, chacun doit me boucher le trou utilisé après éjaculation. Je me fais remplir de sperme. Et chaque fois on bouche tous mes trous… je suis toute mouillée, je pense que je ne vais pas tarder à jouir… mais je peux être discrète. Parfois, je me branlais en cours, et les profs voyaient rien…

– T'es une vraie petite salope, Lilith…

– Oh oui… et puis, je vous trouve belle…

– Continue ton histoire…

Elle continue de me parler en gémissant et en soupirant. Elle passe sa langue sur ses lèvres et moi je n'ai qu'une envie, sauter ces putains de canisses pour pouvoir la baiser.

– … Le soir, quand tout le monde partait, mon oncle enlevait « les bouchons ». Il se branlait sur moi en me traitant de tous les noms, et moi je devais me branler et jouir en même temps que lui. Parfois, il me mettait des pinces sur les seins et la chatte, puis il m'a attachée aussi, et donné des coups de martinet en me traitant de petite fille perverse. Je pouvais jouir sans me branler comme quand je regarde un bon film de cul.

Elle se retourne une fois de plus, elle rigole.

– Tu flippes qu'il arrive, hein ? Mais ça t'excite aussi…

– Oh oui… regarde comme je mouille.

Elle me montre ses doigts dégoulinants de mouille…

– … Je me souviens, pendant un repas de famille, j'avais mis une petite jupe, je devais avoir quinze ou seize ans. Dans la famille, on est tous très proches, mais on baise pas les uns avec les autres, hein ; mais ça surprend personne quand je monte sur les genoux de mon oncle pendant un repas. Je suis montée sur les genoux de mon oncle, à table. Il y avait une nappe, personne ne voyait ce qui se passait, car mon oncle est super-discret. Il m'a fourré sa bite dans mon trou, il m'a dit « faut pas faire de bruit, ma petite salope ». Et j'ai joui en regardant mon père qui était face à moi. Mon père n'a jamais rien vu et su, mais moi j'ai dégouliné sur mon oncle.

– Et t'as jamais eu de copains, alors ?

– Pour quoi faire ? J'aime mon oncle, il me suffit et je peux avoir pleins d'amants sans avoir de crises de jalousie.

– Ouais, c'est une façon de voir les choses…

– Après ma majorité, mon oncle m'a emmenée en boîte échangiste, il m'a fait tout connaître. Les gang-bang, la soumission, tout… et je lui en demande encore. J'adore ça. C'est moi qui lui ai dit qu'un jour que je voudrais venir au Cap pour pouvoir vivre libre la relation que nous avons. Cet après-midi, on va à la dune. Tu voudrais venir avec moi, Rose ? T'es belle et j'aimerais que tu sois avec moi. Ça ne te dérange pas que je te dise tu ?

Je termine mon café. Je m'approche un peu de Lilith. Je l'embrasse, je lui dis « oui, je viendrai… ». Puis il y a la voix d'un homme « Lilith ? T'es ou ? ».

– Je suis ici, mon oncle…

Lilith me regarde, elle me sourit, elle me chuchote « je vais te le présenter, mais chut, tu dis pas que je t'ai raconté… ». Un homme gros, petit et laid, au regard vicieux et pervers, se penche vers moi. Il dit « bonjour… je m'appelle Robert ». Je lui tends la main. Puis il regarde la gamine et lui dit « mais dis, qu'est-ce que t'étais en train de faire ? T'as ta gueule de jouisseuse ». Lilith dit « je discutais avec mon amie Rose, elle m'a dit qu'elle voulait venir avec moi dans les dunes… ». Robert sourit, il dit « on se rejoint en bas de l'immeuble à seize heures, Rose ».

C'est ça aussi le Cap, c'est ça aussi l'esprit libertin. Deux mots d'échangés et on se retrouve vite en tête à queue.

Je rentre dans l'appartement. Lili dort encore. Je me couche à côté de Lili, je me branle sur l'histoire de Lilith en l'imaginant en train de se faire sauter par son oncle.

Je fais un tour à la piscine du village. Je me fais un peu bronzer en sirotant un cocktail, je branle un mec dans les chiottes et me fais sucer par une jolie blondinette sur le transat. La vie est belle.

À quinze heures, je rentre à l'appart. Lili est absente. Je prends une douche rapide avant de rejoindre Lilith et son tonton pervers.

Il fait terriblement chaud. Lilith vient vers moi, me prend par le bras comme les copines au collège se prennent par le bras. Elle me chuchote « tu vas voir, je suis une sacrée salope… je suis en train de mouiller, tu veux toucher ? ». Lilith soulève sa petite robe à fleurs, elle me tend son sexe. L'oncle dit « Lilith, tu es mal polie ». Il lui tire une claque. « Je t'ai dit que tu ne devais rien demander… ». Lilith a les yeux qui brillent. « Pardon, mon oncle, mais je mouille beaucoup et je suis tellement excitée ». Je regarde l'oncle et Lilith. L'oncle a le regard sombre et tendre à la fois. Il dit « tu veux jouer les salopes ? Soulève ta robe et écarte tes cuisses ». Elle a une chatte toute lisse, sans boutons, une chatte *photoshopée*. L'oncle me regarde. « Rose, voulez-vous voir à quel point ma petite nièce est une cochonne ? ». Je m'approche de la gamine, je passe ma main entre les cuisses de Lilith. De mon autre main, je tire ses cheveux à l'arrière. Je la défonce avec mes doigts. Elle gicle sur le sol, je lui chuchote à l'oreille « Lilith, t'es qu'une petite salope, j'ai dû me branler à cause de toi, et là j'ai encore envie de me branler, si ton oncle m'autorise, je vais m'occuper de toi à la dune, et tu devras faire ce que je désire ». Elle soupire, elle dit « oui oui ».

Je fais jouir Lilith sur le trottoir, en bas de l'immeuble. Dans la vie réelle, dans la société traditionnelle, jamais je n'aurais pu faire jouir Lilith dans la rue.

Je dis à l'oncle « je voudrais m'occuper de votre petite salope de nièce aujourd'hui ». L'oncle me regarde sourit, il dit « ça tombe bien, aujourd'hui j'ai un tas de choses à faire, je vous la laisse, Rose. Voici ses accessoires, si elle n'obéit pas, claquez-la ». Il me tend une laisse, un collier. L'oncle part.

J'attache le collier autour du cou de Lilith. Je l'attire vers moi, je l'embrasse. Je lui dis « tu vas te faire démonter, petite vicieuse ». Nous traversons le village. Je tiens Lilith en laisse comme S me tenait en laisse il y a un an déjà. Les gens regardent la brune au teint hâlé tenir en laisse la blonde à la peau blanche et délicate.

Je détache Lilith, juste le temps de traverser la plage famille, et lui remets sa laisse lorsque nous arrivons sur la Baie des Cochons… Je marche doucement, en jetant quelques regards à des hommes. Les hommes se lèvent les uns après les autres et nous suivent. Lilith regarde derrière elle, elle me dit « mais ils sont nombreux… je ne pourrai jamais… ». Elle n'a pas le temps de terminer sa phrase que je la regarde. Elle baisse les yeux. Je l'ai surprise en train de sourire.

Nous arrivons à l'arrière des dunes, suivies d'une vingtaine d'hommes. Des hommes différents, des hommes gros, grands, maigres, petits, vieux, jeunes. Certains touchent leur teub comme certains petits garçons le font constamment, par réflexe. J'installe une serviette au sol. Je dis à Lilith « écarte tes jambes, et allume-les tous, je choisirai ceux qui peuvent te baiser… ».

Lilith s'installe sur la serviette ; les hommes sont tous autour d'elle. Elle est nue, belle à en crever. Je porte en paréo le foulard noir d'Alex. Je regarde la petite Lilith s'exhiber. J'observe son corps offert, j'observe autour du corps offert les corps des hommes, des chiens errants, des loups affamés. Il fait chaud. Le soleil tape sur ma tête, le soleil tape sur le corps blanc de Lilith qui s'abandonne à son onanisme, à l'étalage de sa chair, l'étalage de son désir.

Les hommes ont la bite dans leur main, certains transpirent. Ils sont laids. Aucun ne mérite le corps blanc et fragile de Lilith. J'observe encore les allées et venues. J'observe la foule qui s'épaissit. J'ai la nausée. J'ai la tête qui tourne. Je regarde de nouveau Lilith. Lilith me regarde, la chatte luisante. Je m'approche d'elle et lui susurre « aucun homme ne te prendra, petite fille, aucun homme ne trempera dans le jus de ton désir son sexe puant. Regarde-les, petite fille. Regarde à quel point ils sont ridicules dans leur attente ». Je plonge mes doigts dans le corps fragile de Lilith, j'agite mes phalanges dans le doux écrin de velours. Je dis « regarde leur bite suintante, regarde leur visage défiguré par le désir… tu veux te faire baiser par l'un d'entre eux ? ». Elle soupire, elle gémit, elle me répond « non… je veux rentrer, je veux jouir sous tes doigts, je veux jouir sous tes baisers ».

– On ne rentrera pas, je ne te donnerai pas ce que tu désires, t'as voulu v'nir à la dune, sous les ordres de ton oncle. Ton oncle veut que tu t'fasses salir par les inconnus, tu t'feras salir par les inconnus. Je veux que tu jouisses pendant qu'ils se masturbent sur ton corps de petite fille.

Je regarde les hommes, je fais signe à un petit gros de s'approcher de Lilith, je dis « personne ne la touchera, branlez-vous sur elle ». Je fais signe à un grand maigre, à un jeune, à un vieux. Ils sont regroupés, ils sont une dizaine autour de Lilith. Je ne la vois plus, je l'entends gémir. Je vois le sperme jaillir des queues, je vois les hommes s'extraire du cercle après les éjaculations. J'entends Lilith hurler « oui, oui, je vais jouir ».

Les hommes partent après avoir joui, certains restent, juste par curiosité. Il n'y a plus personne autour de Lilith. Je vois la jeune fille recouverte de sperme de la tête aux pieds. Je vois la jeune Lilith avec du liquide visqueux dans les cheveux, sur les seins, la chatte, les jambes. Je dis « viens ici, petite chienne lubrique ». Je rattache la laisse au collier. Je dis « tu vas rentrer recouverte de sperme puant, petite cochonne ». La cyprine dégouline le long de ses cuisses lisses. Je la promène recouverte de liquide blanchâtre qui, petit à petit, se transforme en liquide transparent. Elle pue, elle pue le sperme.

Je la ramène à l'appartement.

L'oncle ouvre la porte. Il tire une claque à Lilith et dit « sale petite gamine perverse. Il va falloir que je te donne la douche et que j'insiste sur ta chatte de vilaine salope ». La gamine baisse les yeux. L'oncle me dit « venez donc assister au nettoyage, Rose ».

Je n'assisterai pas au nettoyage de Lilith. Elle me racontera le lendemain, le jet d'eau tantôt chaud, tantôt froid, agiter son clitoris. Elle me racontera le tuyau dans son cul qui remplit ses intestins. Elle me racontera la bite de son oncle dans sa chatte…

Je rentre…

Je suis fatiguée.

ÉCRASÉE

Fin des vacances. Retour dans le monde réel. Quelques jours coupée du monde, coupée de tout. Lili, Lilith… Je perds pied. Je me noie. Je bois trop, je fume trop. Je suis vidée, déconstruite.

Puis il y a le désir de remplissage du corps qui me pousse à faire des choses que je vomis le lendemain. Il y a les bourdonnements qui n'ont de cesse de m'étourdir et les voix qui se font de plus en plus distinctes. Je me sens mal…

Je ne pleure plus. Je ne fais plus couler le rimmel sur mes joues, je ne veux plus ressembler à un clown triste en fin de prestation. Je me répugne. La vie dans l'excès ne m'amuse plus. Faut que je bouge. Je siffle un dernier verre de vin rouge. Puis je… puis je…

… termine la bouteille de vin rouge. Je repose la bouteille de vin rouge sur la table au milieu des factures à payer, des relances, des publicités mensongères… Et là… sous le tas de merde, un bouquin. *Dans la solitude des champs de coton*… Alex. J'ouvre le livre. « À mon amoureuse… ne m'oublie jamais… ton Loup ». Je prends le bouquin, je le respire. Des flashs… j'ai des flashs… Alex… Mes yeux sont secs, ma mâchoire serrée.

Je me branle encore en pensant à Alex. Je jette le livre sur la table basse. Il rebondit, il rebondit avant de s'écraser sur le sol. Écrasé… comme moi je suis écrasée. Il fait chaud. Il fait lourd. Mon ventre est ma tête, dans ma tête mon ventre. Je garde ce qui est bon, je conchie le mauvais. Je coupe, je broie, les sucs gastriques s'occuperont du reste.

Il y a les petits gâteaux posés sur la table. Il y a la tasse de thé fumante. Je suis le lapin blanc, le lapin que j'ai du mal à rattraper. J'ai grandi trop vite. J'ai envie de pleurer, mais n'y parviens pas. Je suis une adulte. Je suis écrasée par le poids de mes expériences passées.

Qu'est-ce qu'ils ont fait ? Ils ont baisé… Baisé dans le mausolée.
Qu'est-ce qu'elle a fait ? Elle a crié… Crié dans le mausolée.
Qu'est-ce qu'il a fait ? Il a giclé… Giclé dans le mausolée.
Qu'est-ce qu'ils ont fait ? Ils se sont tués… Tués dans le mausolée.
Les corps morts du dessous fusionnent avec les âmes décomposées du dessus…

Parfois, j'ai l'impression de sortir des abysses, de sortir la tête de la rivière du dessous. Mon corps est recouvert de sang, de boue, de larves puantes, de vase… Parfois, je pense voir la lumière et, de nouveau, je suis seule dans les ténèbres.

Je laisse les volets clos. Je n'ai de nouveau pas envie de grand-chose.

Mag m'appelle, je n'ai pas envie de sortir. J'ouvre une autre bouteille de rouge. Je bois seule. Le cendrier dégueule. Je réponds à Mag que je ne sortirai pas ce soir. J'écrase ma cigarette dans le cendrier.

Mon corps se fatigue. Je branle pendant de longues minutes mon clitoris sans parvenir à l'orgasme. La seule chose qui me permet la libération se barre. Je vais devenir dingue.

Je m'allonge sur le lit défait. Le drap de coton blanc n'est plus tiré sur le matelas. Bourdonnements incessants. L'odeur d'Alex s'évapore. J'essaie de nouveau de me branler. Jambes écartées, je frotte ma main sur ma chatte avec frénésie et rapidité. Je frotte de plus en plus fort, mais je ne ressens rien. Pas de chaleur, pas de plaisir, néant.

Absence de tout, absence de rien.

Les draps de coton blanc sont en boule au bout du lit. Je m'assois contre le mur, nue, mon verre de vin dans la main droite. Je bois, je fume. Il fait sombre dans la chambre. Je me sens seule. J'étouffe. J'écrase une nouvelle cigarette dans l'un des verres vides posés à côté du lit. J'ai peur. J'ai peur, sans savoir de quoi j'ai peur. J'ai mal, j'ai mal sans savoir où j'ai mal. J'ai une énorme boule, une boule de coton blanc dans la gorge. Une boule qui m'empêche d'avaler. Je voudrais pouvoir respirer et avaler ma salive. J'ai mal. C'est la mauvaise période.

Je la sens arriver, la période qui avale. Je le sens arriver, le cycle infernal qui engloutit.

Période où le vin n'enivre plus mais rend malade, où le sexe ne soulage plus mais procure les douleurs.

Je la sens arriver, la période où je n'ai plus d'orgasmes qui libèrent mais juste des orgasmes qui soulagent un peu.

Je la sens arriver, la période où les corps des hommes m'écœurent, où le monde m'étouffe ! Je la sens arriver, la période où les amis deviennent bruyants à m'en faire saigner les tympans. La période du vide sensitif.

Je nage encore dans la rivière boueuse. Je m'enfonce au fin fond de la caverne sombre. Seule, il faut que j'exorcise mes maux. Il faut que je décortique ma rancœur, il faut que je soigne les maux de mon âme, les maux de mon cœur. Chuchotements et ombres qui défilent. Il n'y a rien, je suis seule. Il n'y a rien, il ne faut pas que j'entende les bruits que personne n'entend...

Je la sens arriver...

Je la sens arriver... La période qui avale, cycle infernal.

« Vous êtes bien sur le répondeur de Mag, je ne suis pas disponible pour l'instant mais laissez-moi votre message et je vous répondrai dès que possible. »

Dix-neuf heures, gare de Moncul la joie. Deux heures trente de retard. Je regarde les amoureux qui se retrouvent sur le quai de la gare de Moncul la joie ; mouvements au ralenti. Amour. Ça me donne la gerbe, tout ce cirque. Mièvrerie et jeux de rôle pour faire semblant de connaître au moins une fois dans sa vie le même romantisme que dans les films, que dans les livres. Il fait sombre, elle est sombre, cette gare. Il y a les amoureux et il y a la vieille de quatre-vingts piges. Elle regarde à droite, elle regarde à gauche. Elle tient son sac bien serré contre elle. Ils sont encore là, ces deux cons de tourtereaux ? Ils ne peuvent pas rentrer chez eux ? Ils sont là, à quelques mètres de moi, à se lécher la gueule. Corps enlacés. On ne devrait pas subir tout ça. Ils sont attachés, aimantés, collés, scellés. Ils s'aiment, pour l'instant. Ça ne durera que neuf mois, tout ce cirque. Ensuite, soit ils se lasseront, soit ils essaieront de s'aimer différemment. Puis ils se quitteront sans aucun doute. Et commenceront la rancœur, la rage, la mauvaise foi. Et ils se déchireront mutuellement pour se détacher l'un de l'autre. Et ils auront mal. Et ils écouteront des chansons en pleurant et en disant « c'était notre chanson ». Et ils regarderont les films qui font pleurer en se disant « c'est notre histoire ». Nous nous ressemblons tellement que ça en devient effrayant. Nous avons tous les mêmes douleurs, les mêmes déceptions, les mêmes attentes. Personne n'est différent. Personne n'a vécu pire que l'autre. Mais lorsqu'on vit le pire, on pense que personne ne peut nous comprendre. Mais c'est faux. Tout le monde passe par l'amour qui fait du bien avant de détruire.

– Salut, t'as pas une clope, frangine ? me dit un mec grand, d'une vingtaine d'années, un sac sur le dos.

– Non, j'ai oublié mon paquet chez ma pote.

CÂNTĂREȚ

Il est vingt et une heures trente… Il fait presque nuit dehors.

La terrasse est bondée. Il y a des couples, il y a des amis, il y a des enfants aussi. Il y a des femmes qui discutent entre elles comme il y a des hommes qui discutent entre eux; et il y a des gosses qui courent dans tous les sens, des gosses qui braillent, qui se disputent. Des gosses qui ne veulent pas obéir, et il y a les parents excédés. Je regarde le petit théâtre de vie qui s'offre devant moi. Puis il y a la petite fille, tranquille, qui lape une glace, assise sur les genoux de papa.

Je rentre dans le bar, je commande un demi. Je porte toujours mes vieilles fringues sur moi, je suis bien dans mes vieilles fringues. Je suis bien dans mon jean un peu trop destroy et mon débardeur sans forme.

Le mec qui tient le bar est un vieux bougre, un vieux de la vieille, un ancien; un visage buriné par le temps, des petits yeux trop serrés sous des lunettes trop petites. Il porte une chemise à carreaux rouge et noir, une chemise délavée un peu trop grande pour lui. Le vieux a certainement dû maigrir.

Le vieux me sert ma bière, une gitane maïs éteinte collée à sa lèvre inférieure. Il n'a plus de chicots. Il parle avec un vieux maigre qui boit un Ricard dans un verre ballon. «C'est pas le moment que je paie une amende» dit le vieux. – Fais pas chier… juste une petite, je te la paierai ton amende, dit le maigre, une clope à la main.

– Ouais, prends-moi pour un con, tu m'dois déjà une belle ardoise, et si t'étais pas mon beau-frère, je t'aurais foutu à la porte.

– Putain qu't'es crevard… j'te dois rien, ta frangine m'a dit que c'était réglé.

– Y a rien de réglé. Tu veux que je ressorte la note ?

– Tu m'fais chier…

Le vieux maigre se lève avec son ballon de pastis, sa clope au bec. Il sort de sa poche un briquet. Le vieux me dit « c'est toujours la même histoire, il essaie de gratter une ou deux clopes, mais moi, j'ai pas envie que les flics viennent me faire chier ». Puis il sert un autre client.

Je regarde s'éloigner le vieux maigre, je le regarde sortir du bar, et là… devant le miroir collé au mur, le miroir plein de traces de doigts, il y a la rousse ; une rousse magnifique qui me rappelle un peu Elisa. La rousse remet ses boucles en place, elle se remet du crayon sous les yeux. Elle sent que je la mate, elle me regarde dans le reflet du miroir, elle me sourit.

Un jeune d'une vingtaine d'années s'approche d'elle. La rousse doit avoir mon âge, de loin elle fait jeune mais, en y regardant de plus près, on peut voir les marques du temps qui commencent à apparaître.

Le jeune d'une vingtaine d'années lui chuchote quelque chose à l'oreille. La rousse avec un accent lui répond « c'est une question de respect, même si c'est sur une terrasse je dois être présentable ». Elle roule ses « r », elle parle lentement, une voix si douce, presque irréelle.

Elle sort du bar. Sur le comptoir, un fly « Naveles ». Son groupe s'appelle Naveles.

Je termine ma bière, j'en commande une autre. Le vieux me sourit, puis il regarde la rousse et il me dit « c'est une copine d'mon fiston. Mon fiston i' fait d'la 'sique aussi ».

Un couple se casse de la terrasse, j'y cours sans me poser la question du « si on me regarde ou pas ». Je pose mon verre de bière, je me roule une clope à la cow-boy.

La rouquine se met derrière le micro. Un bassiste, un batteur, un clavier, une chanteuse. Je la regarde. Je me laisse porter par les notes de musique. Je me laisse porter par le son de sa voix.

Vingt-trois heures trente. Les musicos remballent leur matos. La chanteuse quitte la scène. Il y a trois mecs bourrés qui s'installent à côté de moi. Je ne les regarde pas. Je quitte la terrasse et retourne au bar à l'intérieur. La fille rousse, la chanteuse, se remaquille devant le miroir. Je m'approche d'elle.

– Salut… belle presta…

– Merci…

– Je vous invite à boire un dernier verre ?

– Merci…

Je la prends par la taille. Je lui offre un verre. Elle me parle avec son accent roumain dans la voix. Elle me dit comment elle s'appelle, elle me dit qu'elle fait de la musique depuis vingt-cinq ans. Elle me dit qu'elle a quitté son pays. Elle me dit qu'elle a connu la misère, le froid et la faim. Elle me dit qu'elle commence tout juste à pouvoir vivre de son travail. Elle me dit que les gens sont durs, qu'ils mélangent tout. Elle me raconte la bêtise humaine. Elle me raconte les insultes, elle me raconte la discrimination, les violences. Elle me raconte le nombre de concerts. Elle me dit qu'elle a rencontré des grands. Les heures passent… Je n'écoute plus ce qu'elle me dit, je suis hypnotisée par sa bouche, par son regard noir. Elle me dit « tu n'm'écoutes pas, Rose… »

– Si je t'écoute, Vassi…

– Non… tu regardes ma bouche…

– Oui, c'est vrai…

Vassi bascule la tête en arrière et ouvre grand la bouche pour rigoler. Elle s'approche de moi elle me dit « tu sais, on m'a prêté une petite loge derrière, tu veux venir avec moi ? ».

L'un des mecs bourrés s'approche de nous, ça pue la merde. Il commence à discuter, j'suis pas assez saoule pour le comprendre. Je me lève. Je prends Vassi par la taille. Je lui dis « elle est où ta loge, ma belle ? ». On part en laissant les trois relous au bar. L'un d'entre eux dit « je vais la baiser, je te dis que je vais la baiser ». Je fais comme si je n'avais rien entendu.

Je suis la chanteuse roumaine jusque dans son petit local, sa petite loge. Dans la petite loge, il y a un portique avec des manteaux suspendus. Il y a une table et, sous la table, des caisses de bouteilles vides. Au fond du petit local, il y a un sac ouvert. Dans le sac ouvert, il y a les robes, il y a le bordel de vie de la chanteuse roumaine.

La chanteuse roumaine ferme la porte. Je plaque Vassi contre le mur. Je l'embrasse, elle m'embrasse. Elle me parle dans sa langue, je ne comprends pas ce qu'elle me dit. Elle guide ma main vers l'intérieur de ses cuisses. Pendant que je caresse son sexe humide et ouvert, elle défait ma ceinture, elle défait les boutons de mon pantalon et elle glisse à son tour sa main sur mon sexe. On se baise mutuellement. Elle me parle dans sa langue, je lui parle dans ma langue. Elle commence à gémir trop fort, je plaque ma main sur sa bouche. Ses yeux s'ouvrent en grand et elle hurle en silence le plaisir qui l'envahit. Elle dégouline dans ma main. Je retire mes doigts. Je baisse un peu mon pantalon et guide son visage vers mon entrecuisse. Elle descend sensuellement le long de mon corps en y déposant un chemin de baisers. Cou, seins, ventre, nombril, chatte.

Elle lape par de petits coups de langue habiles mon sexe affamé. Elle me lèche, elle me titille, elle enfonce ses doigts dans mon intimité, je jouis sur sa bouche, je jouis sur ses doigts.

Nous nous enlaçons, nous nous embrassons. Je remets mon pantalon en place.

Nous sortons du petit local. La jolie chanteuse roumaine me paie un verre. Il y a toujours les trois gars au comptoir. La chanteuse roumaine me dit « je dois y aller, je te laisse mon numéro de téléphone, peut-être pourrions-nous nous revoir ? ».

Je reste au bar, je termine ma bière…

Il est presque une heure du mat…

L'un des trois mecs bourrés revient à la charge. Il s'approche un peu trop près de moi. Il pue l'alcool, ses yeux sont injectés de sang. Il me dit « s'lut ». Je ne lui réponds qu'un salut rapide sans le regarder, les yeux qui basculent à droite puis à gauche. Ne pas faire attention ; ne pas créer le lien visuel ; ne pas regarder l'individu. Les yeux… Ne pas regarder les yeux.

Le bar se vide peu à peu. Le vieux bougre essuie les verres au fond du café. Le mec me dit « quoi qu'tu fais ici ? ». Je lui réponds « j'suis venue voir une amie chanter, je vais rentrer ».

– On pourrait peut-être rentrer ensemble ce soir ?

– Non merci.

– Pourquoi ?
– Parce que… je suis attendue.
– Tu dis qu'ť'es attendue ? T'as un mec ?
– Oui voilà…
– Et il te laisse sortir seule ?
– Je suis libre de sortir quand je veux.

Je ne sais même pas pourquoi je perds mon temps à discuter avec ce jeune con. Le mec bourré rejoint ses deux autres potes. Ils me regardent, ils rigolent. Je salue le vieux bougre.

Je sors du bar…

Il est presque une heure trente du mat. Je marche dans la rue déserte. Mon appartement n'est pas à côté. Je me ruine en taxis et en tournées d'alcool. Je repense aux escapades que nous avions Alex et moi. Je n'entends pas les bruits de pas derrière moi. Je passe par la ruelle déserte, la ruelle qui traverse deux grandes avenues, deux grandes artères principales. Une fois arrivée sur le second boulevard, je prendrai un taxi. J'ai hâte d'arriver chez moi. Je suis épuisée. Je n'entends pas les pas qui se rapprochent de moi. Je ne suis plus qu'à quelques mètres du grand boulevard. Le pas se presse de plus en plus derrière moi.

Je me retourne, je vois le mec bourré. Il titube un peu. Je continue d'avancer. Je n'ai pas peur. L'homme accélère le pas, il dit « oh la brune, attends-moi ». Je réponds « je suis fatiguée, je rentre, qu'est-ce tu veux ? ».

– Juste parler avec toi deux minutes, tu me plais.
– Je n'ai pas le temps et je suis attendue.
– Je te dis de m'attendre, salope…

J'accélère le pas, non pas parce que j'ai peur mais parce que le mec bourré me saoule, et je n'ai pas envie de lui parler. La bête à l'intérieur de mon âme hurle « attention ».

Je ne suis plus qu'à quelques mètres du boulevard. L'homme me rattrape, il est bourré mais terriblement fort.

Il me plaque contre le mur. Il me dit « quand je t'appelle, sale pute, tu réponds ». Il a un couteau dans la main droite. Je ne bouge pas. Il gifle mon visage. Je ne bouge pas. Il déboutonne mon pantalon. Je ne bouge pas. Il déchire mon débardeur. Je ne bouge pas. Il dit « t'es mouillée, grosse pute. Je suis sûr qu'tu veux tâter ma queue ». Je ne réponds pas. Il déboutonne son pantalon. Il dit « regarde ma queue, salope ». Je ne bouge pas. Il prend ma tête et la descend au niveau de son sexe qui ne bande pas. Il dit « si tu m'suces pas ou si tu fais ta maligne, j'te crève, donc suce, grosse pute ». Je suce. Je ne fais pas ma maligne. Le sexe de l'homme est poisseux et pue la pisse. Goût d'ammoniaque sur ma langue, j'ai envie d'un jus de fruits frais. Le sexe de l'homme est mou comme du chamallow. Le sexe de l'homme me donne envie de vomir. Le sexe de l'homme est dans ma bouche. Je sens le sexe de l'homme grossir. L'homme dit « arrête-toi, tu vas me faire jouir et j'ai envie de te baiser avant ». Je m'arrête. L'homme dit « lève-toi ». Je me lève. Je reste statique, debout contre le mur. Je ne bouge pas. L'homme caresse mon entrejambe avec sa queue. L'homme glisse sa lame le long de mon ventre. Il marmonne des choses que je ne comprends pas. Il entaille un peu mon ventre. Une goutte de sang perle sur ma peau. Une goutte de sang qui ressemble à la goutte de pluie sur le pare-brise, la goutte de pluie sur les carreaux sales.

Je ne dis rien. Je ne bouge pas. L'homme me dit « tourne-toi, salope ». Je me tourne. Il plaque mon visage contre le crépi. Il plaque mes seins contre le crépi. Il palpe mes fesses. Il a toujours l'arme dans sa main. Je ne ressens rien. Je suis vidée. Je regarde au loin, sur ma droite. Je regarde les taxis qui passent sur le boulevard. J'ai été conne de ne pas en appeler un à la sortie du bar, tout ça pour économiser deux trois euros.

Le mec me fout sa bite dans le cul, sans me préparer. Je vois les taxis au bout de la rue. « Miel, camomille, papier toilette, pâtes, riz, sauce tomate… prendre rendez-vous avec la galère. » L'homme perfore mon ventre avec son sexe. Le sexe de l'homme s'enfonce dans ma chair comme on enfonce une lame dans un morceau de viande morte.

« Promenons-nous dans les bois, pendant que le loup n'y est pas. » L'homme me dit « dis-moi que t'aimes ça, salope ». Je ne dis rien. L'homme tire mes cheveux, l'homme me retourne. L'homme me couche à terre. Il me dit « parle salope, crie salope ». Je ne dis rien. L'homme frappe mon visage. L'homme frappe mes seins, mon ventre. Je ne dis rien. L'homme enfonce sa bite dans ma chatte une nouvelle fois. Je ne bouge pas. Il jouit sans capote au fond de mes entrailles. L'homme me fout un dernier coup de poing dans le ventre, un dernier coup de poing dans la figure. « J'enfile mon pantalon… promenons-nous… promenons-nous… promenons… pro… ».

I THOUGHT I WAS A DOLL

Elle est encore vivante. Elle entend une voix « Mademoiselle, Mademoiselle ». Elle n'est plus dans son corps. Elle entend la voix de plus en plus distinctement. Elle voit des lumières. Elle voit le sang sur son débardeur. « Mademoiselle… Mademoiselle. » L'homme a déchiré son ventre, l'homme a déchiré ses viscères, l'homme a laissé le sperme dans son organisme. Une partie de l'homme grouille dans son ventre. Elle ne ressent pas la douleur, elle ne ressent rien.

Trop de trop. Trop d'excès. Trop de déception. Trop de sexe. Trop d'amants. Trop de danger. Trop de jouissance. Trop de trop. Trop d'accumulation. Trop de bière. Trop de clopes. Trop de vin. Trop de pas assez. Trop de champagne. Trop d'envies. Trop d'emmerdes. Trop de douleur. Trop de trop. Trop de souffrance. Compression. Douleur. Gouffre. Pieds joints.

Je saute. Je saute dans le gouffre. Je saute dans la douleur. Je saute pour échapper au trop de trop. Monstre à mille têtes. Monstre à mille bites. Monstre hurlant.

Salle d'attente.

Hommes en uniformes.

Entretien. Dire pourquoi. Dire qui était l'autre qu'on ne connaît pas. Dire encore pourquoi. Justifier la marche dans la rue à une heure du matin. Justifier le « seule ». Femmes en uniforme blanc. Justifier les marques. Justifier le sperme dans le ventre. Hommes en uniformes bleus. Hommes qui regardent les hématomes. Hommes qui regardent les blessures. Hommes qui tapent sur l'ordinateur avec un seul doigt. Justifier encore. Douleur. Douleur dans la tête. Douleur dans le ventre. Froid. Froid sur le corps. Froid sur l'âme.

Salle d'attente.

Lumière des néons trop forte. Lumière des néons comme la lumière des néons du garage de papa qui travaillait les mains dans le moteur de sa caisse pourrie. Sa caisse qui prenait tout son temps. Lumière des néons. Lumière que je regardais quand papa enfonçait son engin dans mon ventre entre deux réparations. Néons qui font un bruit lorsqu'ils sont allumés. Lumière des néons presque aveuglante. J'ai joui de nombreuses fois en regardant le néon et en prenant la bite de papa dans mon ventre. Chuchotements, ombres qui défilent…

Salle d'attente.

Petite table. Magazine sur la petite table. Mag entre dans la salle d'attente. Elle pleure. Elle me regarde. Elle me dit « pourquoi ? Pourquoi ? ». Je ne dis rien. Je suis épuisée. Elle me serre dans ses bras. Sa chaleur. Elle me serre. Elle me dit « tu ne dois pas sortir seule, bon sang ». Une larme coule sur mon visage. Elle me regarde. Elle dit « mon Dieu… mon Dieu, Rose… ». Voir dans le regard de l'amie, l'horreur. Voir dans le regard de l'amie, les marques. Voir dans le regard de l'amie, le sang. Voir dans le regard de l'amie, la désolation.

Il y a l'homme en face de moi. Un homme avec des tics nerveux.

Je dis à Mag « je ne veux pas qu'on m'enferme, Mag ».

– Qu'on t'enferme ? Pourquoi ?

– Mon père ne devait pas être enfermé…

– Quoi ton père ? Rose… je ne comprends rien…

– Je ne veux pas rester là… Écoute ? Tu entends ?

– Quoi ?

– Tu entends les chuchotements ?

– Quels chuchotements ?

– Ça fait trop de bruit dans ma tête…

– Il faut que tu voies le médecin, c'est important.

– Je ne veux pas ; je te dis je ne veux pas.

Et il y a la colère qui monte. Il y a la colère qui chauffe l'arrière de la tête. La colère qui fait trembler le corps. Il y a les spasmes. Il y a les hurlements. Il y a les cris. Il y a les larmes. Il y a moi qui dois apprendre à gérer. Il y a moi qui dois apprendre à maîtriser la bête, à faire taire le bruit que personne n'entend ; à fermer les yeux devant les ombres que personne ne voit.

Ne pas laisser sortir cette partie de la bête, la garder prisonnière, la museler, cette bête-là, ce n'est pas celle qui avale, qui dévore, c'est celle qui explose, qui me fait mal, qui me fait faire les choses. Si je laisse sortir cette partie de la bête, les hommes, les femmes en blouse blanche diront « tu dois rester dans la petite chambre capitonnée et prendre les cachets qui tuent les rêves et la bête hurlante ». Alors je respire. Je respire pour maîtriser la bête, une fois de plus. Je regarde Mag. J'essaie de lui sourire. Je dis « j'ai mal Mag… », je dis « j'ai peur Mag ». Même si je ne ressens aucune douleur, aucun sentiment. C'est juste pour paraître normale. Elle me dit « tu n'es pas folle, Rose… tu as subi un viol ». Il n'y a pas que le viol.

Il y a l'accumulation des choses, des petites choses…

Psychiatrie.

Petite fille marche dans le couloir. Petite fille marche dans le couloir jaune. Le Père. Elle marche au milieu du couloir jaune. Le Père marche au ralenti pour rejoindre sa fille, sa petite fille aimée. Le Père sourit. Mais la petite fille a peur du Père qui marche au ralenti. Alors elle court pour s'échapper du long couloir jaune. Et elle va dans sa chambre. Dans la maison de la mère. Dans la maison de la protection. C'est dans la chambre qu'elle a commencé à entendre les petits chuchotements ; dans la chambre que la bête s'est réveillée. Alors elle a touché son sexe, son sexe pour oublier la douleur de la vie et faire taire les chuchotements. Elle a tapé fort le sexe. Elle a branlé le petit bouton de rose jusqu'à ressentir la brûlure de l'échauffement. Elle a pissé sur les draps en pleurant.

Psychiatrie.

La porte de la salle d'attente est fermée. Puis le médecin ouvre la porte de la salle d'attente. Le médecin est une femme grande, brune. Des yeux noirs qui transpercent l'âme. La femme médecin appelle Rose. Mag tient la main de Rose. Rose dit « tout va bien ».

Je m'assois sur le fauteuil, puis je me relève. Je frotte mes mains l'une contre l'autre.

La femme médecin s'assoit derrière son bureau. Elle me dit « asseyez-vous, Rose ». Alors je m'assois et je me relève encore une fois et je dis que je suis fatiguée. Au plafond, il y a de petites fissures qui ressemblent à des visages. Je me rassois, et me relève. J'ai soif. On m'apporte un verre d'eau. J'ai envie de fumer. C'est interdit de fumer dans le bureau. Je veux sortir fumer. Je dois rester dans le bureau. La tapisserie est déchirée par endroits. La psy me demande de me calmer et de m'asseoir. Je suis calme. Je m'assois. Je me relève. Sur le sol, il y a des traces de gomme de semelles noires. Je tourne en rond. Je dis que je suis fatiguée. Je me rassois. La femme médecin pose les questions, mais ne parle pas trop. Elle s'intéresse à moi. Elle a un regard profond. Mon cœur bat dans le bas de mon ventre. Je ne pense plus à Alex. Elle a une voix douce, la femme médecin. J'aime lorsqu'elle tapote son stylo tout doucement sur son bloc-notes. Qu'écrit-elle ?

Elle me sourit. Je lui souris, le visage gonflé d'hématomes. Je ne sens aucune douleur sur mon corps, comme s'il s'était complètement endormi.

Et ça arrive comme ça. Un regard qui pénètre l'âme. Un regard qui pénètre comme le doigt, la main, le sexe, le godemiché pénètrent l'intimité ; puis la bouche qui s'entrouvre, humide comme l'excitation ; gourmande comme le désir.

J'entends la femme me chuchoter « j'ai envie de toi ».

« I thought i was a doll »…

Je réalise le viol. Je réalise le ras-le-bol.

Je réalise que je suis assise dans un fauteuil face à un psy.

Je réalise que dans ma vie rien ne va plus.

Je réalise que je ne peux plus rien gérer.

Je réalise que je suis peut-être folle.

Je réalise que si je pense que je suis folle, c'est que je ne le suis pas.

Je réalise que mon amie la Rose avait raison, on est bien peu de chose.

Alors, je parle à la femme qui guérit l'âme.

Je parle. Je dis tout. Je dis le trop ; je dis l'amour. Je dis la souffrance. Je dis les orgasmes. Et elle note, et elle écrit. Et je parle encore. NYMPHOMANIE. ÉROTOMANIE…

La femme médecin me dit « vous avez besoin de vous reposer, Rose ».

– Je pourrai vous revoir ?

– C'est moi qui vous suivrai pendant votre séjour ici.

– Oui… j'ai tellement de choses à vous dire, Docteur. Il paraît qu'il va faire froid cet hiver.

Je marche dans le long couloir blanc. Le long couloir n'est pas jaune, il est moins effrayant que lorsque je déambulais, l'esprit endolori par les médocs, lorsque j'avais quinze ans.

Je suis les femmes et les hommes en blouse blanche. Je rentre dans une pièce. La femme qui s'appelle « S. Grandjean-infirmière » me demande de me déshabiller. Je pense à la psy brune qui m'a chuchoté « j'ai envie de toi » et qui tapotait son stylo sur son bloc-notes « c'est moi qui vous suivrai pendant votre séjour ». Elle veut me revoir, j'en suis certaine.

Un séjour pour me reposer et me ressourcer. Je mets le pyjama. Je ne me débats pas. Je prends le petit gobelet en plastique et avale la petite pilule blanche. La grenadine a un goût amer.

Je m'allonge dans le tout petit lit aux draps rêches. J'ai moins peur, je me sens en sécurité.

SYLPHIDE

Mon corps est blotti contre le corps identique au mien. Baiser de femme sur ma bouche de femme. Il n'y aura qu'un seul homme dans ma vie et dans mon cœur. J'aurai beau faire tous les efforts du monde, je n'en aimerai jamais d'autre et je le sais. On ne vit qu'une seule fois des sentiments aussi forts. Je veux garder la douloureuse sensation des sentiments.

Agressée ou pas agressée, qu'importe. Je fais une indigestion du corps de l'homme.

Amour réel et non artificiel. L'homme ou la femme, qu'importe. L'amour n'a pas de sexe. Mais mon sexe refuse de mouiller pour la bite qui tape sur le cul le matin au réveil, mon sexe refuse de s'ouvrir pour le sexe qui danse sous les caresses buccales, mon sexe refuse de mouiller et de s'ouvrir pour le sexe qui s'enfonce dans le ventre et donne la douleur.

Baiser de femme doux comme un bonbon au miel. Douceur des baisers de la femme.

Mouvement du sexe qui se frotte sur la cuisse. Le sexe qui ne se dresse pas sous la toile de pantalon.

Le sexe de la femme se gonfle de plaisir, mais personne ne devine qu'il gonfle. Le sexe de la femme est discret. Il dégouline de plaisir, mais il ne danse pas.

Qu'elle m'emmène dans les contrées lointaines, loin de la foule qui oppresse, loin des doutes, loin de la folie, loin des peurs, loin des angoisses.

Elle aspirera mes larmes, soignera mes blessures, je cicatriserai les plaies ouvertes et béantes de son âme.

Je ne lâcherai pas sa main.

Elle ne lâchera pas ma main.

Je porterai ses peines et ses angoisses.

Et c'est dans le lit aux draps défaits que nos corps identiques se sont unis. Mon corps collé au sien, la tête sur sa poitrine. Le corps de l'homme est dur, le corps de l'homme est rugueux, pachyderme bipède. Le corps identique au mien est doux, rassurant, apaisant. Il ne blesse pas mon ventre.

Le soleil se lève. Elle me dit « regarde, c'est beau toutes ces couleurs ».

Dans la chambre immense aux voiles qui s'agitent sous la caresse du vent, je me laisse englober par toutes les couleurs de la vie du dehors. Je me blottis contre le corps doux comme le soir, le corps aux fragrances délicates. Le corps identique au mien.

Et la femme, et cette femme, nettoie l'imperfection. Elle désinfecte les plaies de l'âme ; elle lave les maux comme on lave le linge ; elle détache, elle désinfecte les tissus souillés. Elle apaise et réconforte.

Je suis la femme qui libère, qui aime trop, qui aime mal parfois. J'aime lorsque les femmes me disent « tu me fais bander ». J'aime lorsque les hommes me disent « tu me fais mouiller ».

L'amour, le seul, l'unique, celui dont on n'oubliera jamais le nom, porte les stigmates de nos plus terribles douleurs. L'amour, le seul, l'unique, celui dont jamais on n'oubliera l'histoire, peu importe la durée, est l'amour le plus torturé, le plus sévèrement destructeur. Je n'oublierai jamais ton nom, je continuerai à le chuchoter le soir, la tête sur l'oreiller, les yeux remplis de larmes.

Je n'ai pas d'autre façon d'aimer que d'aimer beaucoup, que d'aimer fort.

On ne peut aimer trop, mais on peut aimer mal. On ne vit l'amour qu'une fois, le reste n'est que répétition. On aime mal quand l'amour devient déchirure. Quand l'amour devient OUTRAGE…

Il y a toujours, pliée en quatre, la photographie du seul amour. Il y a toujours la photo souvenir. Comme celle qu'on trouve dans le portefeuille des vieux en fin de vie.

Photo usée, décolorée à force d'avoir été trop tripotée.

Je suis une photo décolorée…

Je suis collée contre la femme brune dont je ne connais pas le nom, la femme brune qui m'a dit « c'est moi qui vous suivrai »…

Remerciements

À tous mes amants, à toutes mes maîtresses,
À l'amour,
À tous ceux qui pensent vivre quelque chose d'unique,
À tous ceux qui pensent être seuls dans leur souffrance sentimentale…

Merci à Sab pour les heures passées à corriger.
Merci à Fanny.
Merci à mes amis…
Merci à Franck Spengler pour sa confiance et ses mots réconfortants.

Ver Décousue 5sens ed.
3eme Etat limité

Achevé d'imprimer par Corlet, Imprimeur, S.A. - 14110 Condé-sur-Noireau
N° d'Imprimeur : 190858 - Dépôt légal : août 2017 - *Imprimé en France*